台灣の讀者の皆さんへのコメント

海を越えて旅したことのない私の書いた小説が、
海を越えて多くの讀者の皆様のもとに届いていることを、
心から嬉しく思っています。
この作品も、どうぞお樂しみいただけますように！

致親愛的台灣讀者

從未出國旅行的我，
這次很高興自己寫的小說能跨海與許多讀者見面，
希望這部作品能帶給您無上的閱讀樂趣。

宮部みゆき

宮部美幸 作品集 38
Miyabe Miyuki

小暮照相館 上

こぐれしゃしんかん

宮部美幸
Miyabe Miyuki
劉子倩　譯

宮部美幸

作品集／37
MIYABE MIYUKI

小暮照相館（上）

Contents

總導讀——傅博

宮部美幸的推理文學世界「增補版」

日本當代國民作家宮部美幸

近年來在日本的雜誌上，偶爾會看到尊稱宮部美幸為國民作家。怎樣才能榮獲這個名譽呢？好像沒有確切的答案，然而綜觀過去被尊稱為國民作家的作家生涯便不難看出國民作家的共同特徵。

明治維新（一八六八年）一百多年以來，被尊稱為國民作家的為數不多，夏目漱石和吉川英治是最早期的國民作家。夏目漱石是純文學大師，其作品具大眾性，一九一六年逝世至今，已歷九十年，其作品在書店仍然可見，代表作有《我是貓》、《少爺》等等。吉川英治是大眾文學大師，其作品有濃厚的思想性，對二次大戰戰敗的日本國民發揮了鼓舞的作用，其著作等身，代表作有《宮本武藏》、《新·平家物語》等等。

屬於戰後世代的國民作家有松本清張和司馬遼太郎。松本清張是社會派推理文學大師，其寫作範圍十分廣泛，除了推理小說之外，對日本古代史研究、挖掘昭和史等，留下不可磨滅的貢獻。司馬遼太郎是歷史文學大師，早期創作時代小說，之後撰寫歷史小說和文化論。這兩位作家的共同特徵是，著作豐富、作品領域廣泛、質與量兼俱。他們的思想對一九六〇年代後的日本文化發揮了影響力。

上述四位之外，日本推理小說之父江戶川亂步、時代小說大師山本周五郎，以及文學史上創作量最多、男女老少人人喜愛的赤川次郎也榮獲國民作家的尊稱。

綜觀以上的國民作家，其必備條件似乎是著作豐富、多傑作；作品具藝術性、思想性、社會性、娛樂性、普遍性；讀者不分男女，長期受到廣泛的老、中、青、少、勞動者以及知識分子的閱讀。

宮部美幸出道至今未滿二十年，共出版了四十三部作品，包括四十萬字以上的巨篇八部、長篇二十四部、中篇集四部、短篇集十三部，非小說類有繪本兩冊、隨筆一冊、對談集一冊。以平均每年出版兩冊的數量來說，在日本並非多產作家，但是令人佩服的是，其寫作題材廣泛、多樣，品質又高，幾乎沒有失敗之作。所獲得的文學獎與同世代作家相較，名列第一，該得的獎都拿光了。質的成功與量成比例，是宮部美幸文學的最大武器，也是獲得國民作家之稱的最大因素。

宮部美幸，本名矢部美幸，一九六〇年十二月二十三日生於東京都江東區深川。東京都立墨田川高中畢業之後，到速記學校學習速記，並在法律事務所上班，負責速記，吸收了很多法律知識。一九八四年四月起在講談社主辦的娛樂小說教室學習創作。

一九八七年，〈吾家鄰人的犯罪〉獲第二十六屆《ＡＬＬ讀物》推理小說新人獎，〈鎌鼬〉獲第十二屆歷史文學獎佳作。一位新人，同年以不同領域的作品獲得兩種徵文比賽獎項實爲罕見。

前者是透過一名少年的觀點，以幽默輕鬆的筆調記述和舅舅、妹妹三人綁架小狗的計畫所引發的意外事件，是一篇以意外收場取勝的青春推理佳作，文風具有赤川次郎的味道。後者是以德川幕府時代的江戶（今東京）爲時空背景的時代推理小說。故事記述一名少女追查試刀殺人的兇手之經過，全篇洋溢懸疑、冒險的氣氛。

要認識一位作家的本質，最好的方法就是閱讀其全部的作品。當其著作豐厚，無暇全部閱讀時，則是先閱讀其處女作，因爲作家的原點就在處女作。以宮部美幸爲例，其作品裡的偵探，不管是系列偵探或個案偵探，很少是職業偵探，大多是基於好奇心，欲知發生在自己周遭的事件眞相，而做起偵探的業餘偵探，這些主角在推理小說是少年，在時代小說則是少女。其文體幽默輕鬆，故事收場不陰冷而十分溫馨，這些特徵在其雙線處女作之中已明顯呈現。

繼處女作之後的作品路線，即須視該作家的思惟了；有的一生堅持一條主線，不改作風，只追求同一主題，日本的推理小說家大多屬於這種單線作家——解謎、冷硬、懸疑、冒險、犯罪等各有專職作家。

另一種作家就不單純了，嘗試各種領域的小說，屬於這種複線型的推理作家不多，宮部美幸即是罕見的複線型全方位推理作家。她發表不同領域的處女作——推理小說和時代小說——同時獲得肯定，登龍推理文壇之後，此雙線成爲宮部美幸的創作主軸。

一九八九年，宮部美幸以《魔術的耳語》獲得第二屆日本推理懸疑小說大獎，拓寬了創作路線，由此確立推理作家的地位，並成爲暢銷作家。

宮部美幸作品的三大系統

這次宮部美幸授權獨步文化出版社，發行台灣版《宮部美幸作品集》二十七部（二十三部中有四部分爲上下兩冊），筆者以這二十三部爲主，按其類型分別簡介如下。

要完整歸類全方位作家宮部美幸的作品實非易事，然其作品主題是推理則毋庸置疑。筆者綜合故事的時空背景以及現實與非現實的題材，將它分爲三大系統。第一類爲推理小說，第二類時代小說，第三類奇幻小說，而每系統可再依其內容細分爲幾種系列。

一、推理小說系統的作品

宮部美幸的出道與新本格派崛起（一九八七年）是同一時期，早期作品除可能受此影響之外，文體、人物設定、作品架構等，可就是受到赤川次郎的影響了。所以她早期的推理小說大多屬於青春解謎的推理小說；許多短篇沒有陰險的殺人事件登場，大多是以日常生活中的家庭糾紛爲主題，屬於日常之謎系列的推理小說不少。屬於本系列的有：

1.《吾家鄰人的犯罪》（短篇集，一九九〇年一月出版）收錄處女作以及之後發表的青春推理短篇四篇。早期推理短篇的代表作。

2.《完美的藍——阿正事件簿之一》（長篇，一九八九年二月出版／獨步文化版·宮部美幸作品集01——以下只記集號）「元警犬系列」第一集。透過一隻退休警犬「阿正」的觀點，描述牠與現在的主人——蓮見偵探事務所調查員加代子——的辦案過程。故事是阿正和加代子找到離家出走的少年，在將少年帶回家的途中，目睹高中棒球明星球員（少年的哥哥）被潑汽油燒死的過程。在搜查過程中浮現的製藥公司的陰謀是什麼？「完美的藍」是藥品名。具社會派氣氛。

3.《阿正當家——阿正事件簿之二》（連作短篇集，一九九七年十一月出版／16）「元警犬系列」第二集。收錄〈動人心弦〉等五個短篇，在第五篇〈阿正的辯白〉裡，宮部美幸以事件委託人登場。

4.《這一夜，誰能安睡？》（長篇，一九九二年二月出版／06）「島崎俊彥系列」第一集。透過中學一年級生緒方雅男的觀點，記述與同學島崎俊彥一同調查一名股市投機商贈與雅男的母親五億圓後，接獲恐嚇電話、父親離家出走等事件的眞相，事件意外展開、溫馨收場。

5.《少年島崎不思議事件簿》（長篇，一九九五年五月出版／13）「島崎俊彥系列」第二集。在秋天的某個晚上，雅男和俊男兩人參加白河公園的蟲鳴會，主要是因爲雅男想看所喜歡的工藤小姐一眼，但是到了公園門口，卻碰到殺人事件，被害人是工藤的表姊，於是兩人開始調查眞相，發現事件背後的賣春組織。具社會派氣氛。

6.《無止境的殺人》（長篇，一九九二年九月出版／08）將錢包擬人化，由十個錢包輪流講自己所見的主人行爲而構成一部解謎的推理小說。人的最大欲望是金錢，作者功力非凡，藉由放錢的錢包揭開十個不同的人格，而構成解謎之作，是一部由連作構成的異色作品。

7.《繼父》（連作短篇集，一九九三年三月出版／09）「繼父系列」第一集。一個行竊失風的小偷，摔落至一對十三歲雙胞胎兄弟家裡，這對兄弟的父母失和，留下孩子各自離家出走，於是兄弟倆要求小偷當他們的爸爸，否則就報警，將他送進監獄，小偷不得已，承諾兄弟倆當繼父。不久，在這奇妙的家庭裡，發生七件奇妙的事件，他們全力以赴解決這七件案件。典型的幽默推理小說集。

8.《寂寞獵人》（連作短篇集，一九九三年十月出版／11）「田邊書店系列」第一集。以第三人稱多觀點記述在田邊舊書店周遭所發生的與書有關的謎團六篇。各篇主題迥異，有命案、有日常之謎、有異常心理、有懸疑。解謎者是田邊舊書店店主岩永幸吉和孫子稔。文體幽默輕鬆，但是收場不一定明朗，有的很嚴肅。

9.《誰？》（長篇，二〇〇三年十一月出版／30）「杉村三郎系列」第一集。今多企業集團會長今多嘉親之司機梶田信夫被自行車撞死，信夫有兩個未出嫁的女兒，聰美與梨子。梨子向今多會長提議，要出版父親的傳記，以找出嫌犯。於是，今多要求在集團廣報室上班的女婿杉村三郎協助姊妹倆出書事務。聰美卻反對出書，杉村認爲兩姊妹不睦，藏有玄機，他深入調查，果然……

10.《無名毒》（長篇，二〇〇六年八月出版／31）「杉村三郎系列」第二集。今多企業集團廣報室臨時僱用的女職員原田泉與總編吵架，寄出一封黑函後，即告失蹤。原田的性格原來就稍有異常，今多會長要求杉村三郎調查眞相。杉村到處尋找原田的過程中，認識曾經調查過原田的私家偵探北見一郎，之後杉村在北見家裡遇到「隨機連環毒殺案」第四名犧牲者的孫女古屋美知香，於是捲入毒殺事件的漩渦中。杉村探案的特徵是，在今多會長叫他處理公務上的糾紛過程中，因其正義感使他去解決另外的事件。

以上十部可歸類爲解謎推理小說，而從文體和重要登場人物等來歸類則是屬於幽默推理、青春推理爲多。屬於這個系列的另有以下兩部。

11.《地下街之雨》（短篇集，一九九四年四月出版）。

12.《人質卡濃》（短篇集，一九九六年一月出版）。

以下九部的題材、內容比較嚴肅，犯罪規模大，呈現作者的社會意識。有懸疑推理、有社會派推理、有報導文體的犯罪小說。

13.《魔術的耳語》（長篇，一九八九年十二月出版／02）獲第二屆日本推理懸疑小說大獎的社會派推理傑作。三起看似互不相干的年輕女性的死亡案件，和正在進行的第四起案件如何演變成連續殺人案。十六歲的少年日下守，爲了證實被逮捕的叔叔無罪，挑戰事件背後的魔術師的陰謀。宮部美幸早期代表作。

14.《Level 7》（長篇，一九九〇年九月出版／03）一對年輕男女在醒來之後失去記憶，手臂上被印上「Level 7」；一名高中女生在日記留下「到了 Level 7 會不會回不來」之後離奇失蹤。尋找自我的男女，和尋找失蹤女高中生的眞行寺悅子醫師相遇，一起追查 Level 7 的陰謀。兩個事件錯綜複雜，發展爲殺人事件。宮部後期的奇幻推理小說的先驅之作、早期代表作。

15.《獵捕史奈克》（長篇，一九九二年六月出版／07）持散彈槍闖入大飯店婚宴的年輕女子關沼惠子、欲利用惠子所持的槍犯案的中年男子織口邦雄、欲阻止邦雄陰謀的青年佐倉修治、欲去探望臥病妻子的優柔寡斷的神谷尚之、承辦本案的黑澤洋次刑警，這群各有不同目的的人相互交錯，故事向金澤之地收束。是一部上乘的懸疑推理小說。

16.《火車》（長篇，一九九二年七月出版）榮獲第六屆山本周五郎獎。停職中的刑警本間俊介受親戚栗坂和也之託，尋找失蹤的未婚妻關根彰子，在尋人的過程中，發現信用卡破產猶如地獄般的現實社會，是一部揭發社會黑暗的社會派推理傑作，宮部第二期的代表作。

17.《理由》（長篇，一九九八年六月出版）二〇〇一年榮獲第一百二十屆直木獎和第十七屆日本冒險小說協會大獎。東京荒川區的超高大樓的四十樓發生全家四人被殺害的事件。然而這被殺的四人並非此宅的住戶，而這四人也不是同一家族，沒有任何血緣關係。他們爲何僞裝成家人一起生活？他們到底是什麼人？又想做什麼？重重的謎團讓事件複雜化，事件的眞相是什麼？一部報導文學形式的社會派推理傑作。宮部第二期的代表作。

18.《模仿犯》（百萬字長篇，二〇〇一年四月出版）同時榮獲第五十五屆每日出版文化獎特別獎，二〇〇二年同時榮獲第五屆司馬遼太郎獎和二〇〇一年度藝術選獎文部科學大臣獎文學部門獎。在公園的垃圾堆裡，同時發現女性的右手腕與一名失蹤女性的皮包，不久兇手打電話到電視公司和失主家中，果然在兇手所指示的地點發現已經化爲白骨的女性屍體，是利用電視新聞的劇場型犯罪。不久，表面上連續殺人案一起終結，之後卻意外展開新局面。是一部揭發現代社會問題的犯罪小說，宮部文學截至目前爲止的最高傑作，推理文學史上的不朽名著。

19.《R・P・G》（長篇，二〇〇一年八月出版／22）在食品公司上班的所田良介於杉並區的建築工地被刺死，在他的屍體上找到三天前在澀谷區被絞殺的大學女生今井直子身上所發現的同樣纖維，於是兩個轄區的警察組成共同搜查總部，而曾經在《模仿犯》登場的武上悅郎則與在《十字火焰》登場的石津知佳子連袂登場。是一部現今在網路上流行的虛擬家族遊戲爲主題的社會派推理小說。

宮部美幸的社會派推理作品尚有：

20.《東京下町殺人暮色》（原題《東京殺人暮色》，長篇，一九九〇年四月出版）。

21.《不需要回答》（短篇集，一九九一年十月出版）。

二、時代小說系統的作品

時代小說是與現代小說和推理小說鼎足而立的三大大眾文學。凡是以明治維新之前爲時代背景的小說，總稱爲時代小說或歷史・時代小說。

時代小說視其題材、登場人物、主題等再細分爲市井、人情、股旅（以浪子的流浪爲主題）、劍豪、歷史（以歷史上的實際人物爲主題）、忍法（以特殊工夫的武鬥爲主題）、捕物等小說。

捕物小說又稱捕物帳、捕物帖、捕者帳等，近年推理小說的範疇不斷擴大，將捕物小說稱爲時代推理小說，歸爲推理小說的子領域之一。捕物小說的創作形式是日本獨有，其起源比日本推理小說早六年。一九一七年，岡本綺堂（劇作家、劇評家、小說家）發表《半七捕物帳》的首篇作〈阿文的魂魄〉，是公認的捕物小說原點。

據作者回憶，執筆《半七捕物帳》的動機是要塑造日本的福爾摩斯——半七，同時欲將故事背景的江戶的人情和風物以小說形式留給後世。之後，很多作家模仿《半七捕物帳》的形式，創作了很多捕物小說。

由此可知，捕物小說與推理小說的不同之處是以江戶的人情、風物爲經，謎團、推理爲緯而構成的小說。因此，捕物小說分爲以人情、風物爲主，與謎團、推理取勝的兩個系統。前者的代表作是野村胡堂的《錢形平次捕物帳》，後者即以《半七捕物帳》爲代表。

宮部美幸的時代小說有十一部，大多屬於以人情、風物取勝的捕物小說。

22.《本所深川詭怪傳說》（連作短篇集，一九九一年四月出版／05）「茂七系列」第一集。榮獲第十三屆吉川英治文學新人獎。江戶的平民住宅區本所深川，有七件不可思議的事象，作者以此七事象爲題材，結合犯罪，構成七篇捕物小說。破案的是回向院捕吏茂七，但是他不是主角，每篇另有主角，大多是未滿二十歲的少女。以人情、風物取勝的時代推理佳作。

23.《幻色江戶曆》（連作短篇集，一九九四年八月出版／12）以江戶十二個月的風物詩爲題，結合犯罪、怪異構成十二篇故事。以人情、風物取勝的時代推理小說。

24.《最初物語》（連作短篇集，一九九五年七月出版，二○○一年六月出版珍藏版，增補一篇作品／21）「茂七系列」第二集。以茂七爲主角，記述七篇茂七與部下系吉和權三辦案的經過，作者在每篇另有記述與故事沒有直接關係的季節食物掌故，介紹江戶風物詩。人情、風物、謎團、推理並重的時代推理小說。

25.《顫動岩——通靈阿初捕物帳1》（長篇，一九九三年九月出版／10）「阿初系列」第一集。破案的主角是一名具有通靈能力的十六歲少女阿初，她看得見普通人看不見的東西，而且一般人聽不到的聲音也聽得到。某日，深川發生死人附身事件，幾乎與此同時，武士住宅裡的岩石開始顫動。這兩件靈異事件是否有關聯？背後有什麼陰謀？一部以怪異取勝的時代推理小說。

26.《天狗風——通靈阿初捕物帳2》（長篇，一九九七年十一月出版／15）「阿初系列」第二集。天亮颳起大風時，少女一個一個地消失，十七歲的阿初在追查少女連續失蹤案的過程中遇到邪惡的天狗。天狗的眞相是什麼？其陰謀是什麼？也是以怪異取勝的時代推理小說。

27.《糊塗蟲》（長篇，二○○○年四月出版／19・20）「糊塗蟲系列」第一集。深川北町的鐵瓶大雜院發生殺人事件後，住民相繼失蹤，是連續殺人案？抑是另有陰謀？負責辦案的是怕麻煩的小宮井筒平四郎，協助他破案的是聰明的美少年弓之助。本故事架構很特別，作者先在冒頭分別記述五則故事，然後以一篇長篇與之結合，構成完整的長篇小說。以人情、推理並重的時代推理傑作。

28.《終日》（長篇，二〇〇五年一月出版／26・27）「糊塗蟲系列」第二集。故事架構與第一集一樣，在冒頭先記述四則故事，然後與長篇結合。負責辦案的是糊塗蟲井筒平四郎，協助破案的除了弓之助之外，回向院茂七的部下政五郎也登場，作者企圖把本系列複雜化，或許將來作者會將幾個系列納為一大系列。也是人情、推理並重的時代推理小說。

以上三系列都是屬於時代推理小說。案發地點都在深川，但是每系列各具特色，有以風情詩取勝，也有以人際關係取勝，也有怪異現象取勝，作者實為用心良苦。宮部美幸另有四部不同風格的時代小說。

29.《扮鬼臉》（長篇，二〇〇二年三月出版／23）深川的料理店「舟屋」主人的獨生女阿鈴發燒病倒，某日一個小女孩來到其病榻旁，對她扮鬼臉，之後在阿鈴的病榻旁連續發生可怕又可笑的不可思議的事，於是阿鈴與他人看不見的靈異交流。一部令人感動的時代奇幻小說佳作。

30.《怪》（奇幻短篇集，二〇〇〇年七月出版）。

31.《鎌鼬》（人情短篇集，一九九二年一月出版）。

32.《寬恕箱》（人情短篇集，一九九六年十一月出版）。

33.《整天》（長篇，二〇〇五年出版）。

34.《孤宿之人》（長篇，二〇〇五年出版28・29）。

三、奇幻小說系統的作品

史蒂芬．金的恐怖小說和奇幻小說《哈利波特》成爲世界暢銷書後，原處於日本大眾文學邊緣的奇幻小說獲得成長發展的機會，漸漸確立其獨立地位，而宮部美幸的奇幻小說就在這欣欣向榮的機運中誕生。她的奇幻作品特徵是超越領域與推理小說結合。

35.《龍眠》（長篇，一九九一年二月出版／04）榮獲第四十五屆日本推理作家協會獎的長篇獎。週刊記者高坂昭吾在颱風夜駕車回東京的途中遇到十五歲的少年稻村愼司，少年告訴記者：「我具有超能力。」他能夠透視他人心理，愼司爲了證明自己的超能力，談起幾個鐘頭前發生的事件眞相，從此兩人被捲入陰謀。是一部以超能力爲題材的奇幻推理傑作，宮部早期代表作。

36.《十字火焰》（長篇，一九九八年十一月出版／17．18）青木淳子具有「念力放火」的超能力。有一天她撞見了四名年輕人欲殺害人，淳子手腕交叉從掌中噴出火焰殺害了其中的三個人，另一個逃走了。勘查現場的石津知佳子刑警，發現焚燒屍體的情況與去年的燒殺案十分類似。也是一部以超能力爲題材的奇幻推理大作。

37.《蒲生邸事件》（長篇，一九九六年十月出版／14）榮獲第十八屆日本ＳＦ大獎。尾崎高史爲了應考升學補習班上京，其投宿的飯店發生火災，因而被一名具有「時間旅行」的超能力者平田次郎搭救到一九三六年二月二十六日的二．二六事件（近衛軍叛亂事件）現場，兩名來自未來的訪客能否阻止起義而改變歷史？也是一部以超能力爲題材的奇幻推理大作。

38.《勇者物語——Brave Story》（八十萬字長篇，二〇〇三年三月出版／24．25）念小學五年級的三谷亘的父母不和，正在鬧離婚，有一天他幻聽到少女的聲音，決心改變不幸的雙親命運，打開幽靈大廈的門，進入「幻界」到「命運之塔」。全書是記述三谷亘的冒險歷程。一部異界冒險小說大作。

除了以上四部大作之外，屬於奇幻小說的作品尚有以下四部：

39.《鵲笛草》（中篇集，一九九五年九月出版）。

40.《僞夢1》（中篇集，二〇〇一年十一月出版）。

41.《僞夢2》（中篇集，二〇〇三年三月出版）。

42.《ＩＣＯ——霧之城》（長篇，二〇〇四年六月出版）。

以上三十九部是小說。另有四部非小說類從略。

如此將宮部美幸自一九八六年出道以來，一直到二〇〇五年底所出版的作品，歸類爲三系統後，再按時序排列，便很容易看出作者二十年來的創作軌跡，也可預見今後的創作方向。請讀者欣賞現代，期待未來。

二〇〇七・十二・十二

本文作者簡介

傅博

文藝評論家。另有筆名島崎博、黃淮。一九三三年出生，台南市人。於早稻田大學研究所專攻金融經濟。在日二十五年以島崎博之名撰寫作家書誌、文化時評等。曾任推理雜誌《幻影城》總編輯。一九七九年底回台定居。主編《日本十大推理名著全集》、《日本推理名著大展》、《日本名探推理系列》以及日本文學選集（合計四十冊，希代出版）。二〇〇九年出版《謎詭・偵探・推理——日本推理作家與作品》（獨步文化），是台灣最具權威的日本推理小說評論文集。

1
chapter

小暮照相館

1

——對了，新店面住起來如何？

這是店子傳來的簡訊。在「我拿到免費的電影票，這個星期天要不要去看？」的後面，附上這一行。

花菱英一立刻駐足回傳簡訊。他正要經過車站的剪票口，所以不忘規矩地躲到一旁，以免擋到年底行色匆匆的眾人。或者該說，他不躲到旁邊都不行。這麼做有其小小的理由。

今年春天，換言之，也就是英一成爲都立三雲高中一年級新生，才剛剛獲准擁有手機時。全家去附近的中華餐廳吃飯的途中，他在人行道上一邊走路一邊傳簡訊，結果身旁的父親花菱秀夫冷不防搶走他的手機，像飛車搶劫一樣搶了就逃。撇下愣在原地一頭霧水的英一，只見父親跑了一百公尺消失無蹤。過了快半個小時，父親才終於現身，在桌旁坐下，猛喘大氣。

「小花的手機被我藏起來嘍。」

父親得意洋洋地如此宣稱。

「不是跟你講過不可以邊走邊傳簡訊嗎？一定要遵守規定，我給你二十四小時的緩刑時間，如果你無法自己找到手機，就要沒收喔。」

「哎呀，不得了。」母親花菱京子用聽起來一點也不覺得不得了的口吻說，「小花，那你吃完飯可得趕緊開始找手機了。」

就在這時，店員送來前菜拼盤，往旋轉桌的正中央重重一放。英一凝視著父母與弟弟開心地將菜分別夾進盤子裡，再次思考這十五年來已經想過許多次的事。

我到現在，還是無法適應這對父母。

這兩人理論上都不是所謂的奇人、怪胎——應該不是。父親在同一家公司已經當了二十幾年上班族。不論英一或弟弟小光就讀小學時，母親都擔任家長會委員。她現在應該還是小光就讀的小學的家長會委員。無論在哪間學校，也都沒有傳出過「那位太太好像是怪胎」的風評。

所以這兩人應該都是正常人吧。只是，不時也會發生這種情形。有個名詞叫做內弁慶（註），那麼我家的老爸老媽應該叫做「內怪人」吧。

那時，最後還是借助小光的智慧，才在期限之內找到手機。說穿了很簡單，手機就寄放在英一當初購買（父母買給他）的站前賣場。老爸是一路跑到車站前再跑回來，難怪氣喘如牛。

從此之後，英一使用手機時就變得格外小心。因為他總覺得自己如果敢不聽話地邊走邊收發簡訊，秀夫說不定會忽然冒出來，再次一把搶走他的手機逃走。就現實問題而言，當然不可能發生那麼荒謬的事。否則秀夫就是超人了。但是沒辦法，英一還是忍不住這麼覺得，這就是所謂的強迫觀念。由此可見，當時從英一手中搶走手機、絕塵而去的父親背影，看起來有多麼認眞。

不過，他可不想讓別人看見這種情景。

而且，只因爲兒子的朋友都這麼稱呼，就跟著起鬨也喊自己的大兒子「小花」，不是很奇怪嗎？英一被朋友這樣稱呼，是因爲花菱這個姓氏很少見。問題是，花菱這個姓氏在花菱家一點也不稀奇。是生來就有的。

開始被這麼稱呼，是兩三年前的事。當時，英一問：如果我是小花，那老爸你不也是小花嗎？

「爸爸的朋友從以前就喊我阿秀，現在也是一樣。」

「那在公司呢？」

「喊我菱哥。」

據說是因爲職場的同一個單位裡，還有人姓花田和花村。

「有什麼關係，在外頭和在家裡都叫小花，這樣可以統一嘛。」

就像小閃一樣，老爸說。的確，基於「閃閃發光」這個聯想，小光從嬰兒時期就被大家稱爲小閃，但英一覺得這兩者的意義並不相同。

「算了，無所謂。」

那就隨便你，英一這麼一說，連母親都開始喊英一爲小花。想當然耳，小閃也有樣學樣。英一可不想被相差八歲的弟弟，以「小」相稱。於是他對弟弟說：你太沒大沒小喔。

註：指只會在家威風，在外老實的人。

「可是，『哥哥』（註）也有個小呀，不是一樣嗎？」

看來是自己選錯攻勢，不該用「討厭冠上小字」當理由。

於是他矛頭一轉，直接和母親交涉，結果，

「和爸爸談了之後，媽媽就在想。媽媽本來一直喊你『哥哥』，但我認爲那樣不太好。聽起來，簡直像是你只有『哥哥』這個屬性。這樣大有問題。」

不，我一點也不覺得那會是個問題。

「可是，我不也是喊妳媽媽嗎？」

「那倒沒關係。因爲對你來說，媽媽就是媽媽。但是，媽媽在公司裡其實叫做『小京』喔。」

花菱京子，目前任職於都心某間規模頗大的會計事務所。雖然只是兼職，但女職員只有京子一人，其他的好像都是歐吉桑，所以『小京』這個稱呼行得通。

「喊我『英一』不行嗎？」

「你都不會害羞？」

媽媽可會害羞呢，她說，「這樣聽起來不是很像你的女朋友？」

英一還沒有女朋友，所以不是很了解，但是，替他洗內褲的媽媽在他面前嬌羞作態，實在很尷尬。於是，他再一次說，算了，無所謂。

好了，開場白扯遠了，回頭說起店子的簡訊。

當然，店子也是暱稱。他的全名是店子力，和英一打從小學一年級同班便結爲好友。到中學爲止受限於學區相同也就算了，驚人的是連高中都同校。因爲對英一而言都立三雲高中是相當吃力的第一志願，但對店子而言只不過是第二志願的選擇。

店子力。每次看到這幾個字，英一總是在想，眞可惜。如果「店」改成「原」就是原子力（核能）了。

店子（Tanako）是個比花菱更罕見的姓氏，也是很容易取綽號的姓氏。店子打從懂事起就一直被大家稱爲店子（Tenko）。

英一回覆短短的簡訊。

——不是店面，是家。

英一穿過剪票口走下地下鐵月台之際，再次傳來收到簡訊的聲響。

——我請你看電影，所以週六，讓我在那個攝影棚過夜好嗎？

英一睨視小小的液晶螢幕。電車駛進月台了，他只好把手機折起放進制服口袋。

才不是攝影棚，那明明是客廳。

英一差點又想嘆氣，他刻意吞回肚裡。關於這件事，他已嘆過數不清的氣，也曾氣得臉紅脖子粗，也曾尖聲抗議。但一切終歸只是徒勞。

即便如此，唯獨這次，他實在不想輕鬆說聲「算了，無所謂」。**他無法如此簡單地習慣**。

新家。對，在這個夏天，花菱秀夫、京子夫妻趁結婚二十周年時終於如願買了房子。在上週六平安無事地搬完家。距離英一就讀的三雲高中，新家要比之前的舊家近得多了。和一直讀公立學校

註：日文中稱呼哥哥時，可以用「お兄ちゃん」直譯就是小哥哥，所以小閂才會這麼說。

的英一不同，順利通過高難度測驗，就讀私立朋友學園小學部的小閃，不僅不需擔心得轉學，而且比起以前搭電車通學，在轉車時也更方便了。

房貸交給我負責就好，秀夫說。什麼交給你，這本來就是你的房子，英一在心裡暗想。將來，我絕對不會繼承的。你要買什麼樣的房子是你的自由，但是拜託別留給我。

因爲那並非普通房子。

說是新家，也只是對花菱家而言算是新家，事實上房子本身並不新，已有三十三年歷史。

在這世上，有些人會買中古屋整修之後居住；也有些人會特地自遙遠的山中，搬來古色古香、茅草屋頂的傳統日本房子，當作自己的家。對此，英一也能夠理解。這是自己的家，所以反映自己的喜好無所謂。這大概就是擁有自己的房子的箇中醍醐吧。

但是，問題是，

把現在的老房子拆掉後，受限於建築基準法、消防法，還有什麼計畫道路等雜七雜八的麻煩規定，絕對蓋不出同樣容積的房子喲——房屋仲介商如此拍胸脯保證的宅地，爲什麼非要買下來？蓋在上面的房子早已失去資產價值，所以在房屋仲介情報上並未畫出平面圖。旁邊框起的詳細資料中，也只記載著「附有舊屋」。換言之，要賣的只有土地。

這種房子幹嘛要買？

「只要補強之後，修理一下，就會是好房子了。還可以住上很久呢。」

好吧，就算姑且退讓一百步不提那個，但還是大有問題。

「地基和梁柱還有浴室廚房之類的整修都得花大錢，所以內部的重新裝潢，必須減至最低限度才行。」

這是爲了讓咱們家可以安心居住，秀夫說：

「所以，我也和媽媽商量過了，這個屋子的**店面部分**，就維持原狀直接使用。這樣別樹一格也比較好玩。」

花菱夫妻頭一次購買，想必也會是這輩子唯一一次購買的房子，是附帶店面的住宅。

「這個主意好。這樣會是很有趣的家喔。你很開心吧，小弟弟。可以向朋友炫耀喔。」

簽約那天，房屋仲介商朝著坐在爸媽之間笑咪咪的小閃堆出笑容，如此說道。而英一，坐在狹小事務所角落的折疊鐵椅上，眺望垂頭喪氣的假蝴蝶蘭在舊式空調噴出的冷氣中慵懶搖曳。

一旁，父母在決定性的契約上蓋下決定性的印章，寫下決定性的簽名。賣方是一對年約五十的樸實夫妻，雖然同樣滿面笑容，但英一覺得那應該是爲了掩飾驚訝。也難怪。誰會買「附有舊屋」的「舊屋」本身呢？

「我們本來認爲，那塊土地用來做投幣式停車場最理想。」賣方的先生說。其實，他原本想說的大概是，那塊地也只能當作投幣式停車場吧。

「那棟屋子能夠保留下來，先父一定也很高興。」

這點雖然不敢保證，但我爸倒是的確很高興。英一在心裡這麼嘀咕，他感到，這次父親又從他手中，一把搶過他對自己的家和自己房間的淡淡夢想，迅如脫兔地逃竄無蹤。

從那熱到讓人覺得快溶化的八月那天起，經過三個月的修理與補強，今天是十二月三日。在距離新家最近的車站穿過剪票口的英一手裡，握著嶄新路線的月票。

走上階梯來到地面，徒步只需五分鐘。就這點而言，房屋仲介情報並未騙人。離車站極近，距離大型超市徒步只需八分鐘，完全沒錯。但，雖未騙人卻也有些事實沒寫出來。

做爲花菱家新居的店鋪型住宅，位於在這麼近的地方出現大型超市因此瀕臨死亡的商店街正中央。

平日的白天，徐緩朝左右蜿蜒的單線道，唯有英一踽踽獨行。伴隨他呼嘯而過的只有北風。美其名爲商店街，其實更像是展示各種商店鐵門設置經年會如何腐朽的露天展示場。世間明明應該很忙碌，這裡卻如此寂靜。

之前店子來幫忙搬家時，去便利商店買飲料，一回來便說：

「簡直像是《日正當中》（註）耶，沒有半個人。」

不是因爲接下來不法之徒將要與老保安官決鬥。在這條商店街，包括不法之徒在內全都是老人，所以大家都很少外出，只有看病時才會出門。

看到新家遙遙在望，英一終於再也忍不住嘆氣。

即便修補過，還是可以一眼看出是舊屋。木造雙層樓房，灰泥外牆，部分貼有磁磚。這個「部分」，並不是修補後的結果，是本來就如此。爲了讓雙層建築看起來像大樓，在房子的正面部分加上方形裝飾外牆，擋住瓦片屋頂。這面外牆上貼了磁磚。

父親對這面磁磚和裝飾外牆很固執。他喜孜孜地說，就是這樣才好，不過磁磚得重貼新的才行。

秀夫執著的**東西**，還有別樣。他說，這是這棟房子的歷史，所以就保持原狀吧。

面對出入口的左邊，有一坪大的櫥窗。正面的玻璃是鑲死的，櫥窗內展示的物品必須自內側取出或放入。

而那面櫥窗旁，與入口的單扇門之間的正中央，還有另一樣**東西**，擁有沉重的存在感。

那本來釘在磁磚牆面上，因此重貼磁磚時，施工的工人原本已將之取下。結果，秀夫居然又特地請人釘回原來的位置。爲什麼啊？英一想。既然已經拆下了，那就拆掉算了嘛。

「如果拆掉了，這個就變成普通的垃圾了。多浪費啊。」

浪費？這是這種時候該用的字眼嗎？

問題所在的「這個」是——

長二十公分、寬近八十公分。厚一點五公分左右的合金製品。也許是加了銅，處處都有銅鏽浮現。歷經風吹雨淋、經年累月已受到磨損，但上面凸起的文字，至今仍可清楚辨識。

是標明這個家——這個店面昔日做何買賣的招牌。

「小暮照相館」。

名爲照相館而非照相館，其實不也頗具匠心嗎？

註：*High Noon*，一九五二年的美國西部片名作。

2

週六下午五點過後，店子一如往常扛著睡袋來過夜。那倒是無所謂，問題是他還拎著其他東西。那玩意用報紙隨便包裹，綁著繩子以便攜帶。

「那個該不會是？」

「嗯。喬遷賀禮。」

不需要，英一當下說。因爲就算不打開報紙，光看那形狀，他也猜得出裡面是什麼。

「你不要說話這麼無情嘛。我老爸也很高興喔。」

店子打開報紙，果然，出現的又是那種石版畫。

大概已是快二十年前的往事吧。有段時期這種石版畫頗爲流行，當然英一沒能躬逢其盛。這全都是聽店子老爸說的。

創作者好像是玩衝浪或遊艇的，總之據說熱愛大海，所以就以鯨魚或海豚爲題材，創作了許多石版畫。那類生物棲息之地當然都是在海裡，所以理所當然，他的作品色調全都一樣，是藍的。雖然有時海浪是白的，但藍色還是占了絕對優勢。就算站在一百公尺外觀看，也會知道，啊啊，是那種石版畫。

現在看起來，實在無法理解這玩意爲何會流行，明明就像是廉價海報。可是，當時販售的價格相當高，據說還有人想買都買不到。

店子的老爸就是深受這種石版畫吸引。他大手筆買了二十幅，之後，雖然有些送人有些賣掉了，不過現在手邊還留有十件之多。掛得家裡到處都是，診療室與候診室也有，但每件都是巨幅作品，所以還是有幾幅掛不下，只好收起來。結果現在拿出來，打算當作花菱家的喬遷賀禮了。

店子的老爸是牙醫，任職大學醫院，但每週也有三天在目黑的自宅開業。由於技術高明廣受好評，病人很多。所以很有錢，平時是個很大方的人。店子與英一經常出入彼此的家庭，也時常在對方家裡過夜，所以英一也很清楚這點。店子家的烤肉超級豪華，每次英一去店子家過夜吃了豪華大餐後，都會大肆吹噓，令小閃也想一起去，硬是被爸媽阻止。

所以店子的老爸並不是小氣，他是眞的誠心誠意想要祝賀，才把自己最喜歡、堪稱珍藏品的東西讓店子拿來，英一也很清楚店子老爸的心情。

像這種情形就叫做「好心辦壞事」。

店子伸手一指。「這個啊，擺在這面窗子剛剛——」

「好個屁！」

兩人正在花菱家的（或者該說小暮照相館的）店面部分。接待客人的房間約有兩坪大，整體是水泥地。裝修內部時，已將原本應是用來放置相機和底片以及交給客人的相片等物的櫃子全都撤掉了，但櫃台還留著，在家中，本來是到了櫃台後面才脫鞋上榻榻米。一旁有門，整修前是從那裡通往攝影棚，但那樣會有冷風灌進來，因此現在用隔板隔開。

所以，店子指的「這面窗子」，是小暮照相館正面的那扇櫥窗。

拜託你收起來好嗎？英一說著，急忙將畫用報紙重新包起來。幸好，父母出門去買東西了，小閃也跟去了，所以現在只有他們倆在。

「可是，我是奉我老爸之命帶來的。」

店子的皮膚白皙、身材纖細，五官像女生一樣秀氣，這點與小閃非常相似，三人走在一起時，甚至常有人誤以爲店子與小閃才是兄弟。不過，唯有他的聲音背叛了那張臉蛋，該怎麼說呢，有種獨特的破碎音質。不是粗野，也不是沙啞，該說是微妙地走音嗎？總之，就是感覺哪裡故障了。

小學六年級時，音樂老師在已開始變聲的店子唱完指定歌曲〈海濱之歌〉時，曾經說過：

——店子同學，你本來的聲音就是音痴喔。

這是英一到目前爲止的人生中聽過的，對店子的聲音最精準的形容。

店子對自己的這種聲音很困擾。他穿著很能夠襯托白皙臉孔的粉彩混色編織毛衣，配上有許多口袋的迷彩長褲。今天的打扮也很花俏，店子在色彩感覺方面也有點故障。

「那我就收下了，替我向你老爸道謝，就說眞的很高興他有這番心意。」

「不過，我說啊——」

這棟老房子倒也不是毫無可取之處。比起以前住的出租公寓，房間整整多了三間。而且也有許多收納空間，包括壁櫥、儲藏室、有拉門的櫥櫃，甚至還有一坪半左右的倉庫。

搬家時，預計暫時用不到的繁雜行李，全都塞進那個倉庫了。所以店子的喬遷賀禮，只要也藏進那裡面，爸媽肯定不會發現。

被發現就慘了，鐵定的。

「擺出來嘛。放在那個櫥窗裡，剛剛好。」

因爲他們一定會這麼說。

「小花，你想想看。」

店子用指尖摩挲光滑的鼻頭，露出沉思的表情。

「那個櫥窗如果一直空蕩蕩地擱著，你知道會怎樣嗎？」

「一點也不怎樣。」

「不對。你爸一定會擺上全家福照片，我敢跟你打賭。」

英一無話可說，因爲他覺得好像被說中了。

店子看出英一的臉色，得意地笑了。「對吧？」

秀夫趁著開始喊英一小花，對於店子也從「力君」改口喊店子君。頓時，兩人之間好像產生某種奇妙的默契，對於秀夫的意思或嗜好這類想法，往往店子可以猜得驚人準確。

對了，今早，老爸好像還問過相簿在哪兒吧？

挑選全家福的照片，放大之後裝框展示——說不定他正在打這個主意。

「這幅鯨魚和海豚還挺占地方的。如果擺上這玩意，應該可以暫時拖延一陣子吧？」

別看花菱秀夫那樣，他可是個非常講求禮貌的人，別人送的東西，他絕不會不當回事。這是店子家送的喬遷賀禮，所以已經擺在最顯眼的地方嘍——只要這麼說，至少暫時，老爸應該不會再把別的東西放進那面櫥窗吧。

英一默默無語，取出畫框。

「需要釘子或鐵鎚什麼的嗎？」

「不需要，裡面有掛勾。」

櫥窗從外面看來與牆面幾乎合爲一體，但若從內側看其實是凸出三十公分左右的箱形。箱形的側邊有絞鍊和把手，將把手一拉，凸出的部分就會整個往前張開。

以前，想必是替客人拍攝照片裱框之後，放在這面櫥窗裡展示吧。只要是照相館都會這麼做——雖然這麼想，英一還是忍不住思忖了一下，把照片放進櫥窗展示時，應該需要先徵求客人同意吧，這畢竟涉及肖像權的問題。

「哇……這個，你不覺得有點危險？太重的東西掛不住喔。」

打開箱形的部分一看，店子驚呼。外牆與箱形的部分，是靠三個五公分大小的絞鍊連結。感覺上的確不大牢靠，頭一次打開這玩意時，英一也這麼想過。但，整修房子的工程行老闆卻說，這玩意打造得很結實，所以沒問題。

——如果你考了一百分，把考卷張貼在這裡應該不賴吧？

當時英一很認眞地懇求過：雖然我想你這應該是玩笑話，但是拜託千萬別在我爸媽面前說，因爲他們眞的會做。

「你看，玻璃都起霧了，擦一下比較好吧。」

小花，你去拿水桶和抹布來，店子如此要求。於是英一拿來了。店子鑽進箱形的內側，開始仔仔細細地擦玻璃。

「你好！」

聽到店子這麼說，英一正感到奇怪，原來是門口的商店街有人經過。

「拜託你別亂打招呼好嗎？人家會以爲我們還在做生意啦。」

「可是眼睛就已經對上了嘛。」

「是老人家吧?」

「不,是個女孩子。」

應該跟我們年紀差不多吧?店子說。眞稀奇。這條路上有那種年輕人嗎?

「別發呆了,小花你也把玻璃外側擦一擦呀。」

天氣很冷,所以他拎著抹布,隨便擦兩下就交差了事。店子居然說,待會還得用乾抹布再擦一遍。

蔚藍大海與鯨魚與海豚的石版畫,往櫥窗裡一放,明明體積很大,看起來卻莫名孤單。感覺上完全過了季,早已落伍,又好似這玩意也很清楚自己是個什麼玩意,所以萬分抱歉。

落魄——說的就是這種情形。

「還有沒有別的可放呢……」店子說,「比方說假花之類的。」

他歪頭思忖,然後「啊!」地眼睛一亮。

「暑假時,小閃做了紙黏土作品,對吧?那個拿來當擺飾吧。」

「我不知道在哪裡。」

「一定在小閃的房間啦。」

英一與小閃的房間,是二樓兩間相連的和室。英一的那間有三坪,小閃的超過一坪半,還附帶鋪地板的部分。壁櫥在英一這頭,小閃那邊有個像寄物櫃那麼大的細長櫃子。

小閃暑假作業的自由創作做的是紙黏土偶,如今在他的書桌架子上,和樂融融地並排站在一起。紅色的與黃色的是一對，若只看形狀是大象。應該是大象吧。不過，沒有象牙卻有角，尾巴末端還開著花。

「擅自拿去櫥窗展示，那小子搞不好會生氣。」

「他不會生氣啦，因爲小閃對這件作品很自豪。」

不只是外表，店子與小閃連喜好都很像，兩人意氣投合，所以感情很好。既然店子這麼說，那應該就不用擔心吧。

「這個尾巴的地方，小閃當時做得可辛苦了，這裡很容易折斷，你可得輕輕拿。」

這種事連英一都不知道，店子卻瞭若指掌。偶爾，當英一想到——我永遠無法習慣這對父母，也絕對贏不了弟弟，感到很鬱悶時，他也曾想過，如果我是店子家的兒子，店子來當我家的兒子，不知道會怎樣？

然後他在幾十秒後改變想法。店子是獨生子，所以要繼承他老爸的事業，將來非當牙醫不可。因此非念牙醫系不可，以店子的本領絕對有可能，他從小就是優等生。但英一做不到。因爲他的成績從整個學年的尾巴倒數過來，頂多只能爭取五十名前後的一兩名。

他這才想到，講到從小就是優等生，這點店子也和小閃很像。

當初確定高中也和店子同校時，比任何人都開心的是小閃。他說，他本來以爲如果兩人不同校，就沒辦法像現在這樣繼續見到小店店了。

店子那傢伙該不會是顧及小閃這種心情，才故意屈就三雲高中吧？英一不禁猜疑。但是，問他本人，他卻說是因爲參觀學校時很中意。理由簡單明瞭。

即便如此，英一的內心某處還是有點小疙瘩。不過，那也只限於父母隨即找到這棟老房子之前。找到房子之後，他就再也無暇顧及其他的事了。

兩人走到外面，眺望櫥窗。蔚藍的晴空、大海、鯨魚與海豚，以及長角的開花大象土偶。

「你不覺得挺好玩的？」

店子雙手扠腰，似乎十分滿意。

「一眼就可以看出，住在這棟房子的人都是好人喔。」

「也可以看出是怪人。」

算了，無所謂——英一咕噥，店子笑了。

「出現了出現了，小花的必殺台詞。」

才沒那麼厲害。這只是爲了習慣這個家庭——現在是這個家庭加上這棟房子，英一個人的堅強處世之道罷了。

啊，是小店店！小閃的叫聲傳來。他在前一個十字路口的對面，在他身後的爸媽也拎著超市的大袋子走來。噢，你好！父親秀夫舉手吆喝。母親京子也露出笑容。

母親的手裡除了超市的購物袋，還有一束漂亮的花。看到那個，店子忽然壓低嗓門，「啊——糗了。我本來也想到了，可是一出家門就忘了。」

「什麼啊？」

「我本來打算買花給小風，也跟我媽說好了。」

花菱家的三人停下來等紅綠燈。小閃急著趕快過馬路，正在蹦蹦跳跳地猛跺腳。

「那才眞的是心意到了就好。」英一也小聲說。「店子如果對風子太好，小閃可是會人小鬼大地吃醋喔。」

「對喔。」店子朝紅燈那頭的小閃一笑，「因爲小閃可能還不太懂。」

紅燈變綠了。小閃衝過來。

他怎麼可能不懂，他早已懂得很多了，所以才會吃醋。這些話英一沒說出口。店子並沒有這個義務，必須對小閃理解到這種程度。

花菱家，其實本來應該有五個人。英一與小光之間，還有一個女生叫做風子。六年前的三月，年僅四歲便夭折，死因是流行性感冒腦部病變。

當時英一十歲。他記得風子，對於風子死時父母的痛苦與悲傷，他知道，也記得。但小閃當時才兩歲——正確說來是兩歲又四個月大。

英一曾在腦科學的書上看過，人類的腦部系統發育完全是在三歲前後，因此不會留下三歲之前的早期記憶。堅稱仍留有襁褓時期記憶的人，據說多半情況都只是把後來聽到的敘述誤當成自己的記憶。

所以，小閃對風子毫無認識。雖然不認識，卻知道。因爲爸媽至今仍然沒有片刻忘記風子，不時，還會表現出好像風子一直跟他們共同生活的言行舉止。

那絕非壞事，英一也覺得爸媽不得不這麼做是理所當然。但是有時他會覺得：我倒是無所謂，但小閃未免太可憐了。

對，所以這次買這棟舊屋時，如果爸媽其中之一敢說什麼：

——風子一定也會喜歡這棟房子，她一定會覺得很有趣，很開心。

英一本來打算稍微正襟危坐地教訓爸媽一頓。

幸好沒那個必要。爸媽一次也沒提起風子。英一雖然鬆了一口氣，但是另一方面，看著對於「新家」這種東西，想必比自己抱著更孩子氣的憧憬與夢想的小不點弟弟，對爸媽毫無怨言，笑咪咪地舉手贊成，英一忍不住半是心疼，半是氣憤。

「你看你看，小閃。擺出來了喲。」

店子在櫥窗前傲然挺胸。小閃發出歡呼跳起來。

「哇，好棒喔！小店店！謝謝你！」

「咦？」秀夫重新拿穩超市購物袋發出驚呼，「搞什麼，我都已經去拜託人家，把照片裱框了。」

原來老爸真的打算把全家福照片擺出來。英一不禁冒冷汗。

「對不起，這個是我家送的喬遷賀禮。」

店子一邊聳肩縮脖，偷偷朝他使眼色：你看吧，被我猜對了吧？

「沒關係啦。放自家照片畢竟還是會有點害臊嘛，放這個好看多了。謝謝你喔，店子。」

京子宣布晚餐要吃壽喜燒，然後打開店面入口——不，是玄關。

秀夫與英一及店子三人，起碼扎扎實實地吃光了一頭牛的七成。然後，因爲要喝咖啡，眾人移師客廳。

是客廳。以前也許是拍照用的攝影棚，所以沒有窗子，而且天花板也很高，暖氣不大管用，但現在是花菱家的客廳。

可是，小閃立刻亢奮起來，

「小店店，你說哪個好？」

他奔向左手牆壁那邊。必須再重述一次，這棟房子比他們以前住的地方大很多。即使把花菱家的家具和家電用品全部放進來，仍有多餘的空間。針對這點做過充分計算後，採取的措施是——畢竟，爸媽可是在搬家前就用紙模型考慮過家具該怎麼擺了——在這間客廳，不放任何家具與用品，只有空蕩蕩的整面牆。

以前在這個攝影棚拍照時，拍照者都是背對這面牆擺姿勢。

所以牆壁上半部，裝有捲簾式的背景布幕。共有八種款式，可以隨意拉上拉下自由更換。這同樣也是秀夫堅持保留的小暮照相館的遺物。他的理由照例如下：這樣不是很有趣嗎？如果拆掉就變成垃圾了，那多浪費啊。

小閃抓住拉布景的繩子。吃撐的店子癱在地上，

「富士山！」他要求。

「好——富士山來嘍！」

富士山的布景緩緩下降。既然要保留布幕，如果髒兮兮的看了也討厭，所以已經努力清除灰塵了，但還是無法阻止布幕老態畢露、嚴重褪色。

「眞好，可以輕鬆更換壁紙。」

秀夫也一邊躺下，一邊說道。躺在地上時，他的腦袋前方，正好就是供奉風子牌位的小佛壇。佛壇沒有上漆是白木做的，門前雕滿花朵圖案。這是京子選的，她說看起來比較像女生用的。

從英一坐的地方，可以筆直看見佛壇裡的風子遺照。她穿著心愛的黃色小洋裝，似乎覺得光線刺眼，瞇起眼微笑。那是她死前不久，全家去上野動物園時拍攝的。英一忘不了，因爲是他按的快門。

「小閃，你怎麼知道是哪種布景？」

「這個拉繩的地方，每一條都掛著牌子。」

「這個不知是拍哪種照片時用的，看起來很像公共澡堂的壁畫。」

京子一邊逐一放下咖啡杯，一邊說。

「也許是慶祝六十大壽吧。」

「也有櫻花的布景吧？」

那個在這裡，小閃說，拉下另一條繩子。降下的不是櫻花，是白底點綴金色雲朵的布景。

「啊，拉錯了。」

「這是金婚紀念日用的吧。」

讓我也玩一下，店子說完爬起來。

「不是有七五三（註）用的嗎？搬家時，我看過。」

註：男孩三歲及五歲、女孩三歲及七歲那年的十一月十五日，慶祝孩子成長的節日。當天家長會替孩子盛裝打扮，帶去神社參拜。

「那是什麼圖案？」

「上面畫的是神社的牌坊，有鴿子飛過。」

這張也不是那張也不是地鬧了半天，小閃不停將布幕捲起拉下，簡直是興奮過度。每次店子一來，他總是這樣。

「不過，這筆字倒是寫得很好看。」

店子輕觸繩子上的牌子，朝秀夫轉身。

「叔叔，這個你看到了嗎？超有韻味的，是很棒的字。」

我瞧瞧，秀夫保持躺在地上的姿勢伸長脖子說。店子拉扯繩子，把牌子拉到秀夫眼睛看得見之處。

「對吧？以前住在這裡的人，該不會練過書法吧。」

因為是老人嘛，秀夫說，「聽說過世時，高齡八十五。」

「可是字倒是寫得很穩。」

「應該是更年輕時寫的吧？」英一插嘴，「因為那個牌子都已經泛黃了，一定是很久以前寫的啦。都舊了。」

這棟房子的一切都很舊。

「就像布景也是，現在已經不用這種捲簾式的，改用像門一樣拉進拉出的那種吧？」

小閃入學時，去拍紀念照的相館就是這樣。

「那家照相館的技術很好耶。」京子說，「下次大家一起合照，應該是小花的大學入學典禮了。」

「那個就免了吧。反正還是很久以後的事，誰知道到時會怎樣。」

今年四月進入高中時，爸媽也曾提議拍紀念照，英一好不容易才躲掉。

他不喜歡拍照，他從來沒有仔細瞧過拍攝自己的照片。

吃飽的秀夫打著呵欠說，「別那麼怕麻煩，拍一張嘛。從今以後，用不著三天兩頭上照相館，任何紀念照都可以在這裡拍。」

「啊，其實我家一直如此。」店子說，「每次一有什麼事，照相館老闆就會帶助手來。上個月也來過。」

「是拍哪種紀念照？」

「我爺爺領勳章。」

店子家既有錢又是名門世家。

啊？什麼？恭喜！這種事你應該早說，那我們該送份賀禮……就在這麼瞎起鬨之際，對講機響了。

店面式住宅多半如此，這棟房子也是除了店面的出入口，另有住家的出入口。是面對後巷的門，雖然順口稱爲「後門」，但對花菱家而言，這才是正式的玄關，所以對講機也裝在那邊。巷子那頭的路燈稀少，一入夜就很暗，所以是附有感應式照明燈與螢幕的對講機。順帶一提，整修之前，原本是個像饅頭拖著臍帶的舊式電鈴。秀夫本來也想保留那個，但遭到京子反對。她說家裡有小閃在，一定要做好安全措施。

既然裝了，有人來時對講機當然會響。但，眾人不約而同地面面相覷。搬家至今才一星期。雖然去兩邊的鄰居家打過招呼，但是還沒交到朋友。這種時間會有誰來？

「是推銷報紙的嗎？」

京子站起來，走去看廚房的螢幕。小閃也跟去。緊接著，

「沒有半個人耶。」他說，「螢幕上什麼也沒有。」

「燈亮了嗎？」

「嗯，是亮著的。」小閃伸長脖子湊近螢幕窺視。

「是惡作劇吧。」

京子移開視線，順便開始收拾廚房的碗盤。反射在小閃臉頰上的螢幕光線消失了。

才剛這麼想，對講機又響了。

小閃立刻往上伸手，按下通話鍵。這種對講機是新式的，只要操作按鍵就能一切包辦。

對著麥克風，「誰？哪一位？」小閃大叫。

即使大家豎起耳朵，從擴音器傳出的也只有刺耳的雜音。無人回話。

伸長脖子順便連人中也伸長，小閃目不轉睛地瞪著螢幕。

「螢幕上什麼也沒有。」

是惡作劇啦，京子再次說。

「我出去看看。」英一站起來。店子也跟著出來。走到走廊上，

「我去店面那邊看看。」兩人兵分兩路。

英一碰觸開關，他本想打開走廊的燈，卻又臨時作罷。如果有人惡作劇，最好不要讓對方發覺自己接近。

走下後門——不，是玄關的脫鞋處，把眼睛貼在門上的貓眼。感應燈仍舊大放光明，卻空無一人。隔著狹小的巷子，對面住家前，只有一輛腳踏車。

英一打開門鎖，卸下門鍊，「砰！」地把門打開。他握著門把，一半的身體探出戶外。

頓時，他渾身一抖。今晚相當冷。

他左右張望，巷子裡沒有人。柏油路面慘白地反射出感應燈的燈光。房屋仲介商說，直到幾年前爲止，這條巷子都還沒鋪柏油，所以馬路很乾淨喔，因爲是新鋪的。

這種時間，會有小孩子亂按別家的對講機惡作劇嗎？真的會有嗎？這年頭的小學生忙著上補習班和才藝班，連加班晚歸的上班族都要自嘆弗如，深夜也照樣坦然自若地走在路上。小閃的同學據說全都如此。

白天，店子也說看到高中女生走過商店街，或許只是我們還沒遇到，其實這條路上並非完全沒有年輕人口。也許是對嶄新的感應燈好奇，所以小鬼頭才跑來惡作劇吧——

正當他關上門準備鎖住時，店子忽然在店面那頭大叫。

英一尚不及反應，爸媽和小閃已搶先跑過去。店子夾在那個櫥窗的箱形部分和玻璃之間，以怪異的姿勢彎腰，眼睛盯著玻璃外。

「什麼事？」

面對趕來的眾人，店子又喊了一聲「哇」，然後指著玻璃外面。

「有東西經過。」

那當然會有人經過嘍，雖說已奄奄一息，好歹還是商店街。

「是輕飄飄地經過。」

是用飄的，他說。

「倒是你，沒事幹嘛打開櫥窗？」

「要看外面，從這裡最快。」

以前，店面出入口的那扇門是半透明樹脂製，從外面可以一眼望進櫃台。但那樣畢竟會不自在，所以整修時，已換成一般住宅用的玄關門。這種門上連窗子也沒有，所以要看外面時的確是開櫥窗比較快。

秀夫也沒換拖鞋就直接走下土間，與店子並肩。他把手放在玻璃上，順勢連臉也貼上去。

「輕飄飄地經過什麼？」

「一個女孩子。」

「你白天不也這麼講過。」

「那個是活的，是好端端地用走的，有腳。」

可是剛才的不同，他說。

「女孩子？什麼樣的女孩子？」

京子站在通往土間的門口，手扶著柱子問。小閃緊抓著京子的腰。店子稍微看了他一下，

「對不起喔，小閃。我不是故意要嚇你。」

小閃僵住了。

「欸，是什麼樣的女孩子？」京子又問一次，「多大年紀？」

「啊，大概跟我們差不多。」

果然跟白天一樣嘛。

「不對。那時那個女孩穿制服。可是這次這個好像是……白衣服。」

小閃瞪大雙眼，更加用力抱緊京子。京子把手放在他頭上，

「是嗎？」京子說，「那是個大女孩嘍。」

秀夫在玻璃前面轉過身，他剛才把額頭貼上去的地方白濛濛一團。

「不是風子啦，老婆。」

他的語氣非常認眞又溫柔，彷彿在安撫。

「嗯，就是啊。」京子微笑，「風子的話，明明在家裡嘛。」

鴉雀無聲。

京子胡亂搓揉小閃的頭髮，放聲大笑，「拜託，小閃。沒什麼好怕的啦。一定是什麼人跑過去而已啦。」

「對對對。」店子也慌慌張張地笑了，「是我太膽小，動不動就疑神疑鬼。」

還不趕緊去洗澡，已經到了睡覺時間嘍。京子說著帶小閃回屋裡去了。店子重新關好櫥窗。秀夫脫下拖鞋啪啪啪地用力拍響，一邊自土間走上來一邊歪頭思索。

「這一帶，果眞會**鬧鬼**嗎？」

「叔叔，你太大聲了。」

「不是啦，我是聽須藤先生說的。」

須藤先生，是負責這次交易的房屋仲介公司社長。他宣稱家中代代在這塊土地做生意，自己已是第三代。

「我聽他說，這裡以前在空襲時失火，死了很多人。」

英一也聽過那段敘述。這個地區，遭遇過關東大地震，遭遇過太平洋戰爭末期的大空襲，戰後復興期又遇上水災，總之，好像有段天災人禍頻仍的過去。

——在我父親那一代，拆毀舊房子時，自地基底下挖出人骨的事，可是經常發生喔。

據說還曾發現防空洞的遺址，一口氣挖出多具人骨。

——哎，現在當然是沒有了啦。大部分都已存貨出清了。這棟房子沒問題。

英一覺得大部分都已存貨出清這種說法，好像有點失禮，

「不僅如此，他不是說過嗎？在這一帶死掉的人絕不會隨便變成鬼。」

英一想起須藤社長的敘述中，最關鍵的部分。簽約的要緊事幾乎都是右耳進左耳出，唯獨這點印象深刻。

「不會變成鬼，因爲大家都變成歷史了。他就是這麼說的。」

噢——店子露出像要吹口哨的表情，「這位社長說得好。」

「小閃會害怕，不准再講這種話題。而且你們也太幼稚了吧。」

對不起，店子與秀夫一同道歉。正巧，「小店店！」小閃在廚房那邊喊道。

「我們一起泡澡吧。」

快去！英一向店子下達指令。「如果今晚小閃尿床，棉被由你去曬。」

「啊，那倒是不用擔心。因爲小閃已經說好了，要跟我用睡袋，睡在攝影棚。」

就跟你說不是攝影棚，是客廳！

3

店子週日那晚也留下過夜，還是和小閃一起睡。害得英一也陪著兩人，連續兩晚都把被子搬到客廳睡，所以週一早上脖子痠痛得要命。

眞不可思議。去店子家過夜時，英一也是借用睡袋睡覺。那樣明明完全沒事，可是如果睡的是被子就會腰痠背痛。

「因爲我家的睡袋是攀登珠穆朗瑪峰的登山家也在使用的貨色。」

這並非表示是店子家精心自製的睡袋，店子家素來備有全家人數再加上英一用的睡袋。至於原因，是因爲店子的老爸偶爾喜歡睡在院子裡。

這叫露宿，店子的老爸說。就狀態而言或許的確是，但這是睡在園丁精心整理的院子裡，所以並非眞正的露宿野外。而且店子的老爸最近還一個人睡在草皮上，宣稱這是戶長的特權。春天的時候，看起來倒是軟綿綿的。

起初聽說時，英一覺得這是他不敢領教的怪異嗜好，但一試之下居然意外有趣。當然，店子的老爸也是看季節來實行這項嗜好，所以不可能對身體造成負擔。鑽進睡袋裡仰望夜空，即便在東京都心也能看到星星。不賴。

「我之前還和老爸說好，改天要去新宿中央公園睡睡看。」

「別傻了，小心被人當成遊民痛扁。」

店子老爸的病人不會覺得困擾嗎？——我固定去看診的醫生居然睡在公園，被人揍得鼻青臉腫，結果沒辦法替我做假牙了呢。

店子週末一直待在花菱家，所以今早依舊是那身五彩繽紛的打扮。三雲高中雖然有制服，但基本上對穿著並無限制，所以沒影響。也就是說，無論穿制服或是穿便服上學都行。

他們並肩搭乘電車，一同穿過車站剪票口走進校門，但英一與店子不同班，所以進入校舍後就分道揚鑣。英一很睏，脖子也很痛，眞是累人的星期一。

算了，上課辛苦又不是今天才開始的，無所謂。

這種情形大概就叫人生的諷刺吧。考取三雲高中時，爸媽都欣喜若狂，不停誇獎英一。了不起，幹得好，英一你很拚喔！當然他自己也很開心，對於當初說什麼「我可是爲你好，所以你還是放棄吧」的班導師，以及說什麼「就當作失敗也是人生經驗之一，所以你就姑且去考考看吧」的升學輔導老師們，似乎也終於還以顏色。

現在，這些回憶全都模糊不清，看起來白濛濛。

無論何事，耐力都比瞬間爆發力更重要。而比起鍛鍊瞬間爆發力，培養耐力要遠遠更加困難。

托店子的福——或者，也許該說因爲有店子在，英一在三雲高中，打從一開始，就已擺脫了想要建立人際關係、盡情享受青春的欲望。按時上學，忍受上課時間，放學時間一到就回家。其間，班上同學如果找他說話，雖然也會敷衍一下，跟著閒扯兩句，或者笑一笑，但英一沒有特別要好的朋友，也沒有認識任何想要主動親近的人。當然，女朋友更是遠在另一個銀河的彼方。

不過，他加入了同好會。不是學校的正式社團活動，純粹只是同好團體，所以約束力不大，也等於沒有上下關係。

他參加的是慢跑同好會。光看名稱就知道他們毫不做作，英一喜歡這點。

活動也是自由參加。從週一到週五，高興的時候就去，大家一起做完暖身運動後，就各自跑學校附近的固定路線。如果跑完全程，這條路線將近二十公里，但是練到高段後這樣根本不夠，爲了挑戰正式馬拉松（註），還會加上別的練習項目，去別的地方練跑。

英一國中時是手球隊的。隊上訓練時經常跑步，所以他跑得完二十公里。然而到目前爲止，他還沒有向更高段挑戰的欲望。

四月以來，每週的一、三、五這三天是他固定的慢跑日，但今天還是算了吧。一跑就會牽動到脖子很痛。在鞋櫃的地方，遇到同好會裡經常一起跑步的橋口保，於是英一告訴他今天不去跑步了。

「我今天也會提早結束，因爲補習班要考試。」

橋口的身材瘦長像根曬衣竿，臉和手腳也很長。和英一國中時在手球隊最要好的守門員體型很

註：正式馬拉松全程共四二・一九五公里。

像，交談之後發現個性也有點像。

「對了，小花，聽說你搬家了？」

聽到這句話英一嚇了一跳。他不記得跟橋口說過。就算要趕在過年之前寫好寄出賀年卡，也是接下來的事。

「是沒錯，但你怎麼知道？」

「我聽店子講的。」

店子向來抱持的主義是，小花的朋友當然也自動成爲我的朋友，所以和橋口也立刻混得很熟。搞不好比英一更熟。

「那傢伙正在到處宣傳呢。聽說是很有趣的房子？」

橋口笑著說。店子那傢伙，昨晚應該從睡袋上面狠狠踩他幾腳才對。

「一點也不有趣，是我爸媽與眾不同，我可是煩得要命。」

橋口不置可否地哼了一聲，收起笑容。「聽說本來是照相館是嗎？聽說還有個氣派的攝影棚。」

「一點也不氣派，只是街上的小相館，房子也老舊得要命。」

橋口再次不置可否地哼聲點頭，拎著從鞋櫃取出的球鞋。

「我家的親戚之中，也有人開過照相館，是我爸的哥哥，我的伯父。」

這次輪到英一不置可否地哼聲回應。

「大概是三年前吧。他把店關掉不做了，根本沒生意。現在大家不是都已改用數位相機拍攝，然後自己印出來？會拿去店裡沖洗的，頂多也只有拋棄式相機。就連那個，大家也都拿去便利商店和藥妝店沖洗了。」

這次連不置可否都哼不出來了。照相館的現狀，有這麼慘嗎？

「生活在各方面變得便利後，有些行業也隨之消失了，專業人士會變得很慘。」

橋口想必不討厭那位伯父吧，他的語氣聽起來很遺憾。

「你家不就很好嗎？是絕對不會消失的專業。」

橋口的老爸是律師，所以橋口將來好像也打算考司法考試。

醫生世家的店子也是如此，總之這種學生在三雲高中特別多。據說還有學生的家長是政治家。

那也成了英一在學校待得不自在的原因之一，花菱秀夫只是個平凡的上班族。

秀夫任職的公司是在業界號稱巨頭的精密機器零件製造商，在這彷彿重新考驗製造業實力的當今社會，公司也開始買電視時段打廣告（清晨或深夜的便宜時段）。不過，秀夫不是工程師，他是事務員，進公司以來一直待在總務部門。如果是負責對付鬧事的小股東倒也還算專業人士，可惜他在總務部門好像也一直是做庶務工作。

秀夫在家幾乎隻字不提公司的事。他總是聊別的，即便如此，偶爾公司舉辦迎新送舊會或尾牙時，他也會帶同事或部下回家續攤喝酒，根據那時零星聽到的對話內容進行綜合推測後，

——老爸在公司的地位很低。

英一不得不歸納出這個結論。

所以英一也輕視父親？那倒沒有。他沒想過要用那麼膚淺、與社會相同的標準來衡量自己的父

親。只是有時他會萌生疑問：老爸，工作有趣嗎？庶務這種工作，簡而言之就是一手包辦所有雜務吧。

現在雖是正式員工，但今後的前途也令人不安。只要公司業績稍微下滑，這個單位應該會被首先裁撤，改爲外包吧。

算了，將來的事就算現在先不安也沒用，無所謂。

「我家也很難說喔。說不定像美國那樣，律師人數過多，結果僧多粥少搶不到生意。」

橋口也用絲毫未顯不安的語氣說完後，說了聲掰掰，就朝體育館跑走了。這人又細又長，所以一跑起來身體就會左右搖晃。

店子國中時參加銅管樂隊是打鼓的，在高中則是加入輕音樂同好會。好像同樣也是悠哉悠哉，很輕鬆，每次問他，英一都搞不清楚店子現在到底負責演奏什麼樂器。不過，他天天都會去社團教室報到。所以，碰上不跑步就要回家的日子，英一形單影隻。他會在車站前的便利商店稍微翻閱一下漫畫月刊，一邊忍住呵欠一邊返家。

下午四點前，這個時間家裡沒人在。小閃就讀的朋友學園從小學部就盛行課外活動，那小子參加的是美術社。有時做那種開花大象的玩意，有時畫畫圖。另外，在他個人的希望下，也報名了兒童英語會話班。那邊是每週三天，回來通常是六點以後。朋友學園距離京子的上班地點很近，所以時間配合得上時，母子倆會一同往返，不過，平均說來，小閃獨自上下學的情形，要多上許多。

小閃從小學就念私立學校，所以搬來新家後必須搭電車通學，英一對這件事深感震驚。他很驚訝爸媽竟然會同意，或者說，竟然能克服心理障礙。他本來還以爲小閃一旦開始通學後，爸媽很快就會說還是不行，接著把小閃轉到附近的公立學校。

失去風子之後，爸媽變得非常膽小。膽小這個字眼如果太難聽，那就說是變得很神經質吧。他們片刻都不敢讓小閃離開視線範圍。因爲風子的死因，每逢感冒流行的季節，英一就可以感到家中的空氣就像帶著靜電似地劈哩啪啦冒火花。

明明一直都是如此，沒想到到了小閃就學時，他們居然讓六歲的小閃自己搭電車去上學。英一的感想是：不會吧。小閃當然做得到。因爲小傢伙很能幹，但是，你們做父母的恐怕辦不到。每天早上，老媽該不會在門口拉著小閃的書包哭哭啼啼吧？

沒想到，居然還眞的撐下來了。小閃帶著兒童手機與防盜警報器，繼續就讀朋友學園。到目前爲止，並未發生過緊急事態。

如果問小閃上學好玩嗎？他連想都不用想，

「嗯！」地立刻如此回答。

「小花呢？你上學好玩嗎？」

「還好啦。」

重點是，你該喊我哥哥。

換上運動服後，英一四處尋找痠痛貼布，但是找不到。附近應該有藥局，想想還是直接用買的比較快，英一在後門套上拖鞋。

這時，對講機響了。

英一速戰速決，立刻開門。

又是空無一人。現在還有太陽，所以感應燈沒亮。

英一出門四下張望。請問是哪位？他試著喊道。本來想盡量發出強悍的聲音，但用力過度嗓音分岔。

莫名其妙。明明打算直接去藥局，結果他卻又關上門脫下拖鞋，繞到店面那邊。這是爲了預防萬一，和前天的店子做同樣的舉動看看吧。

他走近那扇櫥窗，拉住把手，把門往前拉。

下一瞬間，英一差點嚇得腿軟。因爲一名穿制服的高中女生，緊貼在玻璃上。

英一是忽然出現的，所以對方似乎也嚇到了。只見她「咻」地向後一跳，小心理好裙襬。那是膝上二十公分左右的迷你裙，可以看見整個膝蓋。

有腳，英一想。雖然自己也覺得窩囊，但他首先確認這點，這是個活人。

他關上櫥窗，急忙打開店面出入口的那扇門。

高中女生還站在步道上。目光對個正著。英一想不出該說什麼。

倒是高中女生，眨眨眼，先開了口，「那個，這裡是照相館吧。」

英一的腦內語言軟體還處於當機狀態。

對方甩甩頭，把頭髮自肩上甩落後，高中女生又說一次，「這裡是照相館沒錯吧？又開始營業了吧？」

英一張口結舌，他姑且先呼吸。

「之前一直關著，但是最近，我看到燈亮著……」

她就像三雲的大部分女同學一樣，講起話來含含糊糊、柔軟甜膩。那令英一得以找回現實感，這傢伙原來是普通女生。

「前天，星期六晚上，妳也來過嗎？」

英一慢吞吞地問道。這是他個人最想確認的事項。

「啊？」高中女生又甩甩頭髮。「前天？你說我？」

「我是說，星期六晚上，大概九點多，妳按過我家對講機吧。」

高中女生修剪整齊的眉毛扭曲，眼神變得凶惡。她退後半步，和英一拉開距離。

「這裡不是店面？」

她在不高興的同時，大概也意識到英一和自己同年吧。說話變得毫不客氣，聲音也很尖銳。

「因爲招牌還在，我以爲是照相館。不行嗎？」

「那時候，妳是不是穿著白衣服？白色大衣或毛衣之類的。」

漂亮的眉毛吊起。「那種事，跟你有什麼關係？」

不要臉，女生在嘴裡低聲嘟囔。含糊甜膩的語調消失了。

英一也火大了。「我家不是照相館。」

高中女生的氣燄更高。「這就怪了，那你們幹嘛掛出招牌。」

「那種事跟妳有什麼關係？」

高中女生一下子火冒三丈。同樣也像英一在女同學之間經常見到的，有張精心化妝的臉孔，但是並不可愛，多半總是如此，可是大家偏偏還要化妝。

「總之，我家不是照相館。」

英一撂下這句話，就想關門。臨時想到又補上一句：

「這塊招牌，將來也會拿下。」

就在只剩十公分就要把門關緊時，高中女生尖銳的聲音竄來。然後，準確地刺進英一的耳中。

「我可是被你們的照片給害慘了，你們就算想逃，也沒這麼容易！」

這句話不容輕忽。

英一忍不住這麼想。

花菱家不是照相館，這個高中女生說的「你們」指的是小暮照相館，所以毫不相干。只要把門關上就行了。

可是，「害慘了」這個字眼用得很重。

如果說，對方找上門的問題與小暮照相館拍攝的照片有關，放任不管也許會帶來麻煩。起碼有義務對賣房子的那對夫妻——或者須藤社長也行，通知一聲吧。

英一打開門，怒氣沖沖的高中女生逼近他。

「妳說被害慘，是怎樣害慘？」

英一壓低音量問道。高中女生那廂，一發現英一踩煞車，反而把油門加到底。她翻開肩上的書包，從中取出一個信封，塞到英一的鼻尖前。

「你自己看。就是這個！」

英一沒伸出手，牛皮紙信封幾乎快黏在鼻頭上。

「到底是什麼照片?」

高中女生似乎就等這一刻,當下扯高嗓門尖叫。

「是靈異照片!」

那是隨處可見的四乘六彩色照片。畫面的右下角印著「4.20」這行數字。是這張照片的拍攝日期。可惜看不出是哪一年,不過,似乎不是嶄新的。

是在自家輕鬆休閒的家庭生活照,但是或許其中也夾有訪客,拍照者全都是看似同年代的人。拍攝地點應該是家中客廳吧。是鋪著榻榻米的日式和室,所以用「茶室」來形容或許更精準。有一張矮几,六名男女圍桌而坐。桌上放著啤酒瓶、杯子、餐盤及壽司桶。不是普通的用餐風景。若是那樣也用不著特地拍照了。啊,所以如果推測有客人同席,應該就解釋得通了吧。這是某種聚會。

這純粹是根據英一得到的印象做判斷,所以含糊籠統,不過,在座的中心人物是兩位歐吉桑。年紀約在六十前後,大概是兄弟,五官以及髮線後退的程度都很像。然後,坐在右邊那位歐吉桑旁邊的,八成是他的妻子,同樣是五十五歲至六十歲之間的女人。

這三人面朝攝影者而笑,他們的對面還有三位人物。當然,爲了把臉對準相機鏡頭,他們是坐著把身體扭轉過來。

其中兩人也是歐巴桑。一位和正面的歐巴桑年紀差不多,另一位是三名「歐巴桑」中看起來最年輕的,說不定還不到四十歲。

乍看之下，三個女人不管怎麼組合都不像姊妹，五官和體型都完全不像。最不可思議的是，前方的兩名歐巴桑，同樣穿著長袖的黑色洋裝，脖子上掛著珍珠項鍊。即便是涉世未深的英一，至少也能一眼看出這是喪服。如此說來，這桌飯菜是做完法事後的結束齋戒餐嗎？但是，其他人穿的是普通服裝。

不，等一下。雖是普通服裝，倒也不是完全普通的便服。大家都穿著有領子的衣服，男人們繫皮帶穿休閒長褲。正面那位歐巴桑，自桌腳隱約可以窺見的雙腿，包裹著絲襪，而且如果仔細看，好像也能在她的領口發現項鍊。

英一站起來，大步走進隔壁的小閃房間，尋找放大鏡。記得上次他說理科實驗會用到，才剛買了一支。

憤怒的高中女生消失了，唯有那張照片留在英一手中。英一鑽進自己房間。雖然還不到家人回來的時間，但是坐在自己的桌前比較能集中精神，而且他也判斷，這張照片不能隨便讓家人看見。

因爲，這的確是詭異的照片。

因爲，照片古怪得無法一笑置之。

英一從高中女生那裡接下照片，投以一瞥的瞬間就這麼想，所以他才會這麼嚴肅投入。對，投入照片的分析。

小閃的放大鏡在書桌抽屜裡。英一拿著那個，一路下樓來到玄關，打開門燈。也打開廚房的燈。十二月的陽光短暫，忙著檢查照片之際，不知不覺屋子內外已是一片漆黑，那令他突然感到毛骨悚然，他連走廊的電燈都打開了。

我是笨蛋嗎？

背上悚然一寒。

拿放大鏡放大一看，正面的歐巴桑果然有戴項鍊。花襯衫的領口綴著蕾絲。

圍桌而坐的第六個人——桌前轉身扭頭三人組的最後一人，是個二十五歲至三十歲的男人。他的身分可以立刻猜到。八成是正面歐巴桑（換言之，也就是正面疑似夫妻的那對歐吉桑、歐巴桑）的兒子。他的耳朵形狀和歐巴桑一模一樣，是頂端尖銳細長、耳垂很小的耳朵。

血緣的特徵經常表現在耳朵形狀上。臉孔或許有可能與外人相似，但耳朵不會。耳朵如果相似，有極高機率存在血緣關係。灌輸他這項雜學常識的是店子老爸。順帶一提，齒列似乎也會很像，但這玩意只有牙醫才有辦法清楚判別，所以外行人看耳朵就對了，他說。當時，英一覺得就算學到這種知識，一輩子也派不上用場，現在他很慶幸還好聽過這種事。

英一取出買來沒用的筆記本，把本子橫過來，大略畫出照片上這些人物的位置圖。然後在那頭上，試著寫出他猜測的關係。正面兩名歐吉桑之中，與歐巴桑並排坐的寫上「男一」，沒坐在一塊的寫上「男二」。然後用半圓連結兩人，寫上「兄弟（？）」。

「男一」旁邊的歐巴桑是「女一」，與身旁的歐吉桑用半圓連結寫上「夫妻（？）」。靠前方的兩名喪服歐巴桑，按照年齡大小分別寫上「女二」、「女三」，用半圓連結寫上「訪客（？）」。第六個人「男三」，則寫上「夫妻的兒子（？）」。

說到這裡。

這張照片拍到的共有**七人**。

但是這個第七人，在推測與其他人物的關係之前，能不能算是「人」——還是個問題。

六人熱鬧聚餐的房間右側，可以看到和室隔間的門檻，也可以看到紙門是拉開的。和室的另一邊鋪著木板，所以不是走廊就是廚房吧。桌子邊上，拍到一半的凳子。

簡而言之，雖不知是誰拍的，但這張照片拍得很拙劣。如果要拍和室六名男女的紀念照，應該只拍和室。可是，鏡頭右側卻拍到多餘的景象。應該更往中央的拍攝對象靠近，盡量避開周圍亂七八糟的家具才對。

廚房的凳子，當然比桌子矮。所以那裡空出一塊空間。第七位拍攝對象，就在那裡。

臉蛋是女人的。說錯了，**是女人的臉蛋**。

額頭以上，被桌面切掉。桌面上，並未拍到這女人的頭髮（頭顱）的部分。

而下巴尖端，被凳子的椅面切掉。凳子是普通的三腳木凳，所以那裡也有空間，第七號拍攝對象如果蹲在那種地方，椅腳之間應該會拍到她的身體。或者，應該會從凳子後面露出來。

但是，什麼也沒有。

換言之，桌面底下與椅面之間，只有女人的眉毛、雙眼、鼻子、兩頰、嘴唇，兀然浮現。那雙眼睛瞪得很大，正在看鏡頭。朱唇微啓，有點欲言又止的模樣。臉孔兩邊模糊失焦，所以看不見耳朵也看不出髮型。

原來如此，難怪那個高中女生會尖叫「是靈異照片！」。綜藝節目報導靈異照片或靈異影片時，光是比這個更模糊、頂多停留在「被人這麼一說好像的確有點像人臉」那種程度的玩意，都已經讓現場來賓大呼小叫了。

英一凝視照片。照片中的女人臉孔，也在回視英一。

喂，妳是誰？

如果不勉強移開眼睛，會無法轉移視線，所以英一這麼做了。

那個高中女生說，她在今年秋天，十月第一個禮拜或第二個禮拜的星期天，在附近叫做戶田八幡宮神社境內舉辦的跳蚤市場，得到這張照片。

——這可不是我想要才買的。

她買的是三冊一百圓的活頁簿，因為封面很可愛。然後，回家仔細一看，其中一冊的裡面，夾著這張照片。

——就這樣直接放在裡面？

——才不是。你看清楚，是塞在那張紙裡。

「那張紙」指的是印有小暮照相館名稱的長方形信封。雖然沒怎麼破損，但折疊處已經磨破。

——這種照片，就一張？

——對呀。如果還有別的，我當然會通通帶來。多噁心啊。

對她來說，推測照片來源的線索，只有印有「小暮照相館」名稱的信封。

——我問朋友，聽說這條商店街有這麼一間照相館，可是據說很久以前就關門了。

困擾的她曾經一再前來這間照相館觀望。看招牌還留著，所以也許會再開業吧。不是關門大吉，只是暫時歇業吧，她想。

這時毫不知情的花菱一家搬來了，在戶長的突發奇想下，還在整修後繼續掛著招牌開始生活。

對高中女生來說正是「終於等到了！」。

——我本來可以偷偷塞進你家信箱就好。可是，那樣不能算是歸還，說不定我還是會被鬼魂纏身。

總之，這是你們家的照片，你自己負責解決。她單方面地滔滔不絕。就在英一的目光被手上照片吸引，赫然回神後才發覺她已消失。不知其名，也不知地址電話。我家不是小暮照相館，只不過是善意的第三者，連再次聲明的機會都錯失了。

無可奈何之下，只好和問題照片大眼瞪小眼。有沒有什麼線索呢？

或者該說，英一不甘不願地承認。

他要拿所謂的線索——來幹嘛？

4

「這個女人是美女耶。」

店子把屁股放在桌角，搖晃著鞋跟被踩扁的室內便鞋，如此說道。

此時是翌日放學後，教室裡只有英一與店子。我不知道你在同好會做什麼，但不管你在做什麼，今天都得請假陪我！一早英一就這麼死皮賴臉地再三懇求，所以店子來赴約時露出興味盎然的表情。

現在，也依舊是那副表情。

「問題不在於是不是美女吧？你不覺得毛骨悚然？」

不會呀，店子說著繼續搖晃室內便鞋。

「那只是普通照片而已。小花，你冷靜一點好嗎？」

「普通照片會拍到女鬼嗎？」

「又還不確定是不是鬼，說不定是相機故障。再不然，也可能是影像重疊呀。」

是玩障眼法的照片，店子又補上這句。

當然，英一也沒忘記這些可能，這種照片大致上多半如此。只是若要便宜行事或是就話題的走向來說，稱之爲「女鬼」，不是更合適嗎？

「而且拿這玩意來的女生，感覺也很差。」

「那是被你當成鬼的女生喔。」

英一壞心眼地指出這點，店子笑了，「對呀。不過那時候，那個女生看起來眞的很像沒有腳，也許是因爲路燈太老舊吧。」

肉眼經常會看錯，但相機應該不一樣，機器不可能發生錯覺。

「如果是障眼法，是誰爲了什麼，做出這麼費事的舉動？」

「所以嘍，八成是故意嚇人的惡作劇吧。只要用電腦，這種東西三兩下就能做出來。」

「——眞不該找你商量。」

英一動手準備把照片收進書包。這時，自頭頂傳來店子破碎的聲音。

「咦——小花是眞的感到困擾？」

「被人塞來這種東西，不困擾才有毛病。」

「那我拿回去幫你撕破扔掉好了。」

店子猛然轉身，面對英一伸出右手。

「不過，扔掉之前，我要先給我爸媽看一下，他們一定會覺得很有趣。」

英一抓著照片，狠狠地瞪著店子，「你夠了喔。」

「我家不怕，因爲我們不相信靈障那種東西。」

「靈、障？」

店子口齒流利地說明，「如果持有靈異照片，照片裡的鬼魂散發的念力就會對照片持有者造成影響，會發生不好的事。這就叫做靈障。」

「你怎麼知道這種事？」

「這是常識吧。小花不知道才稀奇。」

是這樣嗎？

「明明搞不清狀況，卻很認眞害怕。小花，難不成你其實是比利佛？」

英一覺得非常尷尬。

「比利佛又是什麼東西？」

「堅信眞的有靈異現象或超自然現象，這些當今科學無法解釋的現象存在的人，語源來自相信也就是believe。」

眞的假的？這不是日本人自創的英文？

「我只是——」

「只是覺得無法隨手扔掉？」

「難道你就做得到嗎？」

「就跟你說，我可以。」店子這次伸出左手，「我幫你解決。」

英一實在說不出「那就交給你」這種話。

店子放下手，稍微恢復正經模樣，他說：

「換言之，小花，你想查清楚。」

「查清楚什麼？」

「這個謎團。」店子指向照片，「爲什麼會拍到這種東西，或者說被拍到。這個女人是誰？這些大叔大嬸又是什麼人？」

「我幹嘛做那種事？」

「你明明很想吧？連圖都畫出來了。」

英一也把昨天畫的筆記帶來了現在正攤開在桌上。被這麼一說，他慌忙闔上。

「這是那個……我不是刻意做的啦。」

「小花，你眞是一板一眼，但你還是有看漏的地方喔。」

大概是因爲你只顧著看照片上的人物吧，他說：

「面朝正面的這三人背後，有電視，上面放著月曆。」

英一重新看照片。果然沒錯，但是，「太小了，看不清楚數字。」

「再給我看一次，我可是人形掃瞄器。」

店子的兩眼裸視都有二點零的視力。

只見他把眼睛貼在照片上半晌，「是二〇〇三年。」他說，「四月二十日是星期幾來著，如果問天文社，馬上就能查出來了。」

五年前——英一說著點點頭，但旋即念頭一轉。「就算查出那種事，又有什麼用。」

「這是解謎的線索，要從小地方一步一步來。」

「就跟你說我根本不想解謎！我只是想知道該怎麼處理這個才好！所以才來找你商量。」

「那你直接扔掉不就沒事了。我不是已經陪你商量了嗎？扔掉扔掉。好，掰掰。」

眼見店子即將撕破，英一一把將照片自他手中搶回來。

「扔掉了……萬一出了什麼事，怎麼辦？」

「不會有事的啦。」

「你有什麼根據可以這麼說？」

面對尖銳反問的英一，店子定睛注視。然後，非常開心地展顏一笑。

「那好，爲了找到根據，就去解謎。你很想這麼做吧？」

店子從桌子下來，拉把椅子，好好坐下。

「小花，你啊，自己也許沒發覺，但你天生就是沒法子任由事情不明不白、不清不楚地擱著。」

店子又說出莫名其妙的話。

「喂，你不是前不久才說『算了，無所謂』，是我的必殺台詞嗎？這樣豈不是自相矛盾。」

「我的確是說了。但是，那和這個是兩碼事。」店子明確地說，「小花會用『算了，無所謂』打發的，是自己心靈與感情層面的問題。如果是只要自己接受、妥協就能解決的問題，你會右耳進左耳出。」

他眞的做出從右往左像要在流水中放麵線的動作。

「但現在這個是邏輯的問題吧？只要用邏輯去推斷便可解開謎團。這種情況，小花你就會無法**得過且過**。」

英一毫無自覺。

「比方說，搬家前你來我家過夜時，你忘了你還曾跟我老爸議論過嗎？關於月的大小。」

是掛在半空中的月亮。

「靠近地平線時看起來很大，升到空中後就變得很小。爲什麼會這樣？目前還無法清楚舉證說明。不過，『如果靠近地平線，便可與地上的建築物和地形相比，所以看起來才會比較大』這個說法，基本上已成爲定論。換言之，是眼睛的錯覺。但是，那並非完全根據邏輯證明出來的。我老爸這麼一說——」

小花，你當時思考得超起勁的，他說：

「你當時也畫了圖大發議論，研究有什麼方法可以正確測量。」

聽店子這麼一說，好像的確有過這一回事。

「後來談到時，我老爸說，小花在這種地方的反應，一方面固然是天生的個性使然，但是，肯定也是因爲有小閃吧。」

英一愈聽愈迷糊了，「怎麼會冒出小閃？」

「所以說，小花你是在想，萬一小閃問起『哥哥，月亮爲什麼升到高處後會變小？』一定要好好給他一個正確的答案。小花事事都是如此喔。」

這是當哥哥的責任感，店子說。

「我聽不懂。照你這麼說，難道有弟弟妹妹的人，全都是這樣嗎？」

店子毫不退讓。

「當然不是。小花是特例，因爲小閃還很小，差別就在這裡。小花你啊，打從小閃有記憶起，你就已經開始做準備，以便小閃對世上的各種事物開始懂得發問『爲什麼？爲什麼？』時，你隨時都能夠答得出來。即使無法當下答覆，有一天也得答覆出來。即使不是完全理解，也要答得出來爲什麼不理解。」

我才不是那麼優秀的哥哥。

「不過，如果硬要說這是因爲涉及年長八歲的面子問題，那我就沒話說了。」

沒錯，小閃到了某個時期後開始頻頻發動「爲什麼？爲什麼○○是○○不是ＸＸ？」這種「爲什麼攻勢」。英一雖然大部分時間都嫌小閃很煩，但偶爾也會覺得有趣。他會想：咦，對我來說理所當然的事，原來小閃還不懂啊。但是，他從來沒有因爲這樣，就感到店子口中那麼重要的意義與動機。

「店子，你想太多了。」英一駁斥，「還有，不准告訴小閃這張照片的事。」

「看了的確會讓人做惡夢。」
搞什麼，原來你也覺得毛骨悚然啊。
「那個辦跳蚤市場的神社，你知道在哪裡嗎？」
戶田八幡宮，位於商店街北邊過一條橋的彼端。雖是小神社，且境內狹小，但是有許多老櫻樹，春天來臨時，想必會有美麗的風景吧。
「如果能查出那個女生買的活頁簿是誰賣給她的，將是一大線索。」
舉辦跳蚤市場應該必須徵得神社方面的同意，所以只要問神社的社務所就知道主辦者是誰了，店子說。
「沒必要做到那種地步。」英一說，「我倒覺得，還是該去拜託須藤先生。請他把這張照片還給賣房子的人。」
如果從廣泛的角度解釋，這張照片可以視爲小暮照相館的遺留品。那麼，按照道理應該透過房屋仲介商還給賣方才對吧。
沒錯。用不著左右爲難，也不用跟店子囉唆，一開始只要直接這麼做，就沒事了。我到底在慌張什麼？
本以爲會遭到反對，沒想到店子爽快地說，「好，就這麼辦。打鐵趁熱，說走就走，現在就去須藤不動產。」說完，立刻站起來。
「須藤是社長的名字，人家那間公司叫做ST不動產。」
英一也把書包掛到肩上。

ST不動產的假蝴蝶蘭固然垂頭喪氣，萬綠叢中一點紅的唯一一名女事務員，卻更加垂頭喪氣。明明應該才二十幾歲，不管何時見到她，她都素著臉、無精打采，乾燥蓬亂的頭髮甚至不像梳理過，英一記得，她有次端茶出來時，指甲還全部斷裂，把英一嚇了一跳。是營養不良嗎？

尷尬的是，今天只有那個女事務員在。社長和其他人都出去了。

「有什麼急事嗎？」

女事務員看起來不像是倦怠懶散，分明是健康不佳地倚著椅背，張開毫無血色的雙唇說道：

「如果很急，我可以打手機聯絡看看。」

「不，不是那麼急的事。」

「那棟房子哪裡壞掉了嗎？」

她眼也不眨，語出驚人。

「房子已經快要壞掉了嗎？」

「看起來不就快要壞掉了嗎？」

「可是，我家已經整修過——」

「那只是暫時討個安心，一住進去就會壞。」

看來這位女社員不僅欠缺維他命和鐵質，好像也欠缺愛社精神和對顧客的誠意。

「請問社長什麼時候會回來？」

本來仰頭在看牆上白板的店子，討好地柔聲問道。雖然掛著標明全體社員行程預定表的白板，問題是上面什麼也沒寫，所以毫無參考價值。

「他說要出去一下子，所以應該是一下子吧。」

女社員不停摳指甲，好像是想撕掉老皮。

「呃，」店子堆出殷勤笑容，「大姊姊是垣本小姐？」

白板上排列的姓名中，唯一用粉紅色框出的是「垣本」。

「是又怎樣？」

密斯垣本「呼」地朝指尖吹口氣。不是Miss International之類的那個密斯，是身爲社會人卻miss掉種種重要事物的密斯。

「我叫做店子，是花菱同學的朋友。」

「呼。」

這不是回答，是又吹了一下指尖。

「我家開牙醫診所，在目黑，技術很好喔。有興趣的話，歡迎妳來一次試試看。對了，垣本小姐，妳對靈異照片有興趣嗎？」

沒頭沒腦，很無厘頭，但是有反應。密斯垣本嘛起來正準備要把撕下的老皮或裂開的皮屑吹掉的嘴型，就這麼定住看著店子。

「什麼？你剛才說什麼？」

「靈、異、照、片。」

令人牙根發軟的聲音響起，是密斯垣本在旋轉椅上移動身體。英一大吃一驚。她的眼皮完全睜開了，之前，英一只見過她眼皮半垂的模樣。

慘了。英一曲肘捅了店子一下，把音量降到最低。

「白痴，萬一她說人家我就有陰陽眼怎麼辦？」

「有什麼關係。當作參考嘛。」店子也囁聲回嘴。

兩人坐的待客沙發，與密斯垣本的桌子之間，約有五公尺距離吧。

「我可要先聲明，我才沒有。」

看來被聽見了。

「我才沒有什麼陰陽眼。應該說，宣稱有那種東西的人，根本不可信賴。」

密斯垣本離開椅背，這次將雙肘撐在桌上，又恢復倦怠無力的表情。那個過程看來就很無力。

「——出現了？」

啥？英一反問。

「我是說鬼。」

「呃，在哪出現？」

「小暮先生出現了嗎？那位老爺爺的鬼魂。」

英一與店子面面相覷。然後，同時問道，「小暮先生會出現嗎？」

「有這樣的傳言。你們不知道？社長沒說過？」

完全沒聽過。

「怎樣出現？」

「聽說他會出來看店。」

說完，密斯垣本挑起一邊嘴角，笑得很扭曲。

「據說，傍晚他會坐在那個櫃台的後面。不少人聲稱見過他。」

英一的背部再次悚然一寒。店子倒是滿臉喜色，離開沙發大步移動，一屁股坐進密斯垣本對面的旋轉椅。

「垣本小姐，那妳見過嗎？」

「我沒見過，只聽過傳言。」

「但妳相信？」

「因爲那好像是個就算死後出現也不足爲奇的老爺爺。」

店子也不知在開心什麼，在椅子上高興得動個不停，朝英一轉頭。「小花，你聽見沒有？這可是寶貴情報。」

到底是哪一點寶貴啊。和那張照片跟本八竿子打不著關係，這個女人講的話前後矛盾。「喂，妳剛才明明說陰陽眼之類的東西不可信賴，現在卻相信鬧鬼的傳言。」

英一忍不住出言不遜。雖說年紀比他大，但是應該相差不到十歲吧。是對方先態度惡劣，所以自己也用這種程度回敬就行了。

密斯垣本倒是坦然自若。她好像很睏，眨了一次眼。

「小花。」店子面帶勸誡。

「我說你啊，花菱家的兒子。」

密斯垣本雙眸半開地睨視英一，然後說，「是你想錯了。你把兩件事混為一談。有沒有陰陽眼這種東西，和會不會鬧鬼，是截然不同的兩碼事。」

對吧？說著，她雙眸微闔地斜眼瞄向店子徵求同意。

「就算沒有陰陽眼那種胡說八道的東西，任何人都能看到鬼。我就見過。該出現時就會出現，因為鬼就在該在的地方。」

英一暗想，這還是頭一次見到這個女人說這麼多話。原來她也能說得這麼溜。

「什麼時候？在哪裡？從事房屋仲介這一行，一定有很多怪誕的體驗吧？」

店子轉為阿諛的語氣，狗腿地附和。但即便如此，密斯垣本的和善笑容神經還是沒反應。

「也沒嚴重到怪誕的地步啦。頂多是要說不可思議的確有點不可思議。」

「所以具體上是怎麼一回事？」諧星店子猛敲邊鼓。

「帶客人去看公寓，結果窗框上坐著女人。是在窗框上頭喲。」

距離天花板大約有這樣，她用雙手比出三十公分左右的幅度。原來只要她想，也是可以做出動作的。

「那麼狹窄的地方，有女人？」

「對，巴在上面。只有頭髮垂下來，把臉遮住。」

「後來怎樣了？」

「沒怎樣呀。只是那個客人沒租而已。」

「那有別人租下嗎？」

「有呀。現在也住在裡面，是個大學女生。」
「那窗框上的女人呢？」
英一情不自禁脫口問道。店子再次轉過頭來的笑臉令人火大。眞有那麼好笑嗎？
「不知道。應該沒出現吧？」
店子很興奮。「說不定，那個女人不是守在那間公寓，而是跟著之前來看房子的客人。那個客人是男的吧？」
「是年過三十的上班族。」
「哇……那就大有可能，大有可能。」
「那傢伙該不會是被女忍者纏上了吧。」英一說，「如果是忍者，應該可以貼在窗框上。」
對密斯垣本來說，這個笑話不好笑。「社長當時也一起看見的，不只是我。」
「社長怎麼說？」
「他說客人如果不在意，我們也不用在意。做這行本來就有各種怪事。」
社長倒是挺看得開的。
「那麼，社長和垣本小姐都看到鬼，那個上班族卻沒發現對吧？」
密斯垣本一反倦怠的表情，連珠炮似地說，「所以說，看不看得見鬼，和有無陰陽眼根本不相干。我沒來這裡上班前，從來沒遇過這種事。社長平常也不是那種人。順帶一提，在那裡看到的鬼，與在場的人是否有關係，也無從得知。鬼應該是會出現時就自己跑出來吧？剩下的是機率的問題，但我是不清楚啦。」

店子的兩眼發亮。「垣本小姐，妳好厲害。妳是理論派耶。」

哪一點算是？

「小花，快拿照片快拿照片。我想確認一下，垣本小姐在這上面會看見什麼？」

見英一不情願，店子索性自己從書包取出照片，當著密斯垣本的眼前，像要獻寶似地輕輕放下。

密斯垣本保持托腮的姿勢，在鼻頭上方的高度檢視照片。

「──她在哭嘛。」

「妳看怎麼樣？」

「啊？」

「這個女人正在哭喔，她在流眼淚。」

不信你看，她拿指甲尖端咚咚敲著照片。店子跳起來，繞過桌子，撲到照片上。

「是……嗎？嗯，被妳這麼一說，這個唰地流下來的，是眼淚沒錯耶。」

「你們之前都沒發現？」

「成年女人哭泣的樣子，我們都還沒見過，經驗值不足。」

店子的解釋，好像令密斯垣本欣然接受。這張臉的確是成年人，她說。

「大概超過三十歲吧，的確不是年輕女孩。五官倒是挺秀麗的。」

「對吧？是個美女吧！」

「但也沒有美到值得你這樣大呼小叫。」

英一一個人被冷落在一旁，不免有點賭氣，他站起來。「店子，我們走。這種對話毫無意義。」

他的話聲方落，密斯垣本便做出驚人發言。

「我以前看過這些人。」

驚愕之下，連英一也僵住了。店子雙眼圓睜。

「眞的？」

密斯垣本用指尖拈著照片，放到眼前。似乎是覺得麻煩，另一隻手依然保持托腮的狀態。

「我記得在哪兒見過。」

「這個女人的臉，感覺上比垣本小姐的年紀還大。」

密斯垣本斜眼對店子投以一瞥後，拿照片敲他的鼻頭。

「人家說話時，注意聽好嗎？我剛才是說見過這些人。不是只有臉的女人。我是說這邊的，正在吃吃喝喝的這群人。」

店子失聲驚叫，拎起照片。大概是沾到鼻頭的油脂，他慌忙拿襯衫袖子擦拭。

「這群人是一家人吧。」

「好像是。」

「會不會就住在這附近？垣本小姐妳見過？」

「如果是附近居民，不可能只是記得見過。應該一眼就會認出來，不管再怎麼說。」

因爲我們公司可是和本地人關係密切，她略帶生意人口吻地說。

「那麼，拜託妳回想看看。妳是在哪兒見過的。拜託。」

這時，英一身後的店門喀啷一響。歡迎光臨的聲音傳來，然後那個聲音突然放緩。

「咦，這不是英一小弟嗎？」

是須藤社長。他取下圍巾，一邊脫下大衣一邊走進事務所。聽說他現年四十二歲，但不知是操心過度，還是天生體質，頭髮已變得很稀薄，必須同情地說他就像個糟老頭。但，一旦開口頓時少了十歲，因爲他的聲音很年輕。

「你剛放學啊。朋友也一起來了啊。」

店子倏然低頭行禮。

「是你父親叫你來的？還有什麼問題是吧。」

社長自問自答，看來畢竟是開不了口詢問房子是否壞掉了。

「這兩個小孩是來談鬼的啦，社長。」

社員的簡潔報告，令社長發出響亮的驚叫。也許是因爲太過驚慌，

「該不會眞的出現了？」

他直接朝英一問道。

「也就是說，社長也聽說過小暮照相館鬧鬼的傳言嘍。」

英一把屁股放在待客沙發的扶手上，環抱雙臂。身爲客人的兒子，這時候就算態度強硬也是應該的。

「我家誰也沒有聽到半點風聲，就房屋買賣而言，該怎麼解釋這種情形呢？你們分明是故意隱

瞞重要情報嘛。」

須藤社長和密斯垣本不同，態度殷勤又有愛社精神，想必也有社會常識。但是對此事不動如山的態度，倒是與她頗爲一致。他的驚慌只有短短一瞬，立刻就已振作精神。

「垣本，幫我倒茶。怎麼搞的，妳都沒拿東西招待英一他們嗎？」

他一邊扯鬆領帶一邊在英一對面的沙發坐下，咧嘴一笑。

「那棟房子本來就特別便宜嘛。」

那是因爲是「附有舊屋」的「舊屋」！

「你這是在轉移問題。」

「說得也是，我剛才的說法不正確。那我訂正一下。」

他輕輕抬手，稍作思考。

「假設那棟屋子發生過殺人命案之類的，像這種情報，的確得先告訴客人才行。可是如果只是傳言的話……你懂吧。」

那又不是確定的事實，他說：

「我呢，如果散布會對物件價值造成不當損失的傳言，那等於是對賣主不誠實。」

「那買主又該怎麼辦？」

英一質問，卻被他躲開。

「眞的出現了？你看到了？」

英一正在遲疑如何回答之際，不知幾時，已機靈地動手幫密斯垣本泡茶的店子，多事地回答：

「不是啦。是完全不相干的另一個鬼。」

「對。完全不相干。」密斯垣本也啜飲店子泡的茶，悠然答道。

「搞了半天是這樣，拜託你別嚇我好嗎？」

須藤社長頓時滿面笑容。一笑，此人就變得更年輕。或者索性該說，他笑得像個嬰兒。平時大概就是靠這張笑臉當作做生意的潤滑油。但，現在反而令人看了惱火。

「不管哪一樁都是我家的事，怎麼會毫不相干？」

英一說明時，店子把那張照片交給社長。

「天啊！」社長驚呼，「天啊天啊天啊天啊！」

與店子相反，爲了仔細打量照片，社長把照片拿得離臉很遠。大概是已經有老花眼了。

「這個的確是在小暮先生的店裡沖洗的照片吧？」

「應該是。」英一板著臉回答，「因爲裝在小暮照相館的信封裡。」

「那就不會錯了。是喔，原來三田家把照片交給小暮先生沖洗啊。」

英一與店子，再次面面相覷。

「三田家？社長，你認識這群人？」

把照片往桌上一放，社長用無辜的眼神看著英一。

「嗯，我認識。不過，不是我們的客戶。因爲這是三田家自己的房子。」

英一跳下扶手，移到社長對面。「地點在哪裡？」

「距離小暮家——不是，距離你家，應該是隔著公車大馬路的西邊吧。有個宮間小學，你知道嗎？再不然超市斜對面，你知道吧。」

英一知道超市。

「就在那附近，所以是千川二丁目吧。同樣也是老舊的獨棟建築。」

「那，這上面拍的是三田一家人嘍？」

「嗯。是這三人沒錯。三田先生與太太，還有兒子。」

社長依序指著「男一」、「女一」、「男三」。果然，是一對夫妻和他們的兒子。

「另外這幾人，是三田家的親戚和——這兩個穿喪服的女人，我想應該是這種人吧。」

說到**這種人**時，社長做出摩擦雙掌拜拜的動作。

「你是指宗教？」

「對對對。因爲三田太太很虔誠。不是日蓮宗或淨土宗，是比較新的。」

他應該是指新興宗教吧。

「和廟裡做法事不同，如果有那種信仰，信徒會聚在一起拜拜。這應該是那種聚會時拍的照片吧。」

英一認爲是法事後的餐飲，以及穿喪服者是訪客的推測，看來應是大致正確，至於詳情如何不重要。只要能查出拍攝對象的身分，問題就全面解決了。

「那麼這張照片，只要還給那位三田先生就行嘍。」

「那倒不見得。」須藤社長換上嚴肅的表情。「我想恐怕很難歸還。」

「爲什麼？」

「前年秋天，應該是九月吧。他們一家三口都過世了。」

英一和店子乃至密斯垣本都很驚訝，但三人的反應各不相同。

英一當下啞口無言。店子反射性地問：「那麼，那邊也鬧鬼？」密斯垣本則是自問自答地咕噥：

「那麼，爲什麼我記得見過呢？」

社長伸長脖子轉頭看密斯垣本。「垣本，妳還記得三田一家人的長相？」

「只是稍微有那種感覺。」

「妳啊，**就只有**記憶力好得嚇人。妳那個印象，應該是在報上看到的吧？因爲報紙的地方版連大頭照都登出來。當時那可是大新聞。」

英一的心頭緩緩地湧起黑霧。「是案件嗎？」

「是火災。一家三口都燒死了。」

密斯垣本不理會再次驚愕失聲的英一，逕自對店子說明：「我到這裡工作才一年。

「啊，這樣啊。而火災是前年發生的。」

「對。不過，原來是報紙啊。也許是吧。」

「垣本小姐，妳住在哪裡？」

「我一直住在新田三丁目。」

「那很近嘛，就在隔壁一站。住在同一地區，就算看到了也不足爲奇。不過，妳的記憶力眞的很好。」

社長，密斯垣本喊道。依舊是不冷不熱的平板聲音。「不是我們的客人，你倒是知道得很清楚。」

她沒用敬語。但須藤社長不在意。

「因爲是本地人嘛。三田家的兒子還差一點成爲我的客戶。」當時他正在找月租停車場，所以社長介紹了幾處給他，但是租金太貴沒談成，最後三田家的兒子決定放棄車子。

「那是什麼時候的事？」她還是沒用敬語。

「已經很久嘍。不，也不算是眞的很久吧。大約兩三年前。後來，如果在路上碰到，我們起碼會打個招呼。他的名字，叫什麼來著的。好像是三田眞還是三田誠。」

社長歪頭思索。

「那樣過世，實在太可憐了，說眞的。」

「起火的原因是什麼？」英一問，「有人縱火？不明原因失火？」

須藤社長笑了，「你的臉色別那麼凝重，好嗎？雖然的確是悲劇。」

「可是有人犯案的可能性——」

「沒有，沒有。聽起來像這樣？抱歉、抱歉。」

據說可以確定，是父親三田先生抽菸不愼引起的。

「火是半夜燒起來的。三人都來不及逃生。那是老舊的木造房子，所以火勢蔓延得很快。」

起火點在一樓，當時一家三口都睡在二樓。煙霧瀰漫，樓梯被燒垮，燃燒的柱子再也撐不住建築物導致崩塌。據說遺體被燒得面目全非，甚至無法立刻辨識身分。

那是一大慘事。

店子不再亢奮，他與密斯垣本並肩乖乖托腮。

「這張照片，」英一也自然放低音量，「會是誰拿去跳蚤市場的呢？」

社長一邊喝茶一邊說：「應該不是故意拿出去的，因爲沒有人會賣這麼私人的物品，八成是不小心夾進去的吧。」

「但我還是很好奇那是誰？照理說相關者都已經死光了。」

「沒有全部死光喔。照片上還有三個人。這種照片，通常會加洗之後，發給被拍到的每一個人。」

也就是說，是還活著的三人之一嗎？不，拍這張照片的人也該考慮在內嗎？

「也許是惡作劇或障眼法或相機故障，總之原因有很多種可能。」

「比方說沖洗時不小心出錯。」社長緊接著說，「如果是小暮先生沖洗的，那大有可能——啊，不過，如果是五年前應該還不成問題吧。」

他說到最後變得很小聲。

「我剛剛才學到『靈障』這個新名詞。」

英一說，須藤社長興味盎然地骨碌抬眼。「嗯？」

「這張照片，會不會也屬於那種情形呢？」

「你所謂的那種情形，是哪種情形？」

「當然是——」他難以啓齒，「這張照片上看似女鬼的臉孔，和三田一家三口燒死的事件之間，也許有什麼……呃，不可思議的關聯之類的。」

照片攝於五年前的四月。三人燒死是在那三年五個月之後。

「噢，那種靈障啊。」

看須藤社長點頭的樣子，似乎本就知道這個字眼的意思。

「反過來，或許也可視爲一種凶兆。」他說。

店子接腔：「對對對！對於靈異照片，也有這種解釋方式。」

「是鬼魂事先示警，將有壞事發生的這種解釋嗎？」

對於如此反問社長的英一，

「有夠白痴。」

密斯垣本帶著辛辣的味道，不屑地說。如果擷取她這種聲音投入東京都的水源，肯定能把東京都民全數毒死。

「怎麼可能會有那種事。」

毒氣之強，連一旁的店子都縮起脖子。英一也忍無可忍。

「我也不相信呀。但是，這張照片的主人或許這麼認爲吧？我是顧慮到那個，所以妳別囉哩囉唆好嗎？」

「嗯嗯，我完全理解。」

社長既不像要出面緩頰也不像要安撫，突然說道。而密斯垣本似乎也完全無意被人出面緩頰或

被人安撫，

「發出聲音思考和不動嘴巴就寫不出字的人一樣，白痴。」

她不屑地說。這女人搞什麼，這是比沒常識或幼稚更基本的問題。

「垣本。」須藤社長和顏悅色地喊道，「妳去幫我買罐裝咖啡，也要買英一他們的喔。」

密斯垣本沒回答逕自起身，拿著小錢包就走了。她經過英一身旁時，可以清楚感到一股「氣」。這大概就是所謂的**江湖氣**。

「她這人有一點點奇怪。如果惹你不高興，對不起喔。」

「不只一點點吧，是幾十倍。」

「那，對不起也乘以十倍，請你別放在心上。」

「社長，你該不會是有把柄落在她手裡吧。」

「那是成人世界的事。」社長露出嬰兒笑臉，這次是真的在安撫英一，「總而言之，你如果想調查照片的來源，我想最好的辦法就是去問跳蚤市場的主辦人。」

然後他拿起的不是照片，而是印有店名的信封，感慨萬千地出神凝視。

「眞令人懷念。我家以前也是都交給小暮先生沖洗。」

小暮照相館。

「那間照相館，營業到什麼時候？」

社長苦笑，「買賣之前，我就已經說明過了，英一，你不記得？」

英一當時沒有認眞聽。

「小暮先生——小暮泰治郎這位老爺爺，是在今年二月過世的。享年八十五歲。」

據說是路過的人發現他手持早報倒在那個櫃台旁邊。

「據說他的心臟**砰地**塞住一個大玩意，是心肌梗塞。」

「他一個人住嗎？」

「聽說他經過認定需要照護，每週會有專業照護人員來家裡幾次，但基本上是獨居。」

直到過世時，店面好歹仍算是「營業中」。

「他那把歲數，還能夠做生意？」

「等於是開店即歇業。基本上，沒有客人會光顧。」

即便如此他還是早上五點開店，晚上七點關門。那是小暮老人的習慣。

「這年頭，會把照片交給街上舊相館沖洗的人已經不多了，因爲有便利商店和便宜的連鎖店。」

即便如此，小暮照相館還是繼續營業。

「這一帶的整個地區，因爲蓋起新公寓，漸漸回春。但是唯有那條商店街遭到淘汰，住在那裡的都是老人。」

高齡者除非與子女或孫子同住，否則本就沒什麼拍照機會，須藤社長說，「人生中的輝煌時期，早就已經過去了。」

不過，如果偶爾拍了照，像這種老人住戶，還是會交給相識多年、了解彼此底細的小暮照相館沖洗。也會順便在店門口聊聊天。

小暮照相館就是這樣「經營」的。

「但是……我想想看喔，我聽到傳言是，嗯，已經是很久以前的事了。」

據說開始有人傳言，小暮先生也快要不行了。

「他的手不聽使喚了，所以無法開收據；收件之後，好像也會忘記沖洗。嚴重的時候，還會把客人交付的底片和拋棄式相機弄丟，忘記放在哪裡。」

「意思是說……他已經得了老年痴呆症？」

「哎，如果講白了就是這樣。」

所以剛才，社長才會說什麼「五年前應該還沒問題」？

就這樣，連爲數不多的老主顧也流失了。對客人來說，小暮照相館失去了必要性；對小暮照相館來說，則是失去了信用。

即便如此，小暮照相館還是繼續「營業」。

「或許對小暮先生來說，開店就像是早上起床拉開窗簾一樣，到了晚上，就像關上窗簾一樣地關店吧。」

連我也是——社長說完，不好意思地笑了。

「我如果繼續做這行，等我變成老頭子後，說不定也會跟他一樣。」

小暮老先生在十五年前喪妻，所以相館的土地與建築，都由獨生女繼承。對花菱家而言，女兒夫妻就是這次的賣方。

「石川太太，她叫做石川信子，現在住在橫濱。」

「既然是獨生女，父親都高齡八十幾了，爲什麼沒有住在一起呢？」

「英一，你眞的什麼都不記得呢。」

被這麼揶揄，英一說聲對不起，縮起脖子。

「信子女士要照顧公公婆婆，無暇顧及小暮先生。小暮先生也說，他一個人沒問題。實際上，撇開做生意不談，他的確生活得很正常。」

「生活費呢？」

「他有老人年金。」

最主要的是，據說小暮老人不願離開那間照相館。

「我啊，和英一一樣，考慮過各種可能性，但基本上我是合理主義者。」

社長的語氣突然鄭重起來，但臉上依然掛著笑容，如此說道：

「所以我並不是一開始就深信鬼魂的存在。」

「我剛才從那位事務員小姐口中，已聽說貼在公寓窗框上的女人那個故事。」

「對，衝擊性的目擊經驗。」店子久違地插嘴附和。

「噢，那個啊。那個是……眞是討厭的景象啊。嗯，也會碰上那種事喔。偶爾啦。」

才見社長倏然露出恍惚的目光，緊接著就像被當頭潑了冷水，迅速眨眼。

「世上有各式各樣的人，所以也會發生各式各樣的事，其中也有不可思議的事。我是抱著這種價値觀，在做這一行。」

不過——社長說完，重新坐正，交握十指。

「那個傳言，就是小暮先生的鬼魂出現的那個說法。」

繞了一大圈，話題又回到原點。英一點點頭。

「小暮先生一過世，就立刻出現傳言了。大家都說有鬼、看到鬼。我倒覺得，那也沒什麼好奇怪的。因爲那間照相館，就等於是小暮先生的人生。只要建築物還留著，小暮先生的靈魂應該就會留在那裡吧，這點我倒是相信。」

但繼承人石川信子，希望把那裡賣掉，找上了須藤社長。據說這是因爲小暮老人生前，曾經向女兒這樣交代過：要賣掉這裡時，一定要交給ST不動產。因爲從老社長那一代就認識了，況且房屋仲介商當然是本地人最好。

「既然要賣，我當然也明白，不可能保留那棟建築。」社長轉爲有點辯解的語氣，繼續說道，「所以才會以『附有舊屋』的方式掛牌賣出。我以爲地上建築一定會被拆掉——」

英一間不容髮地插嘴：「沒想到出現我老爸這種瘋狂客人。」

對對對，社長說著笑了。他看起來眞的很像嬰兒被人逗弄時那麼開心。

「我當時很高興。還覺得這是上天的安排。那棟房子很不錯吧？古色古香吧。我雖然理智上明白，但還是不忍心看到它被拆掉，所以這眞是天大的好消息。」

這些話聽來不像是社交辭令或生意上的奉承之詞。他的兩眼發亮。

「你父親因爲工作關係來過這附近幾次，他說很喜歡這個地區的氣氛，曾經想過將來有一天要住在這裡。」

老爸的確說過那種話。

「本來住在目黑那種安靜的高級區，結果他突然說要搬來這裡，嚇我一跳。」

「住在目黑，只是因爲公司宿舍湊巧在那裡而已。」

那棟公司宿舍早已拆毀，改爲發給員工住宿津貼，但公司改變制度時，英一還在上小學，父母覺得讓他轉學太可憐，所以就在同一區內另覓出租公寓。

「如果要說安靜，現在的家也一樣安靜。靜得簡直像墳場。」

須藤社長撩起稀薄的頭髮笑了。然後，他小心翼翼地把印有小暮照相館名稱的信封上的折痕抹平，把那張照片裝進去，遞到英一面前。

「如果你父母對於小暮先生鬼魂的傳言，感到不悅。」

「沒有鬼，我們不在乎。」英一斬釘截鐵地說。

「可是傳言又是另一回事。如果傳入耳中——何況你還有個年幼的弟弟。」

社長露出到目前爲止最歉疚的表情。

「你父母姑且不論，如果住的房子會鬧鬼，小光一定會害怕吧。」

「所以我不會告訴家人，也會留意傳言。」

這時，店子之前鬧出撞鬼騷動時，母親當下咕噥「風子的話，明明在家裡」的聲音，倏然掠過英一的心裡。

「如果要說鬼，我家自己就已經有一個了，名額已滿。」

須藤社長有點瞠目結舌地看著英一。

「不，沒事。剛才的話我收回，那是毫無意義的發言。」

英一迅速將信封與照片收進書包。

「謝謝。」

「事到如今，或許不該這麼說，但我認爲那是你不需背負的包袱……」

「收下這玩意兒的畢竟是我。」

「小花起先還說要交還給賣房子的人呢。他說因爲那是小暮照相館的照片。」店子再次多嘴，「所以我們才會來這裡。」

社長啪地朝寬闊的額頭一拍，「啊，好痛！我懂了。如果把它視爲遺留物品是吧。」

英一瞪視店子。

「可是石川太太既然是那種狀態，把這種東西還給她，也只會令她爲難吧？那就算了。」

知道了，社長說，「你眞體貼。」

如果被是同年的女生這樣說也就算了，可是，被一個年過四十的大叔這麼說，可不值得高興。

偏偏這時店子還火上加油，

「沒錯。我們英一同學眞的很體貼喔。」

店子又說了多餘的話。

「如果無法處理，隨時可以再來找我。」

「好。店子，我們走吧。」

「不喝完罐裝咖啡再走嗎？」

哪怕那是地球上最後一罐。

「不用！」

幸好，不至於和回來的密斯垣本擦身而過。

5

戶田八幡宮的社務所，其實是宮司（註）自宅的一室。社務所的入口關著，所以英一繞到房子後面，按下門旁的對講機。

立刻便有女人的聲音回應，與花菱京子同年代的大嬸，倏然開門。

英一先報上姓名，然後開門見山地提起十月在此地舉辦的跳蚤市場。「我買的物品中，有樣東西好像是不小心夾進來的。不管怎麼看都不像要賣的東西，所以我想物歸原主比較好。」

「花菱同學，是嗎？」

大嬸一邊拿圍裙擦手，一邊不動聲色地觀察穿制服的英一。她的視線在三雲高中的校徽上，停留了兩秒。

「你該不會是剛搬到商店街照相館的那家的兒子？」

是的，英一雖然這樣回答，還是暗暗吃驚。大嬸怎麼會知道呢？

「您知道我們家嗎？」

註：掌管神社的祭祀、庶務等所有事項的人。

大嬸露出笑容。「對，因爲快樂街的人都是我們的信徒。」

那條瀕死狀態的商店街，有「千川快樂街」這個名稱。而快樂街上的商店，據說隸屬於快樂商榮會這個組織，剛才鑽過這個神社的牌坊柱子上，就刻著「千川快樂商榮會　敬獻」。

「這樣嗎？不好意思，也沒來打招呼。」

「哎呀，那種小事沒關係啦。」

你這孩子眞懂事。她誇獎英一。幸好今天店子宣稱不能不去社團，所以沒有一起跟來。

「跳蚤市場，我們只是出借場地而已。不過我認識主辦人半田小姐，所以你那樣東西交給我，由我幫你還給她也可以喔？」

「不……我覺得當面交給她，可能比較好。」

大嬸原本柔和的目光，頓時有點尖銳，「是嗎？可是，半田小姐也不見得知道那是誰提供的東西。」

「不管怎樣，我想先跟她談一談。」

大嬸眼中的銳利神色，好像不是來自不愉快，而是來自好奇心。

「不小心夾在裡面的東西有那麼重要？」

「呃，還好。」

大嬸再次掃瞄英一的全身。你眞的很懂事哪，這次大嬸帶著些許譏刺的味道說：

「半田小姐是站前蕎麥麵店的女兒。過了天橋後，有一棟三友大樓，不曉得你知不知道？就是在那二樓的松月庵。比起打電話，你直接過去可能更快。」

英一決定遵照大嬸的指示。

松月庵是傍晚五點開店，現在掛著「準備中」的牌子。門簾也沒掛出來，但出入口沒上鎖，所以英一試著打開。拉門發出喀啦喀啦的聲音。

頓時，有個聲音響起。

「不好意思，我們還沒開始營業喔——」

後方的廚房走出一個牛仔褲配白罩衫的女人。年紀大約三十出頭吧，個子很高。看到英一後微微歪頭，一臉不解。

「呃，我是爲了神社境內跳蚤市場的事而來。」

穿制服的高中生一個人來蕎麥麵店？這個謎團似乎被他一句話就解開了。高挑女子的雙眼一亮。

「戶田八幡的？」

「對。十月舉辦過吧？有人告訴我貴店的半田小姐是主辦人。」

「那個半田就是我。」

女人看似豪爽地指著自己鼻頭。蕎麥麵店的女兒，就是這個人嗎？

「什麼事？你想擺攤位？下次預定是三月舉辦。」

半田小姐繞過桌子走近，觀察英一的視線，同樣在一瞬間停留在他的校徽上。英一一直以爲，這種東西就算掛在身上也毫無意義，但在校外的世界，論及學生的身分證明原來只有這個。

「你們學校想擺攤賣什麼東西嗎？」

「不，不是這樣。」

英一重述之前的說明，當下他感到與在戶田八幡宮時不同的反應。

半田小姐的臉上漸漸出現驚訝，以及某種——這種表情該說是期待嗎？

「你、你等一下。」

她露出那種小心翼翼窺視的懷疑眼神，

「來，你請坐。」

半田小姐指著手邊的椅子，自己先坐下。那是頗有蕎麥麵店風情的日式椅子，椅面的部分綁著藍染坐墊。英一走近椅子，卻背著書包站在原地。

「不小心夾進去的東西，該不會——」

該不會，她加強音量又說一次，

「是——照片？」

賓果。

回答之前，英一凝視對方的雙眼數秒。很遺憾地，看得見的只有眼珠子，但是無言中傳達出的意思，倒是令英一很滿意。

「是的。」

「該不會是該不會是該不會是——」

修長的半田小姐手也很長，手掌很大。她來來回回地揮舞那隻手，

「有點奇怪的照片？」

雙重賓果。那份無言中的意思也令人滿意，之後英一才做出肯定答覆。

「應該算是所謂的靈異照片吧。」

頓時，半田小姐人還坐在椅子上，忽然渾身放鬆，展露笑顏。

「啊——太好了！眞沒想到！我本來以爲沒希望了。」

期待的神色一下子轉爲如釋重負。無論英一之前是如何推測，都沒想過會是這種反應。居然不是被人懷疑或嘲笑或視爲可疑人物，而是喜出望外。

「對不起喔。一定嚇到你了吧？聽說那是很詭異的照片嘛。據說是女人的臉孔，這樣——突兀地浮現在奇怪的場所。」

「啊，噢。」

半田小姐似乎並沒有親眼見過照片。

「是夾在什麼東西裡？同學，你買了什麼？」

「活頁簿。」

半田小姐忙碌地轉動眼珠。似乎正在努力回想，「活頁簿啊。很多人都拿了筆記本出來賣，有活頁簿嗎？」

「是三本一套。」

「啊，那個？那是高雲堂的庫存品吧。怎麼會在那種地方——」

高雲堂大概是文具店。

「照片夾在某一頁之中嗎？」

「對。所以沒有立刻發現。上週，我翻開要用時才發現。」
「也對，只是一張薄薄的照片嘛。」
「裝在印有『小暮照相館』這個名稱的信封裡。」
「啊，對對對，我聽說就是這樣！若是這樣，那就絕對不會錯了。」
對不起喔，半田小姐說完，比剛才更恭敬地低頭道歉。
「我們整理貨品時也沒注意到。畢竟據說那只是一張照片，對吧？怎麼可能發現。會裡的人來詢問時，東西都已經賣出去了。」
會裡？那是什麼協會？
店內和廚房，都沒有別人的動靜。只是隱約有點蕎麥醬汁的香氣。但半田小姐還是小心地四下張望後壓低嗓門：「對會裡的人來說也是，如果把人家委託祭拜的東西，不小心搞丟的話，那可不是鬧著玩的。他們好像嚇得面無人色，到處尋找呢。」
祭拜？
英一的腦海浮現須藤社長做出拜拜動作的模樣。照片當中，兩名身穿黑色洋裝的女人。三田太太很虔誠——
原來不是協會，是教會嗎？是宗教組織。
「如此說來，教會也在跳蚤市場擺了攤位。」
英一試圖套話，半田小姐的反應頗爲有意思。
「應該說，那邊是把向信徒募集而來的東西，全數委託給我們。其中不小心夾進了那張問題照片。」

「妳剛才說那是別人委託教會祭拜的照片。」

「對對對。」半田小姐用力點頭好幾次，然後緩緩地將修長的上半身往前傾。

「欸，那到底是什麼照片？你現在帶在身上嗎？」

她沒親眼見過照片，所以十分好奇。

「不，我沒帶來。」

情急之下，英一撒謊。其實照片就在書包裡。但他反射性地想到，如果現在拿出照片，對方大呼小叫的，會很煩人。

「你沒帶來啊，眞可惜。」

半田小姐想必沒有惡意吧。如果立場調換，英一覺得自己肯定也會有類似的反應。

「那張照片本來屬於某位信徒所有吧。」

「聽說是這樣。據說是整理舊照片時，從中找到的。」

那麼，照片的主人應該是兩名黑衣女子之一。

「聽說拍攝當時本來是普通的照片。眞的可能有那種事嗎？說不定只是起先沒注意到吧。」

以這種氛圍看來，半田小姐八成不知道照片上的三田一家三口都已橫死。對方想必沒有告訴她這麼多資訊。

英一決定更進一步地套話。

「教會的人發現照片不見時，立刻就察覺是不小心夾進送來跳蚤市場的物品中嗎？」

「不是，完全沒有。所以才會那麼晚跟我聯絡。因爲他們之前忙著在教會裡四處尋找，他們覺得東西不可能流到外面。因爲那是人家托他們保管的重要物品嘛，而且他們好像也的確盡責地保管。」

半田小姐皺起臉，稍微噘嘴。

「可是，他們說不怕一萬只怕萬一，叫我找找看，然後就沒完沒了地纏上我了。但我根本無從找起。」

是啊，英一也跟著附和。

「我告訴他們，就算眞的不小心夾進跳蚤市場的販售物品中，也只能等買到的人發現之後，主動跟我聯絡。以我的立場，也只能這麼回答。」

教會與跳蚤市場主辦人半田小姐的關係，似乎有點惡化。

「我告訴他們就連那個可能性都沒有太大指望，對方如果不知道主辦人是我，那就沒戲唱了。同學，虧你能找到我這裡。」

「我的運氣好像不錯。」

英一重新掛好肩上的書包，移動雙腳。

「謝謝。那，我去那間教會看看。」

他這麼說是在暗示對方把地點告訴他，但半田小姐沒有會意。不僅如此，她還說：

「不行不行，你還是省省吧。」

「不方便嗎？」

「那可不是像你這種小朋友可以隨便出入的地方。如果因爲這種事扯上關係，被他們拉著你遊說你信教，那不是很傷腦筋嗎？」

半田小姐對於教會的教義似乎有點否定。

「像他們那種人，滿腦子都是信仰，是沒有分寸的。你最好別接近。」

不是有點否定，是全盤否定。

「照片你拿來給我就好，由我交還。我不會把你的事說出去。」

「不，可是——」

「我這都是爲你好，你就乖乖聽大人的忠告。」

半田小姐說得對。撇開英一是否會被教會纏著拉他入教不談，在此交還照片，就解決方法而言最爲簡便，想必也最妥當。

但是，謎團未解。

那個女人是誰？

那張照片具有什麼意義（或者說意圖）？雖然也可能毫無意義與意圖，但是如果現在交出東西，就連這點都會無法確定。

半田小姐忽然端起大人的架子，筆直凝視英一。

如果把照片還給這個人，她一定會看吧。八成也會給這間麵店（似乎是家族經營）的人們看吧，可能還會熱烈討論一陣子吧。

然後照片會還給教會，在那邊應該也會掀起一陣話題吧。

之後，照片被「祭拜」，想必會就此消失。

英一懷抱的疑問，將會永遠無解。教會的相關人士就算知道照片背後的內幕，恐怕也不可能詳細解釋給英一這個未成年的局外人聽。

「據說那種東西，別放在身邊比較好喔。」也許是想要再推一把，半田小姐繼續說道，「如果隨便留在身邊，聽說也會造成負面影響喔。」

見英一沉默不語，這次她努力往回拉，聲音頓時變得低沉。

「實際上，這件事本身就很古怪了。就算只是一張薄薄的紙，分開保管的東西，居然會混進跳蚤市場的商品中。光是這點就已經夠詭異了。」

我可是親自檢查過商品，所以我很清楚，她說：

「簡直像是照片自有意志，自行逃離教會。」

這是英一壓根沒想到的想法，他瞠目結舌。半田小姐大大地點頭：

「那個，據說被拍到的女鬼，該不會是對於被人祭拜驅邪的那套做法非常反感吧？那樣很恐怖呢。」

英一想起來了。

——這個女人正在哭喔。

被密斯垣本這麼指出，之後，他重新仔細觀察過照片。聽她這麼一說，看起來的確有點像兩行淚水，又似乎不大像。

只是，照片中的女人臉孔，的確好像正在朝觀者傾訴些什麼。

簡直像是照片自有意志。

剛才他不願把照片給她看。現在與之同樣強烈、同樣迅速冒出的衝動，籠罩英一。

這時候，應該再說一次謊。

「其實，照片已經沒有了。」

半田小姐愕然張嘴。

「我燒掉了，因爲太恐怖。」

英一不想被她看到雙眼，所以低著頭。保持那個姿勢繼續說，「我當時不知該怎麼處理那種東西才好，我想一把火燒掉可能最好。當然我沒給任何人看過。」

天啊，半田小姐小聲說。

「可是後來，我想想好像還是不妥。說不定照片的主人正在尋找，所以我才去神社，打聽跳蚤市場的事。」

一片死寂。某處正有滾水沸騰。

「你什麼時候燒掉的？」

「一發現照片就立刻燒了，我用打火機點火燒了。」

——半田小姐的聲音自腳邊潛近。

「之後，有沒有發生什麼怪事？比方說被鬼壓或是身體不舒服。」

「完全沒有。」

眞的沒有，完全沒事，毫無異狀。這個部分是眞的，所以英一抬頭看著半田小姐的眼睛回答。

「所以我想應該沒問題，我只是想向照片的主人道個歉，請對方原諒我自作主張，這樣就了結了。」

半田小姐自鼻腔發出嘆息。對不起，英一低頭致歉。

「那是一個叫做神光眞之道教會的教團，他們的城東分部，在戶田八幡附近。一看就是那種風格，是雪白的大型建築，只要在附近一問就知道。」

「好。謝謝。」

這間蕎麥麵店如果好吃的話，未免可惜了，因爲他從此之後，再也不能來。英一跑下樓梯，一邊這麼想。

半田小姐所言不虛。那是棟不可能認錯的白石灰建築，「宗教法人神光眞之道教會」的招牌也很華麗，散發出陌生人難以靠近的氛圍。

幸好，建築物裡附設幼稚園。放有遊戲道具的中庭沒看到幼稚園學童，但湊巧有一名看似職員的男子拿著清掃用具走出來，英一得以隔著欄杆出聲，喊住那個人。要去分部接待處的話在面向馬路的那一邊，現在是開著的，誰都可以進入喔，男子親切地這麼告訴他。

「歡迎光臨眞之道。」

是九十度大鞠躬。

分部的接待處，有位彷彿與密斯坦本是不同種類生物，又漂亮又溫柔、說話文雅動聽的年輕女子。聽到英一說出今天第三次敘述的「戶田八幡的跳蚤市場云云」時，立刻以內線電話找某人。從她這種反應之快看來，那張照片的遺失（或者說外流），在這個分部內八成已造成一大問題。

「負責人馬上過來，請您先在那邊坐著稍候。」

漂亮溫柔說話文雅動聽的接待小姐請他坐的椅子，在那寬闊的大廳，光可鑑人的乾淨地板上，如同雕塑品散布各處。與椅子成套的茶几上，放著插有纖柔小花的花瓶，英一本來籠統且胡亂想像的那種十字架、曼陀羅圖、佛像、圖騰、教祖的肖像畫——總之，那一類的東西完全沒有。

這裡的神，難道是我完全不認識的新品種？

就在他這麼暗想時，那個徹底推翻他這種想法的「負責人」，帶著鞋底發出的聲音登場了。不管怎麼看，都是廟裡的尼姑。落後半步尾隨的中年女人，一襲樸素的套裝，脖子上掛著長長的佛珠。

英一自椅子站起。這是他在電影與電視劇之外，頭一次見到真正的尼姑。

「歡迎光臨眞之道。」

這句話好像是這個教團的寒暄詞。不好意思打擾了，他回答。

尼姑的袈裟，想必不是正式法會時穿的那種。造型簡素。如果沒有包著頭巾，看起來倒像是從事別種行業（雖然他也不知道是否可以這麼說）的人。比方說算命師之類的。

尼姑是代理分部長，自稱妙心尼師。跟隨的女人是事務員野口。兩人面對小高中生都極為殷勤，但終究沒有遞上什麼名片。

就算遞來了，想必英一也看不見，因為他的注意力全在野口女士的臉上。

她是照片上的人。是身穿黑色洋裝、比較年長的那個女人，就是這張臉。只過了短短五年，所以外表幾乎完全沒變。

「你能跟我們聯絡眞是太好了，麻煩你了，謝謝。」

不過，你還眞厲害，她說。

「只憑著一張照片，居然就能找到我們這裡。眞是了不起。」

「太驚人了。你該不會有當偵探的天分吧。」

在英一看來，這位妙心尼師是比母親更老，屬於奶奶那一輩的人。野口女士則是道地的大嬸。被這樣的兩人滿口奉承，簡直是難以形容的怪異。幸好店子不在場。

「我並沒有費太大功夫。」

如果讓對方逮到機會，恐怕又要滿口奉承，所以英一連珠炮似地一口氣說出照片已被燒毀。

「我去拜訪半田小姐，聽說此地的各位正在擔心照片的下落，令我更加覺得當初太輕率。對不起。」

兩名婦人像是要攜手相慶般，露出笑容。

「我全都明白了，已經足夠了。你年紀輕輕，倒是挺牢靠的。你的父母一定是很了不起的人吧。」

「有機會一定要拜見一下。」

英一覺得最好不要。

他把目光轉向野口大嬸，「您也在那張照片上對吧？也就是說，那張照片是野口女士的。」

大嬸宛如小皮球，彈跳似地猛點頭，「對，是我相簿裡的照片。以前和信徒一家人一起合照的。」

「被我擅自燒毀，眞是對不起。」

妙心尼師和野口大嬸互看一眼，似乎在她們倆的眼神交會中傳遞著英一無法讀取的對話。

妙心尼師說，「那是一張會讓觀者的心神有點被攪亂的照片吧。」

「是的。」

非常亂——他補充道。

「老實說，你有何感想？我想聽聽年輕人的想法，你有話直說不用客氣。」

「我覺得很詭異。」

「說得也是，這是自然反應。」

野口大嬸開始在手裡把弄脖子上的長串佛珠，響起輕微的聲音。

「即便在這裡，各位也是這麼想嗎？」

「人的靈魂有時候會以那種方式讓肉眼看見，我們都有過良好的經驗。如果對你來說也是如此，那就太好了，不過，現在你還是只覺得詭異嗎？」

野口大嬸站在說話的妙心尼師身旁緊閉雙眼，逕自撥弄佛珠。

「說到靈魂……那張照片中桌子底下拍到的人，果眞已經過世了嗎？」

對方和顏悅色地反問，「你認爲呢？」

「如果照一般想法，我想，應該是吧。」

妙心尼師點頭，「對我們而言，那張照片上的人臉，是佛祖的使者。本來該在這裡受到鄭重祭祀，卻不慎外流。大家都非常心痛，我要深深感謝你幫我們找到。」

「燒掉照片的事，請你不用介意。」

野口大嬸一邊繼續撥弄佛珠一邊說，睜開的眼中隱含淚光。

「那也一樣，與其說是你根據你的意志做出的行爲，毋寧是佛祖的**旨意**。想必是佛祖透過你，對於因這起意外而慌張失措的我們，做出譴責。其實應該感謝你。」

被人如此禮遇，說謊的英一，想必才該感到慌張失措，甚至應該有點心虛。可是，他卻完全沒有那種感覺。

「既然是這麼重要的東西，爲什麼會在跳蚤市場被混進販賣的物品中呢？」

「不知道。」妙心尼師微笑。她的臉頰就像麻糬一樣，軟綿綿、白泡泡。

「對我們來說，不可能明白佛祖作爲的所有意義。即使不明白，也得默默接受，把自以爲應該明白、非明白不可時產生的傲慢心態矯正過來。這就是我們今生的修行。」

野口大嬸再次閉上眼撥弄佛珠，不停點頭。

「不知你認爲如何？」

英一故意岔開話題，「照片上的那家人，是這裡的信徒吧。那個問題女子也是——照片上只有臉，所以或許不易辨認，但各位都認識她嗎？」

野口大嬸沒回答。妙心尼師含笑微微側首。

「知道那個，對你有什麼意義嗎？你爲什麼想知道？」

「不是……對不起。沒有任何意義，純粹只是好奇。」

「那麼，我用佛祖的使者這個字眼，無法就此撫平你內心的疑問嗎？」

是——英一接腔，再次垂下眼簾。

果然，關於照片的內幕，對方不可能告訴他。妙心尼師打從剛才，就一直用問題回答英一的問題。每次，都令他感到自己正被對方一點一點地拉過去。

他開始感到不自在。掛在椅背上的書包中的那張照片，彷彿也想盡快離開這裡。

——簡直像是照片自有意志。

就是嘛。好不容易才逃出去，如果又回到原點，那多討厭啊。

「那我不打擾了，告辭。」

他粗魯地拉開椅子，發出尖銳的金屬聲。妙心尼師依舊面帶微笑，看著把書包掛到肩上的英一。

「你今天這樣光臨，也是佛祖的安排。就當作是接觸到眞之道教義的一角，請把這個帶回去。」

妙心尼師倏然轉身的同時，接待小姐已悄無聲息地走近。她的手上拿著一本宣傳簡介。妙心尼師接過來，遞給站起來的英一。

「我知道了。那我就收下。」

英一也沒仔細看，只有手勢保持恭敬，立刻塞進書包裡。

「謝謝光臨眞之道。」

送客的台詞，也是這個。妙心尼師與野口女士以及接待小姐，站成一排低頭行禮。英一只點個頭，走出大廳。

踩上步道，開始邁步後，他愈走愈快。即便已經離開很遠，他還是覺得無法揮除自神光眞之道教會一路牽引而來的無形之線，忍不住一再伸手在背上掃來掃去。

那晚夜深時分。

英一雙肘撐在自己房間的桌上，與豎立在眼前的那張照片對峙。光靠天花板的日光燈太暗，所以他打開檯燈。照片中女人的臉，看得異常清楚。

吃完晚餐時，開始下起雨。現在已成爲滂沱大雨，屋簷傳來雨水滴落的聲音。爸媽和小閃都睡了，家中悄然無聲。

——說到這裡。

莫名地，有種想對她說話的感覺。

——這下子妳已是自由之身，今後要怎麼辦呢？

照片中的女人，只是欲言又止地微啓朱唇，沒有回答。

——妳還眞的在哭啊。

如果我解開妳在此現身的意義，做到妳滿意爲止，妳的眼淚會消失嗎？亦或是這樣的想法，才是眞正的傲慢呢？

這種照片根本沒有什麼意義可言嗎？

「小花，你在看什麼？」

心臟差點從嘴巴跳出來。

英一情急之下一掌按倒照片，整個身體向後扭轉。用力過猛差點從椅子上跌落。

緊靠他身後，身穿睡衣、披著毛毯的小閃，雙眼圓睜。

「小閃！」

一看時鐘，已經快十二點了，小閃居然這麼清醒。這表示他已經醒來好一陣子了嗎？

「走近時，拜託出點聲音，好嗎？你當你是忍者啊。」

小閃噘起嘴哼了一聲。他很好奇英一藏起的照片。

「那個是什麼？」

「沒什麼。你要上廁所？」

小閃小小年紀已是博覽群書的讀書家，連英一感到驚訝的艱深書籍他也看。但是終究還是有可愛之處，有時因爲書中內容，半夜會不敢獨自上廁所。

「不是啦。不是我。」

小閃露出得意的笑容，指向隔壁的一坪半房間。

「是天花板，**尿床了**。」

是漏雨。哪不好漏，偏偏在小閃床鋪的正上方。天花板浮現一塊水漬，沿著牆壁滲下一絲水流。

英一叫醒爸媽，詛咒老天，詛咒這棟房子，詛咒ＳＴ不動產。

「某人不是說，屋頂的防水修補工程做得滴水不漏嗎？」

「好了啦，你別那麼生氣。」

秀夫毫無緊張感。京子很睏也很冷。和小閃一起裹著毛毯，一邊打呵欠一邊旁觀秀夫與英一把家具和被窩搬開，乒乒乓乓地忙著四處移動。

「小閃，就睡在小花的房間可以吧。」

「免談。小閃去跟媽媽睡。」

「我不要。爸爸打呼吵死了。」

我的房間也沒有多餘空間。如果在床鋪和桌子之間鋪上被窩，進進出出的多不方便。這明明是正當主張，如果繼續堅持到底爸媽看起來應該也會妥協，沒想到小閃一下又一下地偷拉英一的袖子。

「小花，你剛才在看照片吧。」

基本上，好歹算是壓低了音量。

「你在偷看吧，瞞著大家看，對吧。那是那種照片嗎？我不太懂，所以我看還是問問爸爸媽媽好了。」

小惡魔。

「每晚，我的臭腳丫都會從你的臉上跨過去喔。」

「用不著那樣做，明明還有空間。」

英一房間的壁櫥，上面那一層有空位。

「只要把衣物收納箱放到下層，至少睡得下我一個人。」

「小閃，你想睡壁櫥？」

京子耳尖地聽到，如此問道。小惡魔頓時變身爲自家偶像。

「嗯！那樣就像睡上下鋪一樣，很好玩。」

他的好朋友是兄弟倆睡上下鋪，他好像一直很羨慕。

「對喔。小花和小閃的尺寸已經不一樣了嘛，沒辦法睡上下鋪。」

判決定讞。英一把壁櫥裡的兩個衣物收納箱搬下來塞進床底，秀夫把小閃的被子抱過來鋪在壁櫥的上層。的確，只有小閃一個人睡的話，空間綽綽有餘。

「睡起來好像滿舒服的。」

傷腦筋——爸媽說完，回寢室去了。

「趕快睡覺。」

英一正準備關上壁櫥的門，卻被小閃伸腳擋住。

「小花，那張照片是什麼？」

「你想看？」

「想看。」

「給你看也不是不行。」英一嚇他，「但你到時不敢去上廁所，我可不負責喔。」

「我如果在這裡尿床，麻煩的應該是小花你吧。」

小閃以前和京子走在街上，曾被人遊說去當連續劇的童星。你完全符合我們要的形象呢，小弟弟。雖然不知那是哪裡的製作人，但那傢伙該不會連小閃這種內心的黑暗面也看出來了吧。有光的地方就有影子。

沒辦法。英一只好把照片給他看。

「這是小暮先生沖洗的，所以才會送來我們家。我現在還不想讓爸媽知道，否則事情會鬧大。」

小閃看似心不在焉，眼睛死盯著照片。

「這個是靈異照片吧。」

即便在小閃這個年紀，也會立刻冒出這個名詞。

「這個女人長得很漂亮。」

和店子的感想一樣。

「小花，這張照片你要怎麼辦？」

「我剛才就是在想這個問題，結果你就來攪局了。」

小閃天真無邪的眼睛骨碌一轉，「要不要找找看照片上的人？」

「我找過了。雖然查出照片的主人，但那個人對這張照片——」

該怎麼說明才好呢。

「——並不珍惜。」

「聽起來，好像內幕重重。」

小閃目不轉睛地看著英一的臉。不只是眼珠，連眼白都乾淨透明得彷彿帶著淡藍色。那是英一早已失去的「童眼」。

「是有內幕，但跟你無關。」

「小花有辦法獨自解決嗎？」

就連手機，都得靠我提醒，才有辦法找到。

「你很看不起哥哥喔。」

「我才沒有。只是，剛才我說的，小花，你根本沒聽懂。」

這上面拍到的人——小閃說著，粉紅色的小指甲指向女人的臉。

「我是說找找看這個人。」

「那是鬼，早就已經死了。」

「死了，也能調查身分吧？」

「就跟你說沒有線索，照片的主人也不肯告訴我——」

妙心尼師與野口女士到底是明明認識這個女人，卻佯裝不知，還是壓根不認識，難以判斷。她們想必知道三田家一家三口後來的命運，卻看不出半點跡象。她們很難對付，英一再也不想接近她們。

「基本上這是鬼魂，所以就連她是不是與照片上這些人有關的人（曾經是人）都不確定。萬一她只是飄呀飄的，湊巧被拍到呢？」

小閃咯咯笑，「小花，你也拜託一下，就算是靈異照片，也沒有那麼隨便的顯影法。這個女人會在照片上出現，一定有她的理由。」

這棟房子——小閃說著，手指撫過照片的邊緣。

「問題一定是在這棟房子。」

「房子被燒毀，已經沒了。」

他不假思索地脫口而出，小閃的黑眼珠變得更大。

「果然有內幕啊～」

「拜託你別用那種說話方式。」

但是，小閃說到一個很好的重點。房子雖然已經燒光了，但地點是知道的。

「這種情形，好像有種說法，對吧？就是那種在某個地點纏繞不去的鬼魂。」

地縛靈，小閃回答。那叫做地縛靈。

「如果要看靈異照片的書，我有喔。在我的書架上。」

「哥哥一直有個疑問，小光小朋友為什麼不看些更像小朋友會看的書呢？」

「那是鬼故事的書，很像小朋友會看的呀。」

小閃的書架上五花八門，要找出想找的書頗費工夫。一共有兩本跟靈異照片有關，一本的確是小朋友也能接受的內容，但另一本是次文化的評論集。到底是誰買給他的啊？

回來一看，小閃整個人已鑽進被窩。看不見臉。

把書放在桌上將檯燈拉近時，模糊的聲音傳來。「可是，小花。」

「晚安。」

「那一定是玩障眼法的照片啦。」

英一的手還放在檯燈的燈罩上，感到不悅。我該不會眞的是出生時和店子調包了吧？該不會店子與小閃才是親兄弟，而我是店子家的繼承人？

6

「爲了這種原因遲到，太扯了吧。」

「少囉唆。」

翌日午休時間，英一把他熬夜看完兩本書後，得知的靈異照片歷史，向店子講解了一番。那是在大約一百四十年前誕生於美國，傳到英國後，在十九世紀末的歐洲掀起熱潮，明治維新時，也傳到了日本。

這是靈異照片這個「概念」的歷史。

照片上出現的貌似「靈體」之物的眞面目，有時是沖洗時的失誤，有時是相機故障，有時純粹是人爲的障眼法，這點似乎早在明治十幾年就爲人所知。那是因爲在傳入國內不久之後，照片疊印的技術日漸發達，另一方面卻也有人極爲認眞地研究「做爲一種現象的靈異照片」。

即便如此，隨著科學的解明，靈異照片還是一再驚動社會。明治、大正、戰前的昭和，每個時代都有類似的靈異照片事件發生。對於距離科學這門「學問」還很遙遠的一般庶民而言，拍到「應該不在那裡的人」的照片，依然被視爲不可思議的現象，也被部分宗教人士當成寶貴的工具利用，因此強化了神祕性的一面。

戰後，七〇年代的超自然現象風潮到達一個頂點，靈異照片一下子變得大眾化。然而，任何事物皆是如此，熱潮必有結束之日，浪頭愈高，反彈也會愈大。這時情況已和戰前不同，即便對庶民來說，科學也已成為近在身邊的日常事物。只要想起來拿出科學標準來審視，大家就會失去熱度。之後世人的關心漸漸褪去，一九九五年奧姆眞理教事件（註）引發的抨擊邪教風潮，使得靈異照片進入明顯的衰退期。

沒想到，現在似乎又開始漸漸起死回生。打從一開始就先聲明「這只是遊戲喔」的電視綜藝節目，以及顯然是虛擬情節的電影成為導火線，雖然這次和七〇年代當時的狂熱不同，是更偏向娛樂的處理方式，但靈異照片與靈異影片至今存在，照片有時會拍攝到靈體的這種「常識」也依然健在。這年頭幾乎都是靠網路傳播情報，據說也有很多成為都市傳說的例子。

這已經只能用「想要那樣想」這種人類天性造的業來形容——英一思忖。即便將科學尊為科學，沐浴在科學帶來的恩惠中，人們還是渴望相信照片這種記錄媒體**有時也會拍到**「靈體」。

這是部分式的思考停止。即便尺寸和感度各不相同，任何人都擁有這個思考停止開關。有人一輩子都不會按下開關，也有人只要別人拿出什麼具體「證據」給他看，就會立刻按下開關。

那想必是因為，這個開關，現在是唯一與日常生活中相信有死後世界的這個信念，在深遠之處有所關聯吧。是對「死亡不等於虛無」的信賴。不，也許該稱為期待吧。

要找風子的話，她明明在家裡。

母親的那種想法，與靈異照片切也切不斷——

這麼說，倒也不是抱著置身事外冷眼旁觀的想法。這一切說的都是英一自己。主詞不是「人們」，是「我」。

正因如此，他才會一邊看書一邊頻頻停手，重新省思。如果家裡沒有風子這個失去的存在，那會怎樣呢。如果風子活得好好的，已經到了會對哥哥頂嘴的年紀。那麼我的那個開關，或許也會被設置在比較難按的地點吧。

「那麼，小花你是怎麼想的？還是有解謎的意願？」

「頭都已經洗到一半了嘛。」

英一開始覺得店子上次的分析或者考察，說不定一語中的。如果這件事就如此不了了之，會很不舒服。不管什麼形式都好，總之，他想解謎。他想揪出玩這種嚇人把戲的傢伙，當面瞧一瞧，到底是怎樣的人物。

如果只是睡過頭，本來第一堂課遲到就沒事了。連第二堂課也沒趕上，是因爲他心想反正都已遲到了，索性去三田家的舊址觀察。那裡已變成月租停車場。「有空位」的招牌上寫的聯絡人，是京葉不動產有限公司。依電話號碼看來，應該是當地的不動產業者。

於是，他決定拜託ＳＴ不動產。本來如果是密斯垣本接的，他大概會憑著本能的反射動作掛電話，幸好是社長接的。

「三田家的土地，我想知道後來是誰繼承。」

「那是無所謂啦……英一，你沒上學？」

註：一九九五年三月二十日奧姆眞理教在東京地鐵站施放沙林毒氣，造成十餘人死亡的慘劇。

「我待會兒就去。」

要花上好幾天喔，社長苦笑著說。

「小花，你該不會打算今天放學後去那附近打轉，到處問人家有沒有見過這個女人吧？」

店子的眉毛上下聳動做出古怪的表情。

「我是那麼打算呀。」

「你那樣未免太沒戒心了吧？附近說不定也有神光眞之道的信徒。」

「我會小心行事。」

給別人看照片必須留到最後的最後。首先應該先確定是否眞有那樣的女人，以及她是否眞的死亡。

「那你可得找個好藉口才行。」

「我會說是學校社會科的自由研究。」

放學後，聲稱今天也要去社團的店子，在鞋櫃旁等他。

「就說你要辦小學同學會，可是不知道怎麼聯絡以前班導師休產假時來代課的那位老師，所以憑著以前的住址正在找她，這個藉口你看如何？」

看來店子也很閒。

「嗯，那就借用你的主意。」

英一開始在千川町一帶打轉。雖然知道若想立刻取得對方的信任穿制服最有效，但這次他已決定不說出本名，要用店子捏造的那個藉口當旗號，所以他不僅換上便服，還戴了便宜的平光眼鏡。愈是沿路打聽，愈能深深感到這塊土地特有的情報網威力，所以這是正確之舉。否則等到調查結束後，英一終於了卻一樁心事是很好，但花菱家若是開始傳出奇怪的流言，在這裡住不下去，那可就傷腦筋了。

千川町和周邊地區，有許多老人住戶。凡是擠在嶄新時髦的公寓群之間悄然並立、年代久遠的獨棟老屋，幾乎百分之百都是老爺爺、老奶奶的家。獨居老人也很醒目。事情發生在五年前，所以其實不須特別針對老人住戶打聽，但老人住戶的在家機率特別高，效率會更好。渴求說話對象的老人們，立刻就毫不防備地打開話匣子，對他的信任之快，甚至令他感到心虛。即便英一什麼都不說，話題也愈扯愈遠。

開場白雖是仰賴店子編的藉口，但話題一扯到三田家的舊址，老人們必然會提起火災。他們的記憶似乎依舊鮮活。那場大火燒掉的不只是三田家，相鄰的雙層公寓也有部分焚毀，據說還有人受傷。那棟公寓經過整修後，居民仍繼續住在裡面，但最後還是在兩年後拆除，現已成爲便利商店。因爲一開始打聽就掌握到這個情報，所以之後英一拿來當作方便的藉口：我們老師說不定本來也住在那棟公寓，失火之後，才搬走的。

老師年約三十，是個美女。英一的這種描述，換來「你說的這個人應該是某某小姐吧」等各種情報。不過，都幫不上忙。其中，也有人提供的情報顯然是指站前三友大樓松月庵的牛田小姐。很遺憾，那個人不是鬼——說是美女，好像也稱不上。

三田一家人，尤其是太太虔誠皈依神光眞之道教會的事，在附近似乎很出名。只要是認識三田家的人，無論是誰都會立刻提起這個話題。「所以他們一定已經升天去極樂世界」的意見，和「那麼虔誠，卻遭到那種不幸，還眞諷刺啊」的意見，勢均力敵。唯有一人，那是三田家對面美容院的美髮師，用反感的語氣告訴英一，三田太太每次來染白頭髮或燙髮時，都會遊說她信教，令她難以招架。

也許是被信教虔誠出了名的父母搶去鋒頭，做兒子的沒什麼存在感。附近的老人們，似乎對他不大清楚。頂多只能勉強確認他的名字是「眞」。三田一家雖在兒子年紀還小時就搬來此地，但那孩子沒念本地學校，長大之後，好像立刻離家自立了吧。失火的時候，他已搬回家裡了？啊啊，也對啦。你在找三田家的兒子？那家的兒子當過學校老師嗎？啊，不是嗎？

與老人對話時，話題的走向經常夾纏不清。對這種情形萬萬不可排斥，英一學到，毋寧應該巧妙加以利用。同時，也學會抹殺那一刻萌生的一絲罪惡感。

英一的爺爺、奶奶、外公、外婆雖然都健在，但英一一家人和兩邊都沒什麼來往。如果要解釋爲何關係冷淡，說來話長，但若用一句話歸結，這同樣也是風子的影響。尤其，父親那邊的花菱本家與兒媳婦京子的關係，自從風子死後，幾乎已完全斷絕。所以對英一來說，這樣老老實實地與老爺爺、老奶奶對話是頭一遭。

店子的老爸，除了喜歡露宿，還有釣魚的嗜好。他也不會走遠。頂多只是去距離都心開車不到一小時的海邊，在堤防上抛竿。不過，他還是自有一番理論。所以他曾說過：旁門左道自有旁門左道的樂趣。

雖然他的意思只是說就算不是本來的目的，但是如果釣到了什麼，還是很開心。不過，正在四處打聽的英一，也有那種感覺。找老師的藉口早已飛到九霄雲外，拜訪某對老夫婦時，老奶奶的空襲體驗談，以及老爺爺當年撤離中國東北的往事，甚至讓他陪他們聊了一個多小時。

聽著對方敘述之際，他也會暗想「現在好像不是做這種事的場合」或者「我到底在搞什麼鬼」，有時那種顛三倒四一再重覆同樣內容的老人特有的混亂說話方式，會令他聽得很膩，也有時會有點生氣，或是對自己感到吃驚。他的熱情已褪，可是，結束一段訪談後，他並不會覺得受夠了。在那種正常的想法出現之前，他已思考起下一步驟。即使明知又會與老爺爺、老奶奶重覆同樣的過程。

可是。

被問他成果如何的店子被嘲笑「若是那種打聽方式，我敬謝不敏」，被狐疑地瞪著大眼睛看他的小閃追問「小花，你每天都上哪兒去了？」，困在與主題無關的對話中難以脫身，實在也會讓人有點受不了。就算當作等待須藤社長回音的期間，姑且打發時間，可是因爲太少去社團露臉，結果被二年級學長盯上，甚至連橋口也開始擔心「你是不是身體不舒服」時，他終於開始考慮是否該就此罷手，就在那第八天。

他中獎了。

千川一丁目的一角，有間小店不管何時經過，永遠鐵門深鎖。店面不到兩公尺寬，房子和屋簷還有鐵門都已歪斜。英一本來以爲大概是故障打不開。

結果那間店開了，是點心店。老掉牙的商品陳列架後方，擺著老掉牙的收銀台，老掉牙的女人，也就是老奶奶，穿著條紋和服幽幽獨坐。

時間唯獨在此靜止。

抱歉，打擾了，英一出聲招呼，才剛踏進店內一步，便感到灰塵與發黴的氣味。不只是陳列架，商品也全都老掉牙。不知保存期限過了沒有？

和服老奶奶應聲抬頭。與服裝不同的是，她的頭髮剪得很時髦，白髮也染上顏色。英一看了，暗鬆一口氣。要是梳著髮髻，他可能當下就會轉身落荒而逃。

「你好，要什麼？」

英一照舊將店子編的故事娓娓道來，請教對方有無線索，和服老奶奶皺起臉凝視英一。不，是試圖凝視。她的視力不佳。再走近一步就清楚發現，她的眼眸白濁。

「我不大清楚。」

「噢，對不起。」

「你也看到我已經年紀大了。」

老奶奶似乎沒有重聽的毛病，但說話含糊。根據這八天來的經驗，英一知道，這是假牙造成的。

「你是學生？」

「對。」

「你說的那個老師，該不會是三田家阿眞的老婆吧？」

想釣竹莢魚，卻一直釣到沙丁魚，然後鰻魚突然上鉤。這才想起自己本來就是來釣鰻魚。英一不由自主，用力呑口水。

「三田家的兒媳婦？」
「那個人以前應該是小學老師，對吧。」
就算問他對不對，他也沒材料來同意。
「到目前為止，我從來沒聽附近鄰居提起阿眞先生的妻子。」
和服老奶奶瘦得像是人乾。她的腦袋只有英一的拳頭大——這麼形容當然是誇張了，但給人如此的感覺。老奶奶倦怠地上下晃動那顆腦袋，繼續說道。
「因爲兒媳婦沒有住在這裡嘛。聽說發生了很多糾紛，兩人離婚了。」
「爲什麼會發生糾紛呢？」
老奶奶沒聽見英一的問題。
「所以，大家都不太認識她。」
她咕噥，把放在收銀台旁看似小錢包的袋子，自右向左移。
「才剛看兒子回到父母身邊，沒多久就一起死了。三人都死了。」
「那場火災聽說很嚴重。」
老奶奶白濁的眼睛，轉向英一這邊。視線的方向相接。
「都是信那種邪教的錯，枉費我一再勸告。」
她似乎是在自言自語。
「眞討厭，大家都死了。」
可以猜到她應該和三田家有交情，她的語氣很寂寞。

「德子一直刻意隱瞞那個兒媳婦的事。」

德子，是三田太太的名字。

「因爲她認爲兒子離過婚，就變成瑕疵品了。」

「噢。」

「如果是女兒還說得過去，可是，阿眞是個男孩子，根本沒關係。那也是信教害的。」

之後，不管再怎麼努力，也問不出更多有用的訊息。不過，已經足夠了。三田家有媳婦。這是寶貴的關係人。

「我要買一罐這個。」

英一隨手拿起身旁一罐糖果，上面標價三百圓，他用零錢支付。離開店之後，仔細一看，保存期限早在一年前就過了。回程，他本想扔進車站前的垃圾桶，卻又作罷。神光眞之道教會的傳單，之前被他毫不遲疑地丟進這裡的紙類回收桶，糖果罐子他卻捨不得扔。因爲這是好不容易才釣到的鰻魚。

「你倒是挺會調查的。你聽誰說的？」

是須藤社長打來的電話。英一劈頭就提起三田家媳婦的事，也提到那間彷彿時光靜止的點心店。須藤社長一聽就知道。

「因爲那裡的老奶奶已經快要成仙了。心血來潮時，她會不定期開店。附近的人都很習慣了，所以誰也不覺得驚訝。」

當然，也不會有人去光顧。

「她同樣也是獨居嗎？」

「不不不，孫子、孫媳婦都在。是我同學。」

英一已經懶得發出驚呼聲了。在這塊土地，只要是親子兩代以上都定居此地的人，通常都會以某種形式互相認識。須藤社長對當地瞭若指掌，不只是職業使然，而是這裡本來就是這樣的地方。

「那間點心店和小暮先生的店一樣，就算開店，也無人光顧。」

孫子夫妻想結束生意，把店面租給別人，但老奶奶不肯，於是只好就這樣擱置。據說和服老奶奶已超過九十歲。

「聽說她以前是本區婦女會的總幹事，所以消息很靈通。」

社長那邊也有收獲。

「如果只是要看登記簿，馬上就能解決。但是要了解內情，就非得和當事人談一下不可了。爲此必須按部就班來，況且我和京葉不動產的社長雖然很熟，但是如果讓他以爲我們公司在打那塊地的主意就不好了，所以該怎麼開口，可是讓我傷透腦筋呢。」

繼承三田家那塊地，目前也持有的，是三田先生的弟弟。

「我想，應該是照片上一起合照的人。」

的確長得很像。

「那麼，他也是教會的信徒嘍。」

「他弟弟怎樣我就不清楚了。」

「你見到他了嗎？」

「沒有，只是在電話中談過。」

已故三田一家的生活照，不知怎麼搞的混進神社舉辦的跳蚤市場商品中。現在想要物歸原主，不知該怎麼辦才好。須藤社長就是用這個說法，跟對方接觸。

三田先生的弟弟立刻回答：那個一定是教會提供的照片吧。不是我家的東西，所以請你還給教會就行了。

「因爲他弟弟住在埼玉縣，不可能參加這邊辦的跳蚤市場。」

「所以呢？三田家兒媳婦的事，社長又是怎麼知道的？」

敝社曾經和三田先生來往過，所以這張照片也被送來敝社，但照片上也有我不認識的女人。請問您知道她是誰嗎？——社長是這麼問的。

八成也是那個教會的人吧，三田先生的弟弟爽快地回答。從他那毫不客氣的口吻，社長判斷弟弟並非信徒。

那張照片上的笑臉，只是親戚應酬的一環嗎？

「然後，正當我覺得這下子好像很難再往下問時。」

總不可能是理惠子吧？三田先生的弟弟冷不防說。

那是哪一位？噢，是我侄子的太太啦。他們的婚事打從一開始就波折不斷，沒有維持很久，所以就連我哥哥、嫂嫂的朋友，恐怕也沒怎麼聽說過。

嗯哼，須藤社長咳了一聲。不是喉嚨沙啞，好像是頗感驕傲。

「這時候，我成功地演了一場戲。」

之後的對話如下。

——啊啊，原來是這樣子啊。不過，單就這張照片所見，依年紀判斷，我覺得好像是那位理惠子小姐。說不定是在教會拍的照片。

——不可能。她那個人最討厭信教了，所以才會和我哥他們合不來。

——噢，是這樣子嗎？

——我侄子也是，不跟父母商量就自行找到結婚對象，他不知道那樣是絕對不可能圓滿收場的。

——可是離婚後，做兒子的又搬回千川町的老家了吧。

——那是因爲離婚後，他整個人就委靡不振，也花了不少錢。

——噢，所以才會回到父母身邊。說到這裡，我想起來了，那家的兒子本來想租停車場，找上敝社仲介。可惜最後沒有談成交易。

——如果住在家裡，根本不需要汽車那種東西嘛。

說著說著，弟弟的語氣也開始變得陰濕，最後甚至改口說：爲了區區一張照片，讓你這麼費心，眞不好意思，既然是我哥他們的照片，那還是交給我吧。

——我知道了。不過，三田先生，老實說，這張照片上拍到的只有您的侄子，和疑似理惠子小姐的女人而已。

這是事後追加的謊言。正因爲一開始用了「三田先生一家的生活照」這種曖昧含糊的說法，所以才能展現這種高難度技巧，社長的語氣再次驕傲起來。

「我可是靠著嘴巴做買賣鍛鍊出來的。」

「我非常明白。」

──所以，恕我冒昧多嘴，是否也該問問理惠子小姐的意見比較好呢？理惠子小姐如果對教會的活動沒興趣，那麼，這張照片就更不應該還給教會了。

社長好像是拿信仰自由和肖像權這些亂七八糟的名義，唬弄三田先生的弟弟。

──原來還會這樣啊。

被唬弄的弟弟也眞好騙。

「三田先生一家三口葬身火窟，聽說是兒子與那個理惠子離婚之後，還不到幾個月就發生的事。」

──所以理惠子也出席了守靈和喪禮。我是喪主，還有當時的簽名簿，如果你想要她在那上面寫的聯絡方式，我可以告訴你。

弟弟說。

──就是不知道她現在是否還住在那裡？

「怎樣？很有收穫吧？這下子等於已經把謎團解開了！」

社長很開心，幾乎是手舞足蹈。的確有那麼大的價值。就連英一也沒想到，居然這麼快就能查出三田眞前妻的消息。

「可是，社長。」

「怎樣？」

「那位理惠子小姐，照剛才的說法聽來，還是活的——不，還健在吧？」

頓時，出現一秒沉默。

「對喔。如果已經死了，三田先生的弟弟應該早就說了。」

雖說也有可能是弟弟不知她已死去。

「不，沒死更好。三田家已經死掉三個人了，如果還有更多人死掉，未免太悲慘。」

「就是啊。」

「不過，若是這樣，理惠子小姐就不可能變成靈異照片了。」

所以，並不等於已將謎團解開，這才是英一想指出的。

這次，出現了兩秒沉默。

然後須藤社長說：「搞不好是活人的生靈作祟。」

怎麼可能？

根據弟弟給的電話號碼打去，應答的是合成聲音。由於搬家已換了電話號碼。按照新的號碼重新打去，這次是電話答錄機。英一想不出該留下什麼話才好，於是默默掛斷電話。

翌日，爲了壓抑像打壁球一樣四處胡亂反彈時而高亢時而沮喪的心情，英一刻意去參加社團活動。跑完二十公里回到家，他再次試打電話，這次打通了。接電話的是一位女人。

英一首先規矩地報上姓名，自稱是住在三田家附近的學生。請問是三田眞先生的妻子理惠子小姐嗎？當他這麼一問，女人的聲音似乎感到困惑，沉默了。然後說：

「三田家應該已經不存在了。請問你有何貴幹？」

那是略帶顫音的嗓音。若用樂器比喻，不是吹奏或彈奏，是屬於輕彈細捻的聲音。

「我是爲了那個，呃，」

比起在答錄機留言，更不知道該如何啓齒。

「您會起疑是當然的，眞的非常抱歉，不好意思，請別掛電話，先聽我解釋。」

起初，英一覺得電話好像隨時都會被掛斷，像要整個人往前撲似地說得很急切。要和未曾謀面的人用言語說明照片的內容也很困難。可是，對方沒有掛電話。雖然沒反應，但一直默默傾聽。

「那張照片現在在你手上吧？」

被對方這麼反問時，英一如釋重負甚至有點膝蓋發抖。

「在我手上。」

很長一段時間，電話安靜無聲。最後，對方是這麼說的：

「可以讓我看看嗎？」

她是個果斷明快的人。當下約定這個星期六下午二點，在日比谷公園的噴水池前碰面。好，我會赴約。需要什麼辨認的記號嗎？我是都立三雲高中一年級學生。會穿著制服配戴校徽——

當天，

「你要去學校？去做什麼？」

英一被爸媽和小閃接連問了三次。

「社團有活動。」

「穿制服去？」

「便服太麻煩。」

小閃更敏銳，「小花，你要去約會？」

英一不得不用跑的甩掉他。

這是他第三次來日比谷公園。以前去過兩次，是爲了學校活動。如果單就這次純屬私事、而且約定的對象是女性這點而言，這次的確接近約會。

——可惜是感覺遠在地球大氣層外的大姊姊。

他足足早到了二十分鐘，滿腦子都是些「我什麼時候才會有眞正的約會呢？小閃恐怕會比我快吧」之類沒營養的念頭。今後的發展，完全無從想像。對方將會說出三田家的什麼內幕？那個內幕對自己的調查行動有意義嗎？理惠子爲什麼想看照片？爲了不去想這些想了也毫無用處的問題，本來只想默默發呆，卻連這也做不到。

但是。

啊，是那個人。對方一走近他就立刻認出來了。不是憑著頭腦辨認。是靠眼睛辨認出來的。

這是都心的休憩場所。朝著身穿學生服在冬陽照亮的噴水飛沫旁孤伶伶等候的英一，那人緩步走來。焦糖色大衣配灰色長褲，肩上掛著黑色托特包。英氣颯爽的短髮，秀麗的五官，身高約有一百六十公分左右吧。

她就在那裡。是活生生的，有血有肉的女人。
然而也是靈異照片上那個只有臉孔的女人。
這怎麼可能？

7

我的工作地點就在這附近，山埜理惠子說。拿到的名片上，印有出版社的名稱和「編輯」這個頭銜。
「是專門做教科書的副讀本與參考書的出版社。」
聽她這麼一說，這個出版社名稱的確有點印象。
「但我聽說妳本來是小學老師。」
理惠子眨眨眼，看著英一。
「你知道得眞清楚。」
你調查過吧？聽到對方這麼說，英一的直覺反應，就是低頭道歉。
這是公園附近的咖啡店。愈來愈像約會——才怪。氣氛倒像是在參加面試。
女服務生放下咖啡離去後，英一打開書包。山埜理惠子坐得筆挺。她的妝很淡，也沒戴首飾，只散發出一絲若有似無的香水味。
「就是這個。」英一在桌子中央，輕輕放下照片。

理惠子微微傾身向前，看著照片。她略微瞠目。

她從桌子底下伸出手，觸摸照片。與其說是一張四乘六大小的紙片，她的手勢倒像是在捧起更重、更難處理的危險物品，就這麼捧到臉前。

英一默默等待。

理惠子自照片抬眼。

「是我。」

英一的身體某處，竄過一陣宛如拔開栓塞的感覺。

「好奇怪的照片。」理惠子嘟囔，「很詭異的照片。」

言詞之中帶有些微苦笑的意味。她的臉上毫無笑意，鳳眼眨也不眨。

「妳還記得拍攝這張照片時的事嗎？」英一問。

理惠子把照片往桌上一放，猛然轉身面對英一。

「上面印著4.20，你知道是哪一年的四月二十日嗎？」

「五年前，二〇〇三年。」

「那麼，就是我們新婚時了。我們在那年的一月結婚。」

她的說法聽來不關己事。

「可是，我幾乎從來不去阿眞的老家。尤其是這種。」

說著，她的指尖指著照片，

「教會的人來做法事時，我不喜歡，所以不會去。」

英一點了一下頭。

「我當時不在場。」理惠子說，「因爲我不在，照片上的大家才會滿面笑容。」

英一默默喝冰水。

一陣沉默。在星期六的日比谷咖啡店與年長的美女面對面，英一回想起當初接受升學輔導，他陳述想報考三雲高中時的情景。尷尬又氣悶，如果隨便發言，情勢可能會加速朝著事與願違的方向前進的，那種危險的沉默。

理惠子頭一次展顏微笑抓住英一的目光，「你念高一吧。」

「對。」

「今年十六歲。」

「對。」

「你很有行動力。」

被誇獎了。果眞很像和老師面對面。

「謝謝妳的誇獎。」

理惠子露出雪白的門牙笑了，「你去神光眞之道教會時，沒有大吃一驚嗎？隻身闖進那種地方，你可眞有勇氣。」

「因爲當時我沒想太多。」

是嗎？——她輕輕點頭，再次垂眼看照片。

「阿眞這個名字啊，」

據說是教會取的。

「由此可見，三田家的父母打從年輕時，就信仰虔誠。阿眞從小就被他們帶去教會，可是他說並未被感化。他一上大學，就立刻離家了。他說無法理解父母的信仰，他一直覺得費解，他說自己無法變成那樣，也不想變成那樣。至少，當時他是這麼告訴我的。」

當時——這麼說。

「但他們畢竟是親子。」

凝視對著鏡頭微笑的父親、母親與兒子，她像要發問，又像要確認，「是親子嘛。」她再次低喃。

「這張照片可以給我嗎？」

「好。」

這本來就是妳的照片。雖然沒說出口，但對方想必領會到了。

「照片眞正的主人是教會的野口女士吧。沒關係嗎？」

「我想應該沒必要還給那個人。」

「這麼決定，是調查者的權利？」

雖然只有一點點，但的確是帶著挑釁意味的質問方式。

比起之前那次尷尬的升學輔導，這場對話更艱難。不過，這裡沒有權力的上下尊卑之分。雖然不能失禮，但就算暢所欲言也不會挨罵。

「是的。」

英一斬釘截鐵地回答。山埜理惠子的眼眸，彷彿在瞬間開心得發亮，是自己的錯覺嗎？

「我一直很想知道，爲何會有這樣的照片，所以展開調查。」

理惠子像要反擊般立刻說道：「我也不知道。」

「不是什麼——障眼法？」

他們正面四目相對。

幾乎在同一時間，兩人都笑了出來。又一個比剛才那個小了許多但堅硬的栓塞，自英一的身體某處靜靜拔除。

「就你調查所知，我在這張照片上的臉孔，應該不是一開始就有吧？」

「我是這麼聽說的，據說沖洗出來時並沒有。」

「我可沒有那種閒功夫，專程潛入野口女士的家裡，翻相簿，動手腳，弄出這種照片。」

說完後，她彷彿要重新掌握自己說出的話，連續點了兩次頭。

沉默再次降臨。這次會面似乎要結束了。山埜理惠子伸出手，把照片收進托特包。然後她會像要做結論似地說聲：眞是古怪的照片，起身告辭——

但她依舊坐著。她端起咖啡杯，喝光咖啡，放回碟子上，把目光轉向英一。

「爲了感謝你給的照片，我就把眞相告訴你吧。」

這間咖啡店的室內裝潢用了大量的玻璃與鏡子，但兩人坐在店內中央，所以此時的英一看不見，自己的表情有多麼呆滯。

「你大概還沒有這種經驗，不過，等你長大之後，我想一定也會有。和陌生人——只有一面之緣擦身而過的外人，說出絕對不會告訴身邊親友的私密話題。不過，那種情形多半發生在計程車上。」

「妳是說司機先生吧。」

「對。所以，我現在也是抱著這種心態告訴你，只說一次。」

「那我要背對著妳嗎？」

理惠子忍俊不禁。「那倒用不著。」

英一自己也沒想到，他居然害臊了。山埜理惠子露出到目前爲止最開朗、最溫柔的笑容，非常美麗。

「我與阿眞辦理結婚登記的一年前，就已住在一起了。或者該說，花了那麼長的時間，才讓三田家的父母讓步，同意我們的婚事。」

據說當初他們極力反對。

「因爲我不是神光眞之道教會的信徒。」

「可是阿眞先生也不信教吧？」

「對呀。所以他爲了與我結婚，非常努力地說服他父母。」

總算努力沒有白費，二〇〇三年一月，兩人終於順利辦理結婚登記。

「只有登記。沒有婚禮，也沒有喜宴。那是妥協點。」

據說神光眞之道教會自有獨特的結婚儀式，信徒們全都遵從那一套。

「三田家的父母說，如果辦普通的婚禮，不會邀請任何人。他們說就算邀請了，人家也不會來。因爲他們倆在那個教會分部都是老資格的信徒了，所以想必眞的很尷尬吧。」

區區一場婚禮，有什麼要緊。理惠子這麼安慰自己。其實她非常遺憾，但是，考慮到阿眞夾在父母與妻子之間的立場，她只好假裝不在意。如果能夠因此免去風波，又有何不可。

「我當時也太天眞了。」

當然絕不可能與公婆同住，所以小倆口自行生活，但公婆三天兩頭打電話來。假日，更是經常突如其來地造訪。而且每次必然會談起信教的事。見理惠子不悅，三田眞似乎在父母身上下了一些工夫。也許是雙方達成某種協議或者交換條件，總之阿眞下班後，開始瞞著理惠子回老家，也有時被父母公然叫出門。

漸漸地，理惠子開始醒悟。既已結婚，想與三田家的父母——與兩人頑強的信仰，保持適當距離，佯裝無事地來往，已是不可能。因爲我已成爲三田家的一份子。

不僅如此。現在的我是三田家無法公諸於世的「不及格的兒媳婦」。三田的父母不滿意，他們無法容忍理惠子，也沒有接納她。而理惠子，別說是在教會信徒面前了，就連在附近鄰居面前，也沒被當成自家兒媳婦介紹過。

三田夫婦對理惠子宣揚教義，遊說她入教，每當她拒絕，彼此之間的鴻溝就變得更寬、更深，猛然醒覺才發現，鴻溝早已到了光靠其中一方伸出手難以跨越的地步。

「即便如此，阿眞還是站在我這邊。可是——」

畢竟是親子嘛。她咕噥著和剛才同樣的說詞。

「說來也很可笑。我這個第三者的介入，反而讓三田家的父母與阿眞拉近了距離。本來爲了信教的事，他們一直僵持不下，現在居然在不知不覺中達成和解。」

不是解決，理惠子說。

「我想用『癒合』這個字眼更貼切。」

不斷安撫勸誡雙方，還得顧全雙方的面子，夾在中間的三田眞，想必的確累壞了。在他疲憊、倦怠、尋找妥協點的過程中，不是投靠父母，就是投靠妻子，只能二選一。他無法一直保持中立，無法飄浮於鴻溝上方。

桌子中央，面朝英一而放的那張照片。新婚三個月的三田眞，在老家舉行的教會法事活動中，與父母一同歡笑。

雖然妻子缺席。

正因妻子缺席。

在妻子面前，他說如果連我也缺席，他們一定又會生氣，所以我只是去露個臉應付一下。三田眞的笑臉，就算只是爲了維持表面平穩的假笑，但他在那個場合能夠這樣笑，不就代表了某種預兆、某種凶兆嗎？

「在我面前，他經常說，只要嘴上附和幾句、假裝相信就行了。那個教會的教義本身，其實既不新穎也不偏激。他說只要視爲還不錯的小故事，隨便聽聽就好了。」

光是回想與妙心尼師及野口女士的短暫對話，英一就覺得，那恐怕很難做到吧。

「你的朋友當中沒有這種人嗎？以前我教的學生當中就有喔。明明自己把父母貶得一無是處，但是，如果聽到朋友批評自己的父母，就會很生氣。自家人就是這麼一回事。」

店子對於秀夫和京子，既不觀察，也不批判，所以英一只能想像這種事。但是，他也覺得應該是那樣吧。

「我的態度愈是頑強，阿眞愈是變成貼心的獨生子。」

雖然還是沒入教，但他對於神光眞之道教會的教義，以及父母將人生一切都投注其中的生活方式，據說也都可以寬容看待了。

「結果這次，輪到我父母和阿眞開始不對盤。因爲我的父母，也是打從一開始，就對這樁婚事沒有好臉色。」

那，同樣也是因爲三田家的宗教信仰。

「對阿眞而言，比起我，我父母批評他的父母，想必更令他無法忍受吧。」

辦理結婚登記三年五個月後，兩人決定離婚。她說婚姻生活其實早在那之前就已開始出問題了。因爲好好的談話總會演變成吵架，也一再發生夫婦其中一方憤而回老家的事情。

「決定離婚後，我父母好像終於如釋重負。比我還強烈。」

婚姻生活中，理惠子踏入三田家門的次數據說屈指可數，難怪鄰居都不知道有她這個人。

「千川一丁目，有間歷史悠久的點心店。」

理惠子說她沒印象。

「只有那裡的老奶奶知道妳的事，雖然知道得不多。」

「也許是聽阿眞他媽媽說的吧。」

「我想應該是。聽說老奶奶以前是婦女會的領袖人物。」

「阿眞他媽媽原來也會向別人發牢騷啊。」

她的語氣中帶著苦澀的揶揄。

「在那個教會的教義當中，發牢騷是一種罪惡。」

教義主張無論面對何種不幸與考驗，都要歡喜接受，才符合佛祖的旨意。

「世代定居當地的人對於彼此之間的熟稔，看在外地來的人眼裡，甚至會覺得有點毛骨悚然。那裡就是這樣的地方。」

對於單槍匹馬在那裡做過小小調查的英一，她大概再次感到興味濃厚吧。可以感到的確是被教師的眼睛凝視。自己可以拿到A的分數嗎？

「在那裡，如果鄰居不認識妳——」

「這表示是刻意隱瞞。」理惠子說，「說穿了沒什麼。對三田家的父母來說，我這個人就是罪惡。」

英一感覺到她是故意說得尖酸刻薄。

「雖然中間發生過很多事，但我很明白再也忍無可忍是他們批評我的工作時。」

當時，理惠子擔任導師的班級，發生了學生集體反抗老師擾亂教室秩序的現象。令她爲了如何處理傷透腦筋、疲於奔命，某晚，終於因壓力性胃潰瘍吐血，被救護車送進醫院。

趕到急診室的三田德子，雖然看似擔心，據說還是難掩幸災樂禍地說。

——理惠子就是因爲違背了佛祖的道路，才會連學生也背叛妳。

她覺得無法原諒。

「我當時眞想搧她一耳光，我想問她對於教師懂什麼。」

而三田眞站在母親旁邊，據說只是默默迴避目光。

英一也無法直視眼前的山埜理惠子。若是計程車司機，想必就不用受這種苦了。想必只要不去看後視鏡就行了。

這番感情用事的台詞，或許連自己也感到不好意思。理惠子像要投降般舉起雙手，眼珠骨碌一轉。

「就是這樣，只是一段不幸又滑稽的結婚風景。」

是——英一說著點頭。

「前年，他們一家人死於火災時。」

理惠子臉上的笑容消失，倏然被別的東西取代。那是一時之間無法分類、即將凝結成表情之前的、類似顫抖的東西。

「我沒有哭。」

她沒掉眼淚。

「那是離婚後，第一百一十五天。」

她抿嘴，陷入沉默。英一也默默靜候。

「我覺得自己逃過一劫。」

英一不發一語。

「我心想，什麼嘛，信教信了半天最後還不是躲不掉災難，居然遭到這麼殘酷的下場。」

英一不發一語。

「我父母也對我說，幸好妳離婚了。」

唐突地，她的聲音哽住。但她立刻重新振作，「守靈和喪禮我都去了，雖然被人以白眼對待。」

「被誰？」

「教會那些人。」

「爲什麼？這太奇怪了吧。」

「的確很奇怪。可是，那就是那些人的想法。」她歪起嘴角笑，「畢竟，那些人甚至喊我佛敵。照他們的論調，都是我把厄運帶給三田家。」

英一有意識地嗤之以鼻。「在一百一十五天之後，才出現效果的厄運嗎？」

很有趣吧，理惠子帶著顫音的聲音說完，突然間一手遮眼。

「我沒有哭，完全沒有湧現悲傷的感覺。」

對於這個支肘撐在桌上，垂著頭語帶顫抖，宛如教師的年長女性，英一只是默默凝視。

他沒有問，其實妳不是沒哭，是哭不出來吧。他沒有問，妳只是爲了爭口氣，努力忍著不哭吧。

「我的心中，已經沒有那樣的我。我以爲無處可尋。」

可是——

「原來在這種地方。」

在這種地方，我，哭了。

英一覺得她現在也在哭。不可以看這個人的眼淚。計程車司機果然還是該背對她才對，英一渾身僵硬地低下頭。

擦得光亮的桌面，倒映出理惠子的臉孔。

她沒有哭。雖只有些許，但她在笑。試圖微笑。

深吸一口氣後，山埜理惠子起身。唇角還留有笑意，眼眶泛紅。

「我以前很討厭這個人。」

她指著照片中，穿黑色洋裝的大嬸。

「妳是說野口女士嗎？」

「嗯。非常討厭。最討厭的就是她。她完全浸淫在教義中，毫不懷疑，一心一意地獨善其身。」

我多少可以理解，英一說，「我去拜訪時，野口女士明知照片上這張臉是山埜小姐，卻什麼也沒說。」

「說不定，是忘記我的長相了？畢竟我們只見過兩次。」

兩次，據說都是理惠子偕同丈夫造訪三田家，才發現野口女士已在屋內等著。當然，是爲了勸她入教。

「我想應該不是那樣，就是因爲認出是妳，所以她才說不出口。」

照片遺失之所以會令她那麼慌張，想必也是因爲對女人的臉孔心底有數。

「你說的那個妙心尼師，我不認識。不過，阿眞以前提過，那個教會分部隨時都有兩三個穿袈裟的人在。」

很難纏，英一忍不住脫口抱怨。理惠子笑了。

「自己是多麼悲傷，受到多深的傷，有多麼痛苦，我一定是想告訴等於是敵人代表的野口女士吧，所以才會在這種地方出現。」

簡直像是照片自有意志。

不願在教會被人供奉。想讓人知道自己在這裡。

那個我正在哭，正在哭，比任何一個人都要哭得傷心。

我與本來決心廝守終生的人分手了，與愛過的人背道而馳。無法打入三田家的圈子，總是遭到排擠，所以我頑強地離去。

然後與他們死別。

所有的一切，都太悲傷。究竟有多麼悲傷，你懂嗎？

密斯垣本的眼力果然準確。照片上的女人用盡全身的力氣哭泣。

「現在也痛苦嗎？」

「不。」

她答得很快。搖頭也很快。

「那種心情，已經全部被這張照片上的我吸走了。看了這個，我徹底明白。一切已經畫上句點了。」

「是因爲火災發生已經過了兩年？」

不——這次，也是當下回答。

「九月底我已經再婚了。」

正是這張照片出現在野口女士的手上，被送去教會，不慎流入跳蚤市場的時候。

原來如此，英一想。

「山埜就是我現任丈夫的姓氏。」

「原來是這樣啊。」

理惠子自托特包取出手帕。本以爲她要擦眼睛，結果錯了。她開始細心地拿手帕包裹照片。一邊包裹一邊說：

「過去原來會在照片上顯影啊。」

「照片拍到的，本來就全都是過去。」

「啊，對喔。」

照片被手帕包裹，消失在托特包中。

「鬧出這種驚動世人的事，眞對不起。」

「哪裡，不會。」

結果，好像不是騙人的障眼法。換言之，並非故意之舉。

「但是，這到底該怎麼解釋呢，又不是靈異照片。」

沒錯。到頭來，這究竟該算是什麼現象呢？

「念寫……吧。」

這是從小閃的書上看來的知識。這個世上，據說有些人具有將腦海浮現的影像烙印在底片上的念力。據說那叫做「念寫」。

可是，那之中也有各種機關和技巧。

「我可沒有惡作劇或者耍花招喔。我說做出驚動世人的事，不是那個意思。」

「我、我知道。」

忍不住就是會結巴。

「不過，應該還是算靈異照片吧。」

理惠子似乎念頭一轉，開朗地說。

「因為這個是過去那個我的鬼魂。」

——我，在這種地方哭泣。

被切割的一頁過去現實的斷片。

英一驀然想起，遂把須藤社長與密斯垣本的撞鬼經驗告訴她。就是那個貼在窗框上的長髮女子。山埜理惠子一臉認眞地聆聽。

「世上有各式各樣的人，所以也會發生各式各樣的事，其中也有不可思議的事。社長當時是這麼說的。」

嗯——理惠子點頭同意。「這個姑且也可以視為那一類吧。不過，對扮演偵探的人來說，可能有點消化不良。」

「將來，雖然不知道會不會對計程車司機聊起我的私事，但我恐怕會說出這件事。」
「沒關係。這也是你的權利。」
況且到那時也已過了追訴時效——她說。
「你還有機會遇到那個拿照片上門找你的高中女生嗎？」
「如果她住在附近，我想機率應該不會是零。」
「如果遇到了，請你告訴她，那張照片上出現的的確是鬼魂，但是已經超渡了，叫她別擔心。就說是你替鬼魂超渡的，請她安心。」
英一聳肩，「替鬼魂超渡的，其實不是我，而是山埜小姐吧。」
理惠子面色一正，是淡漠的嚴肅表情。
「是啊。你說得沒錯。」
「重點是，恕我雞婆，但妳那個電話號碼已改的錄音通知，還是停掉比較好吧？」
「爲什麼？」
「教會的人說不定會像我一樣，跟妳聯絡。」
理惠子瞠目，「爲了確認我現在過得如何？」
「難道不會想確認嗎？」
山埜理惠子稍作思考，不見得吧，她咕噥。
「嗯，不過，我決定把電話錄音停掉。因爲讓那些人以爲我眞的變成女鬼，會更痛快。」
她的雙眼炯炯有力。看來這是個好勝的人吧。

這麼一想，英一覺得輕鬆多了。對這個人而言，這張照片的確是已經結束的現實。那我這邊也做個了結吧。

雖然沒必要，不知爲何兩人還是又回到日比谷公園，在噴水池前道別。

「那個——」

英一忽然發覺忘了重要的事，連忙喊道。修長的背影轉過來。

「恭喜妳結婚。祝妳幸福。」

謝謝——山埜理惠子回答，像少女一樣，揮手說掰掰。

「結局好像過於圓滿，又好像有點不上不下。」店子說。

「你看吧，果然是活人的生靈作祟。」須藤社長說。

只是在英一向社長報告經過時湊巧在場，英一根本不打算放在眼裡的窑斯垣本，再度用那毒殺全體東京都民的聲音說，「有夠白痴。」

至於小閃，雖然一直纏著英一央求，但英一還是沒告訴他完結篇。英一叫他自己推理看看。

「你如果這麼壞心眼——」

「如果你想去跟爸媽告狀，好啊，你去試試看。反正哥哥也自有對策。」

當人們這麼威脅時，通常什麼對策也沒有。

「我要故意尿床。」小閃說。屋頂還沒完全補好，壁櫥的上層目前仍被小閃占領。

「你敢尿床，我就打電話給你所有的朋友，讓大家都知道。」

「小花，你禽獸不如！」
眞是個詞彙豐富的小學生。
第二學期結束，開始放寒假時，英一的生活已完全恢復原狀。
十二月二十八日，傍晚時分。結束今年最後一次社團活動，穿過被年底喧嚷淘汰在外的快樂的瀕死商店街，回到家，就在距離店面出入口還有三公尺之處，英一倏然駐足。
啊？
剛才，櫥窗玻璃上是不是有人影？就像是——有人轉動把手拉開箱形的部分，把身子傾向玻璃旁。
他眨眨眼。櫥窗內是與季節格格不入的鯨魚與海豚與開花大象。京子說，三十日那天，要全部收起來，放上過年的鏡餅（註）。
是錯覺嗎？英一拉扯圍巾重新捲好。
——或者，是見鬼了？
剛才彷彿看到的人影，不是老爸，也不是老媽，更不是小閃。好像是個老人。
英一抓著圍巾一角，站在步道上凝視自家、小暮照相館的入口。
只要房子還留著，小暮先生的靈魂就會留在那裡。
不好意思，小暮泰治郎先生。我今年度的鬼魂已經過了受理期限了。
他感到來自另一個方向的視線。

轉身一看，馬路對面站著那個高中女生。她裹著雙排扣格子大衣，但下半身依舊是迷你裙配長襪。這麼冷的天，腿看起來像撲了粉似地凍得慘白。

想必不是出於善意的視線刺向英一的臉。爲了閃避那種視線，英一開口了。

「那個——」

高中女生退後半步，躲到身旁的電線杆後面。

「喂，妳如果住在附近，我們說不定還會在哪裡擦身而過，所以，還是跟妳說一聲。」

高中女生把手伸進叮叮噹噹掛滿裝飾品與絨毛玩偶的書包，掏出手機。大概是要向誰通風報信。

「上次妳拿來的那張靈異照片。」

高中女生在發簡訊。

「我已經解決了。妳不用再擔心。」

英一沒說妳可以安心了。

「那，就這樣。」說完，他轉身，快步走進家中。

高中女生停下發簡訊的手，目送英一離去。她的臉上浮現英一完全無法想像的表情。

這一瞬間，如果有誰拍下照片。如果把那張照片洗出來放大，裱框之後掛在牆上。

有個非常貼切的標題。但，英一這時還不知情。

註：將兩個大小不同的扁平圓形麻糬疊在一起，過年時用來上供。

那個標題是——
禍從口出。

2

chapter

世界的緣廊

1

花菱家過新年的標準很低，因爲缺乏節日氣氛。

因爲，首先，不會回去父母兩邊的老家過年，老家那邊也不會有人來。關係很疏遠。

花菱秀夫、京子夫妻在這方面都是一板一眼的個性，所以每年的賀年卡一定會在十二月二十五日之前寫好寄出。單就英一所見，基於最起碼的禮儀，似乎也會寄給雙方的老家。只是，對方有沒有寄來就不確定了。因爲無論秀夫或京子，

「你看，爺爺奶奶寄賀年卡來嘍。」

「這張是伯伯那邊寄來的。」

他們從來不曾這樣拿給英一看過，所以無從得知，而他對這方面也從來不在意。

說錯了。是英一察顏觀色之後，刻意裝作不在意，久而久之成了習慣。

對家人和親戚而言，「節日」是埋在那個家庭和親戚關係地基的地雷曝露出來的絕佳機會。難

得敵人都已自動探頭露出地面來了，自然沒有刻意去踩的道理，所以英一養成了一切佯裝不知的習慣。武器啊！再會吧——意思好像有點不同？

這點小閃也頗有心得。毋寧也許是小閃，更早意識到這個地雷。正因為有哥哥的閃避行為當作範本，所以小閃比自學的英一學習得更順利。這叫做近墨者黑。又有點用錯成語了嗎？

總之，在這樣的原委下，花菱家的新年向來是一家人自己過。NHK的《送舊年迎新年》節目一開始（註），一家四口就出門去廟裡新年參拜。長年來，花菱家參拜的都是目黑不動尊。自今年起改為戶田八幡。不動神社與八幡神社祭祀的神明大概不同，所以無法隨便拿來論斷高下，但是，如果單就神社建築來比較，感覺上很像本來任職總公司，現在卻被外調到分公司。不，這種會遭天譴的說法不是英一的感想。是父親秀夫說的。不過，之後他又特別補上一句好話：

「但是，過新年當然還是應該先去給管轄本地的神明拜年嘛。」

秀夫與京子不知是從哪兒聽說的，似乎都知道快樂商店街的居民就等於是戶田八幡的信徒。對英一來說，當然是希望盡量不要接近戶田八幡。萬一不巧與宮司的太太撞個正著，讓對方說出「哎喲，上次不好意思喔」，那可就糟了。爸媽不可能置若罔聞。小花你一個人來過這裡？你來做什麼？你幹嘛支支吾吾？是不能告訴父母的事？

可以想見一定會被這麼追問。所以眼看「送舊年迎新年」的播出時間分秒逼近，他本來想了很多藉口，比方說忽然肚子痛或牙齦腫脹，再不然就說剛剛得到目黑不動神明的旨意，所以我還是回去那邊拜拜好了，但最後終究還是沒能說出任何藉口，只好垂頭喪氣地出門。

到了那裡一看，戶田八幡宮擁擠得令人瞠目。正殿前的台階旁還有警衛站崗。更別說宮司的太太，早就不知到哪兒去了。英一大大鬆了一口氣。

「這些人全都是本地人嗎？」

也難怪京子覺得不可思議。來參拜的香客年齡層很廣，也有分明還很年輕的小情侶夾在其中。似乎不只是信徒，也就是那條瀕死商店街的居民。

「說不定是內行人都知道的八幡大神。搞不好非常靈驗。」

屬於樂觀主義者的秀夫如此說道，排隊等候拜拜的期間，他也不時向在場的大叔大嬸回禮。大概是附近鄰居吧。秀夫似乎不知幾時已和大家熟識。

在警衛的引導下，他們走上正殿前的陡峭台階參拜完畢。只剩小閃一個人還在沒完沒了地拜拜，結果和京子走散了，困在香油錢箱前的人潮中出不來。英一自成群大人之間伸手進去，總算勉強把小閃拉出來。

小閃的個子嬌小，身高和體重都遠在八歲兒童的標準之下。乍看之下，不像小學二年級，倒像在念幼稚園。英一知道，小閃自己也對此耿耿於懷（雖然沒說出口）。哥哥可是什麼都看在眼裡的。

「還以為會被人壓扁呢。」

被這麼一番推擠，小閃的頭髮都豎起來了。

「我的腳扭到了。」

註：通常在除夕晚間的《紅白歌謠對抗賽》結束後，於十一點四十五分開始播出。

英一在參道旁的灌木叢放下小閃，就著附近的燈光一看，小閃右腳的襪子邊緣沾滿泥土。看樣子似乎是被誰從旁踩了一腳。

「痛嗎？」

「嗯。」

似乎腳一落地就會刺痛，只見他單腳跳來跳去。

這下子眞是雙重沒轍，英一決定揹他。

「誰叫你拜拜那麼慢呑呑。」

「因爲人家有好多願望嘛。」

爸媽到哪去了？一看之下，只見他們在社務所搭的帳篷前，有志一同地東張西望。京子的眼神已經游移不定了。**小閃在哪裡？**

「啊，找到了找到了。」秀夫揚聲。京子的目光變得凌厲。

「小閃，你怎麼了？」

小閃趴在英一的背上，喜孜孜地回答：扭到了。

「哎呀，不得了。回去之後，可得立刻貼上痠痛貼布。」

我去買平安符，你們先出去到安全的地方等著，她誇張地說。

神社境內狹小，沒有擺小吃攤子。牌坊外只停了一輛賣甜酒釀的廂型車。正要經過車旁時，「花菱同學！」

活力充沛的聲音響起。轉身一看，站在廂型車旁的小販是熟面孔。英一大吃一驚。

「妳不是烤焦麵包（註）嗎？」

被他這麼一喊，正在買一杯百圓的甜酒釀的客人們，全都朝小販行注目禮。

慘了。雖說是綽號，但對方畢竟是女孩子。而且，這個女生的「烤焦麵包」綽號，只要看到她的臉，任誰都會在零點一秒之內恍然大悟，非常具有說服力。

因爲她的臉很圓皮膚又黑。不是曬黑的，好像是天生如此。她自己曾說這個綽號是小學時期的朋友取的。

「新年快樂。」

烤焦麵包——本名寺內千春，她非常規矩地打招呼。雖然客人之中，分明正有暗自嘲笑「這個女孩＝烤焦麵包」的味道，但她毫不在意。

寺內也是三雲高中的一年級學生，雖然不同班，卻是輕音樂同好會的成員。換言之，她是店子的朋友，所以英一也認識。照店子的說法，

「如果把那傢伙放進鞋櫃，鞋子絕對不會發黴。」

可見她無論面對什麼事都非常爽朗、快活。爲了謹愼起見，在此必須聲明，店子與寺內很要好。所以雖然聽起來不大好聽，這句話其實是誇獎之詞。

寺內裹著厚重的羽絨衣，牛仔褲外面罩著藍染的長圍裙。

「妳來打工？」

註：SAN-X這家文具用品公司於一九九九年根據烤焦的紅豆麵包創造的角色，廣受歡迎。

「不是，是幫忙家裡做生意。」

被她這麼一說，再仔細看，這才發現廂型車的側面有「寺內甜品店　行動販賣車」的噴漆字樣。

「千春，這是妳朋友？」

廂型車中突然冒出一個圓臉大嬸。同樣膚色黝黑。被改裝成行動販賣車的車內，放著營業用的電子爐和銀色的大湯鍋，鍋中的甜酒釀正在咕嘟咕嘟沸騰。

「嗯，這是花菱同學。店子同學從小的玩伴。」

哎喲，這樣啊，同學，你好。大嬸的態度非常熱絡。英一不禁冒冷汗。

「妳家原來是賣甜品的啊。」

「對呀。我沒說過嗎？喂，這是你弟？」

背上的小閃，自英一的腦袋旁邊探出小臉。寺內笑了。

「花菱同學的弟弟，好小喔。」

姊姊好，我叫小光。小閃說。聲音聽起來似乎連內在都退化為幼稚園兒童了，這是這小子的戰略。

「他雖然個頭小，其實已經小學二年級了。」

「你很過分耶，小花。」

小閃氣呼呼，胡亂踢動雙腳。

「咦——小光，你也喊你哥哥小花啊。」

倒是爽朗的寺內，不知爲何一直很有禮貌地喊他「花菱同學」。

「眞好，有哥哥揹你。」

「才不是。我剛才在那邊被人踩到腳了。」

「哎喲，好可憐。那，姊姊請你喝甜酒釀。你過來。」

從客人聚集的廂型車後方，繞到駕駛座那頭。駕駛座上坐著一個圓臉黝黑的大叔，此人連五官都和寺內很像，所以肯定是寺內的老爸。寺內老爸正在講手機，所以沒聽見剛才英一喊的那句「妳不是烤焦麵包嗎？」——但願如此。

裝在紙杯中的甜酒釀要是灑到脖子上那可不得了，所以英一把小閃放下來。小閃也很現實，毫無怨言。

「還很燙，你要小心喔。」

「嗯！謝謝姊姊。」

眞可愛——寺內再次開懷大笑。就跟妳說妳這是中了小閃的詭計。

「妳家每年都在這裡做生意？」

寺內家，距離這裡應該還有兩站。

「我們一直是開行動販賣車出來，所以地點年年不同。」

我爸會請人算命決定哪個方位最吉利，她說。

「算命？誰算的？」

「算命老師。」

英一的腦海，瞬間閃過年底碰上的那個神光眞之道教會。寺內家也有某種信仰嗎？在此就姑且不深究了。

「這間神社我們頭一次來做生意，地方雖小，人倒是很多。」

「我也是第一次來，嚇了一跳。」

「啊，對喔。花菱同學才剛搬來這裡嘛。只有你跟小光一起來？」

「不，我爸媽也來了。應該就在附近。」

「全家出來拜拜啊。眞好。」

這麼像樣的家庭，這年頭已經很少見了，被寺內這麼說，英一感到很意外。

「其實談不上什麼像樣。」

「誰說的。就我個人所知，這年頭大家全都各玩各的。會和爸媽在過年來廟裡拜拜的高中生，已經絕種了。」

寺內每年都這樣幫忙家裡做生意，所以好像也被女同學們視爲異類。他們說如果要打工，去別的地方打工不就好了。

「他們說那樣起碼還能按時數領到工資。」

可是，這是我家的**規矩**。她說。

「況且我可是繼承人。」

「寺內，妳是獨生女嗎？」

「嗯。我爸是第五代，所以我是第六代。」

她看起來很開心，也很自豪。

「我們要營業到初三，所以我家每年都是初四才去廟裡拜拜。」

「出來做生意時順便拜拜不就好了。」

「那可不行。祭拜神明怎麼能『順便』，這可是會遭天譴的喲。」

是嗎？

「對了，我懂了。」寺內兩眼發亮，朝英一一笑，「花菱同學，你是以店子當作基準，所以才會覺得你家不夠像樣。其實店子他們家是特例中的特例。」

店子家的爺爺和爸爸都是當地名流，所以上門拜年的客人川流不息，親戚也會齊聚一堂。新年期間忙於接待賓客。店子是嫡長子，所以必須寸步不離地跟著陪客人。因此即便是英一，這些年來也從未在正月三日之前見過店子。

「三日那天，我會連店子的份一起跑，還請你多關照。」

英一所屬的慢跑同好會，每年一月三日都會舉行初跑大會，做爲一年的活動之始。這項活動，除了社員之外，一般人也能報名參加。店子本來也想參加，但他家的規矩才眞的是無法違抗，所以他只好放棄。

「妳報名了嗎？」

「嗯。後半段我吃不消，所以只跑十公里。」

本來規規矩矩用雙手捧著紙杯喝甜酒釀的小閃，這時輕扯寺內的藍染圍裙一角。

「姊姊，妳是小店店的女朋友嗎？」

明明不用理會也沒關係，寺內卻溫柔地微微彎下腰，

「小光，你會好奇？」

「會呀會呀。」

「我們只是普通朋友，是朋友。」

店子不僅交遊廣闊，別看他那樣，他在女生之間也頗受歡迎。小閃也知道這點，所以非常感興趣。

「那，妳去過小店店家玩，和他爸爸一起露宿戶外嗎？」

寺內似乎還沒熟到連店子父親的嗜好都知道，當下「咦」了一聲。

「聽說會睡在外面，吃豪華的烤肉大餐喔。小花都不肯帶我去。」

「你又不是店子的朋友。」

你是小豆丁，小豆丁。

「店子家充滿謎團耶。」

寺內直起腰，果然迷惑地眨著眼睛。聽到和同學的父親一起露宿戶外，正常人肯定都會感到迷惑。這個可以理解。但，不可思議的是，寺內居然保持那種迷惑的眼神，看著英一。

「說到這個，花菱同學，你也是……吧。」

這種充滿疑問的說法，應該用在這種時候嗎？搞什麼啊——英一正想這麼說時，

「英一，小光！」

京子自廂型車的對面冒出來。

寺內大嬸滿面笑容，「聽說你們是全家出動啊。」

「小光這鬼靈精還讓您請客。不好意思，謝謝。」

大概是寺內大嬸已打過招呼吧。聽說你們是好朋友啊，京子說著也朝寺內笑。我是英一的母親。本來待在駕駛座的寺內老爸也下車來，和秀夫不知談什麼，正聊得開心。

「大家都在忙，不能打擾人家喔。好了，我們走吧。」

要好好道謝喔。在京子這個命令下，小閃非常可愛地朝寺內夫妻一鞠躬。哇，好乖的孩子喔。夫妻倆滿面笑容地說。這是小閃天下無敵的戰略。

「改天要來我家玩喔。」

小閃也不忘朝寺內大獻殷勤。寺內（事後想想應該是被哄得暈頭轉向，才會一時嘴快吧）說，嗯，我會去，然後又悄悄地咕噥：

「因爲花菱同學的家也充滿謎團。」

嗯？這是什麼意思？還有妳那看似窺探的眼神又是怎樣？

「那，後天要靠你照顧嘍。」

英一覺得她是故意轉移話題。

「小花，掯我。」

趁著英一被小閃轉移注意力，寺內又回去賣東西了。廂型車四周擠滿客人，生意興隆。

一家四口連袂返家的路上，繼小閃扭傷之事——到底是誰這麼狠心踩弱小兒童的腳——京子其次在意的是，

「那個寺內同學，眞是個好孩子。可是她爸媽——」

該不會是東南亞的人吧？她問。

「人家是道地的日本人啦，賣的也是日本甜品。妳不也聽到他們說日語了嗎？」

的確說了，的確說了，秀夫拍胸脯保證，「那是純種。」

可以這樣形容人嗎？

哎呀，是嗎？——京子一本正經地說：

「他們那家人曬得可眞黑。」

2

一月三日的初跑大會，三雲高中的運動社團成員多半會參加。每個社團都會派出擅長長距離賽跑（他們是這麼吹噓）的代表，爲了面子問題，爭奪冠軍。即便是鬥志沒那麼旺盛的運動社團，可能也覺得如果連一個人都沒派出，面子上掛不住，所以這場必須耗掉新年寶貴假期一整天的比賽，多半都會成爲一年級菜鳥社員抽籤試手氣的機會。

身爲主辦單位的慢跑同好會倒是態度悠閒，置身於比賽之外。同好會成員最重要的任務，毋寧是在比賽開始之前。他們必須穩住殺氣騰騰的半調子長距離跑者們，讓大家好好做足暖身運動。參加者總數超過八十人，所以這是大工程。

每年，據說都會有三四名參賽者被送上救護車（其實只是指導老師的自用車），但都只是腿抽筋或肚子痛之類的輕微意外，沒有發生重大事故。所以才能持續至今。

任何事只要持續久了似乎都會產生分量，十年前剛開始時，本來只是慢跑同好會團拜活動的這項比賽，如今已成了三雲高中的例行節目之一。因此校長也會來，爲了向參賽者發表新年演說，然後鳴槍開跑。

幸好這天的天氣很好。天空蔚藍如洗，氣溫七度。就東京都心的標準來說算低，但是跑步時這個溫度剛剛好。

枯候校長冗長致詞之際，爭奪冠軍的勇者們，鬥志也會不由分說地漸漸高漲，幾乎冒白煙。

終於，槍聲響了。

身爲主辦人的慢跑同好會成員們，打從一開始就無意加入競爭，他們三三兩兩地起跑。說得極端一點，就算比領先集團晚個五分鐘或十分鐘才起跑也無所謂。

因此，英一與身上掛著寫有「swing girls and boys」大字的手製號碼布、鬥志十足的寺內，稍微聊了一會。這場比賽，號碼布和號碼都任由大家隨意製作。寺內選的號碼是六十六。

「看我這個，很顯眼吧。」

「我倒覺得，寫上寺內甜品店會更好。」

這時橋口保湊過來了。他也是同好會成員。

「藝文社團的人也來參加，倒是很稀奇。」

寺內刻意一百八十度大轉身，讓橋口看她背後的號碼布。

「要隨著音樂搖擺，也需要體力。我們平日可是鍛鍊過的。」

既然是號碼布，當然前後都有同樣的文字，但是挺胸展示之舉，想必令懷春少女羞於爲之吧。橋口是被眾人戲稱曬衣竿的高個子，所以寺內做這個動作必須向上挺起整個胸脯，自然更加羞人。

「妳選六十六這個號碼，是什麼用意？」

「當然是〈六十六號公路（*Route 66*）〉這首名曲，這還用說嗎？」

「橋口對音樂沒興趣，他不懂啦。」

說這話的英一其實也霧煞煞。六十六號公路，他只記得是一齣老電視劇的片名，和音樂有關嗎？

「噢——」

橋口一邊甩動雙手、扭轉腳踝，一邊發出莫名的感嘆。寺內和英一也一邊做著同樣的動作一邊交談，所以這個光景看起來很忙碌。

「輕音樂同好會，玩的是爵士嗎？」

「是從我們這屆才開始的。」

「如果是爵士樂，那我也聽喔。」

我可是很挑剔的呢，橋口的語氣中似乎還隱含著這個意味。眞的假的？

你們幾個要留在這裡罰站嗎？指導老師語帶調侃地喊道。沒辦法，走吧，橋口說完後起跑。他和英一等於把寺內夾在中間跑。

「我說妳啊，該不會——」

橋口和元旦參拜時的小閃一樣，仔細打量寺內的臉蛋。

「是店子之前提過的——」

「嗯，我就是『烤焦麵包』，請多指教。」

果然沒錯，橋口說著露出抽籤抽到上上籤的表情。

「我啊，就算是夏天也膚色慘白，曬不黑，很討厭。妳有什麼好方法嗎？」

橋口的老爸是律師，他自己將來也打算走法律那一行。頭腦非常好，有些科目甚至考得比店子還好。這樣的傢伙居然會在意自己天生白皙的膚色，不過，話說回來，劈頭就和初次見面的女生商量這種問題，似乎也值得商榷。

才剛起跑，所以寺內尚且游刃有餘。她一邊有節奏地邁步，一邊哈哈大笑，「我不知道那種方法啦，因爲我的皮膚黑是遺傳的。」

「妳爸媽也很黑嗎？」

「對，花菱同學最清楚。」

橋口一聽，立刻像要刺探似地瞪著英一。這小子搞什麼？

「我們是在元旦拜拜時湊巧遇見啦。」

「元旦你們一起去拜拜？」

「橋口，你的國文以前有這麼爛嗎？是湊巧遇見，**巧遇**。」

英一本想繼續元旦拜拜時被打斷令他一直耿耿於懷的那個話題，他今天找寺內說話也是爲了這個目的。雖然無法邊跑邊問，但他想先製造一個契機。他和寺內返家走的是同一條路，所以趁現在先預約的話就萬無一失了。

可是，橋口偏偏跟得很緊。他不是跟誰都能立刻交上朋友的那種人，所以他對寺內，也許之前就已經有點意思。

算了，無所謂。英一決定加速衝到前面。

比賽路線是固定的。慢跑同好會成員的第二號重要任務，就是引導參賽選手不要跑錯路線。他們必須適當地分散，穿插在起跑時的大軍早已散開變成一條長龍的跑者之間。不過，路線幾乎都是單一道路，繞一圈之後，回到起跑地點的校園就行了。跑錯路的可能性非常非常低，跑的又是人行道，所以很安全。志在奪冠的勇者們，就算無人引導，也已事先預習過路線，所以不去管他們也毫無問題。

英一與二、三年級的慢跑會學長輪流接班，在適當的位置扮演引導者，輕鬆地繼續跑。過了八公里之處，他漸漸放慢速度，尋找寺內。寺內依舊與橋口並肩齊步。在殿後的六人集團中，保持領先。寺內氣喘吁吁，已經亂了步調。橋口似乎是在配合她。修長的身子左搖右晃。

「距離十公里還剩多遠？」寺內問。一說話就上下聳動肩膀，圍在脖子上的毛巾，吸了汗水軟軟地垂下。

「兩公里。」

「累死了——」

橋口其實很能跑，所以就算刻意配合寺內，恐怕也會令寺內亂了自己的步調吧。除非是極有默契的對象，否則要一起跑步，其實意外困難。橋口或許是抱著好意，但這種情形大概就叫做愛之適足以害之。用錯成語了嗎？

不過，寺內還是很努力，總算跑到十公里的終點。她軟趴趴地癱坐在步道邊。

「太好了！謝了！」

她朝英一與橋口揮揮手。

「我會回終點等你們，加油喔。」

對英一來說，用不著自己開口要求她留下等候，倒是省事不少。

橋口似乎也想一起脫隊，怪異地放慢了速度，所以英一當下警告。

「我們得跑完全程。」

「好啦好啦。」

他似乎依依不捨地原地踏步，然後才跟上來。

「寺內是你的菜？」

「小花，你真的很不含蓄。」

「誰叫你做得那麼明顯。」

「我只是想討教曬黑的訣竅。」

「就跟你說人家烤焦麵包的膚色是遺傳。我親眼看過的，所以絕不會錯。」

那種膚色和甜酒釀倒是搭配得黑白分明。

「不過，她能夠毫不介意，我覺得很了不起。」橋口說，「一般人應該會很苦惱吧？如果一個好好的女孩子家被人喊成『烤焦麵包』。」

「聽說她國小就有這個綽號了，所以早就習慣了吧。」

橋口也把膚色白皙視爲自己的特色就好了，他該向寺內學習的訣竅是那個才對。況且這和「曬衣竿」不同，沒人批評的話，誰也不會注意到。

啊，難道他被誰批評過？

英一終究不敢問這個問題。

在後半段有一個插曲。在過了十五公里的地點，有一個自前方緩緩退下來的嬌小女選手，看她這樣正覺得危險之際，她果然開始搖搖晃晃，膝蓋一彎，已頹然倒下。

英一離她比較近，所以立刻跑過去，把她扶起來，陪在她旁邊等候救護車。她的號碼是八，但也許是意味著立志拿第一，附有一個將蠶豆擬人化朝天伸出食指的圖樣。

這下子英一懂了。她是女排隊的隊員。據說女子排球隊不知爲何代代都只有矮小的學生，因此被稱爲「三雲高中的豆丁排球隊」。最近她們反過來利用這種形象當作賣點，英一甚至聽說，她們隊上私下規定不讓高個子學生加入。意外的是這支隊伍實力堅強，甚至打入東京都大賽，所以好像也不盡然全是唬人的。

豆丁排球隊的代表選手一邊坐上救護車，一邊放聲大哭。她的膝蓋有慘不忍睹的擦傷，兩隻小腿也像瀕死的魚肚般簌簌顫抖，但她居然還說要繼續跑，被老師臭罵一頓。

發現求老師也沒用後，女學生轉而纏上英一。看號碼布就知道，英一是慢跑同好會的成員。

「喂，我還能跑吧？只要腿部痙攣止住就沒問題了吧？這種情形，在長距離賽跑應該經常發生吧？」

在我們同好會並沒有，我們沒那麼拚命。英一聽著她與老師的對話，發現她似乎是二年級的女學生，所以他很客氣地回答。

「妳最好還是別跑了，何況，妳的膝蓋也受傷了。」

剛才她的膝蓋直接撞上柏油路面，也許不只是擦傷。

「如果硬撐，傷勢會很難痊癒喔。排球隊不是還要參加春季錦標賽嗎？」

這句話似乎奏效了。女生露出被逮捕——而且是被冤枉逮錯人的表情，終於死心。英一不禁很想問她：如果沒跑完全程，難道會遭到嚴刑拷打嗎？但他沒問出口。這不是可以說笑話的氣氛。

經過這麼一陣忙亂，英一大幅落後，結果落得最後一個跑回終點。迎接他的是頭上罩著浴巾的橋口，以及與元旦拜拜時一樣裹著羽絨衣的寺內。

回程，他們與橋口在車站的剪票口道別。橋口家在反方向，所以唯有這點無可奈何。

「那位橋口同學眞有意思。」

寺內這廂似乎也對橋口的第一印象不壞。

「我本來還聽說，他是個成天啃書的書呆子。」

「那傢伙才沒那種必要。」

不過，橋口的確很好學。想必是從骨子裡很認眞，而且大概也喜歡念書吧，英一暗忖。雖然同樣是優等生，但這點是橋口與店子不同之處。

「感覺上，好像和艾菲爾鐵塔一起跑步。」

「妳去過巴黎嗎？」

「沒有。」寺內說著笑了，「只看過明信片。但是，他給人的感覺就是艾菲爾鐵塔。」
橋口有時會露出非常焦躁的表情，那種時候也許比較適合京都鐵塔，因爲那玩意像蠟燭。
上了月台一看，他們要搭乘的電車剛走。時機正好。
英一試著開口，「寺內，前天妳不是說了怪怪的話嗎？」
「嗯？」
寺內轉過身。夕陽西下。月台上的販賣部亮起電燈，映在黝黑的臉孔上雙眼格外明亮。人們往往只注意到她的烤焦麵包屬性，但是這丫頭的眼睛好大。
「什麼？」
「不是啦，我是說——」
就在這時，一群走上樓梯的女學生，紛紛揚起甜膩的聲音朝寺內揮手。
「烤焦麵包，聽說妳跑完全程啊。」
「好厲害喔，恭喜！」
寺內率直地回應那些說話嬌嗔的女生。英一佯裝不識，稍微站到一旁。
店子曾經說過，女生的眼睛全都是手提式攝影機，不只是在看，同時也在記錄。然後隨時都可以重播、剪接，就像電影的鏡頭一樣。
照他那個說法，現在這群女生的眼睛攝影機的動向，是掃視烤焦麵包特寫英一，然後再來個兩人並肩站立的長鏡頭。今後，要怎麼詮釋、剪接這段影像，想必全在她們的一念之間，
「掰掰～」

不過，從她們匆匆經過的樣子看來，應該不算是重要的一幕吧。基本上，姑且拍攝下來。留作日後參考。頂多只是這種程度。但是，這時出現的如果不是我而是店子，事態想必不同。

「我在同好會活動結束後，經常和店子一起走，所以大家早已習慣了。」

看來英一的心事被她看穿了。

寺內接著又說，「況且我的男性朋友也很多。」

英一當下直覺反問，「爲什麼？」

「大概是因爲大家都沒把我當成女生吧？」

說完，寺內低聲笑了，「我啊，在某些女生當中風評很差。」

剛才那些女生也是喔，她說。她們態度親切，只是表面工夫。

「該不會是因爲妳和店子要好，所以嫉妒妳吧？」

英一曾見過那群女生之中的某張臉孔。是經常在店子身邊打轉的女生。店子曾經說過，那女的化妝臭死了。

「嗯，那也是一部分原因。」寺內微微歪著頭，「不過，基本上應該是因爲不管他們再怎麼喊我『烤焦麵包』，我都不會受傷吧。」

哇塞，挺深奧的。

「對了，剛才說到哪裡來著？」

英一意外窺見烤焦麵包唐突打開的內心深處，所以費了一點工夫才回到現實。

「我是說元旦拜拜時——」

寺內爽快地接腔，「你以爲我要告白？」

英一別無他法，只好保持緘默。

寺內噗嗤一聲地笑了出來，「抱歉抱歉！你別那副表情嘛。花菱同學，你眞的跟店子形容得一樣耶。」

「那傢伙說了我什麼？」

「他說小花是一板一眼的人，不可以逗弄你。」

他的意思是說你很頑固、死心眼，不懂得轉彎喔，寺內還好心地附帶解說。

「那只是因爲我無法像店子一樣機靈地回嘴，所以就算開我玩笑，也很無趣罷了。」

「就跟你說不是那樣。」

下一班電車開始廣播準備進站。

「況且，揹著小弟弟的花菱同學還挺帥的。有些女生看到那一幕，就會芳心大動。」

「那才眞的是老掉牙的模式吧。」

等同古代魚。即便現在還沒絕種，也棲息在深海裡，平日絕不可能遇上。

「小光——小閃他的腳痛好了嗎？」

「本來就不嚴重。」

「是嗎？那就好。他眞的好可愛喔～」

她的語氣就像看到蛋糕嚷著「看起來好好吃喔～」。啊，所以才會這麼說嗎？可愛得讓人想一口吃下肚。

「小光暱稱小閃，妳也是聽店子說的？」

「嗯。聽說店子也超疼愛小閃。他常說，如果是那樣的弟弟，他也想要。」

包裝紙沒拆開之前，任何禮物看起來都會很豪華。

「店子還說過，小閃是看似沒有弱點的小花，唯一的弱點。」

這是個意義不明的評語。我的弱點多得是，但是小閃不是我的弱點。不過——我倒是有弱點握在他手裡，也許。況且，若要說毫無弱點，那也應該是小閃才對。

總而言之，「看來，我好像被店子肆無忌憚地當成聊天的話題。」

顯然該考慮一下與他的相處模式了。

「才不是。店子很喜歡花菱同學。所以才會想要聊花菱同學的話題——」

電車進站了。轟隆聲與廣播聲很吵。兩人鑽進車廂、在窗邊坐下前，暫時停止對話。期間，寺內好像已轉換心情，變得一本正經。

「這個傳言，店子也說沒有徵得小花的許可前不能說。所以，他叫我先來當面問你本人。」

傳言？是傳言嗎。那麼，又是那件事嗎？

「所以，妳前天是想起了那個。」

「嗯。可是當時有小閃在，而且好像也不適合做爲元旦拜拜的話題。」

「妳那時說我家也有謎團。」

「聽起來很像在賣關子吧。對不起。」

「那個謎團該不會是指鬼魂？」

寺內的大眼睛裡，眼瞳的輪廓變得更清晰。

「那麼，你自己心裡也有數嘍。」

果然，英一嘆氣。

「就是我家鬧鬼的傳言對吧？那是因爲我家買下舊相館，直接住進去。傳言是不是說，前任屋主老爺爺的鬼魂，現在還會不時在店內坐鎮？」

我可要先聲明我沒見過喔——英一敘述時，寺內的眸色變得更深，兩眼發直。

「有鬼出現嗎？」

「**不會出現**，沒有鬼。妳要說的傳言是那個吧。」

不是，寺內說。

英一再次別無他法，只能沉默。

「我聽到的傳言是，」彷彿顧忌車內有人聽見，寺內壓低嗓門囁嚅，「花菱同學擁有強大的靈能力，曾經淨化過靈異照片。」

給我等一下。

「看吧，你也嚇到了吧？」

「你幹嘛不當場否定！」

店子在電話彼端的背景音樂，是宴席的高聲喧嘩。正月三日的晚上，店子家似乎依舊是賓客雲集。

「你想想看，就算我否認，可信度也很低吧。況且我也不能未經你的同意，就說出複雜的內情。」

「就算不說內情，起碼也能否認吧！」

店子壓低音量，我覺得那樣不好喔——他帶著古怪的抑揚頓挫說。

「如果掩飾得不好，反而會讓流言尾大不掉喔。」

「現在就已夠大條了！」

尾巴太多，甚至連身體都嫌不夠，況且用「掩飾」這個說法形容也不正確。

「這到底是搞什麼？不知幾時，我居然成了小暮先生的孫子，繼承他的照相館，而且還遺傳了祖父的靈能力，把遭到詛咒、被人送來小暮照相館的靈異照片加以淨化，就是我的使命，還說什麼小暮一族本來就都有這種超能力的血統，而我就是第十三代的繼承人！」

店子笑了，「這種故事好像在哪聽過。」

比方說漫畫或電影或小說。

「所以，一開始是某人在部落格上提到小花和小暮照相館，然後逐漸傳開，在短短幾天之內，就愈傳愈誇張。一定是大家一起加油添醋吧。」

所謂的部落格，是在網路上可以簡單設立的網頁，也是個人的情報發信基地。可以用來寫日記，也可以發表個人創作，甚至可以寫論文。單純只是用來結交更多朋友也行，也可以做爲社團活動或志工活動的基礎。只要不對個人及企業直接毀謗中傷，幾乎做什麼都行。

所以也會發生這種情形，說來意外可怕。

「你用不著緊張，我想眞正相信的人不多。」
「寺內看起來就像是眞的相信。」
「那是因爲她本來就是這種個性。」
店子的語氣非常輕鬆。
「撇開傳言不談，我認爲小花親身經歷的那個眞實故事也一樣喔。」
這是指去年年底，某人拿著由小暮照相館沖印的「靈異照片」找上門的那件事。的確，英一被那張照片挑起興趣，做了一點調查。但他做的是調查，不是淨化。
基本上根本沒必要淨化。那個的存在本身就是爲了「鎭魂」，正因如此，那個存在無論有多麼不科學都無所謂。
勉強要說的話，如果非得搬出科學來解釋，在一定期限內，包括英一在內的某些人，都在一張照片上看到了幻象——這個「解釋」，或許最貼切。
那麼，心情上又如何呢？對於並非科學家的英一而言，這肯定才是更切身的問題，但這方面同樣也毋需煩惱。
如果借用ＳＴ不動產那位須藤社長的說法，
——這世上有各式各樣的人，所以也會發生各式各樣的事，其中也有不可思議的事。
英一選擇了這個「解釋」。在自己的內心畫上句點。
「你沒告訴烤焦麵包那件事？」
「我哪說得出口啊！」

「為什麼不能說？」

「這還用問嗎？那樣很失禮。」

對於山埜小姐——英一不由得壓低音量這麼說，店子又笑了。

「果然像小花的作風。」

明明是這輩子都不可能再見到的人，他說。

「這不是會不會見面的問題。這是一種禮貌，或者說是禮節，又或者是守密義務。」

「是是是。可是，你這樣不就無法解開烤焦麵包的誤解了嗎？」

英一當時在無奈之下，只好略過人名不提，大略將經過告訴她。至於別人交給他的是什麼樣的照片，這些具體事項他一概沒說。他只說稍做調查後，查明原委，便把照片物歸原主了。就這樣。

「嗯——」店子哼起歌來，「那樣反而比較好吧，因為烤焦麵包不信任大嘴巴的人。」

那她聽了應該相信了吧。

「總之，她說會通知她的朋友，目前在部落格上流傳的，只是一個很生動的虛擬故事。」

寺內有個熱心更新部落格、專心致力於擴大與鞏固網路交友關係的好姊妹，她純粹只是從對方那裡聽到傳言。這個女生與寺內從國中時就是死黨，據說現在也會互傳簡訊。

「順帶說一聲，我已拜託她向她那個朋友打聽，當初是從哪個部落格得知這個傳言。」

「查出來源要幹嘛？」

「叫對方訂正呀。這還用說。」

「別傻了。那樣做，只是搬磚頭砸自己腳。不用理會啦。過一陣子自然會平靜下來。」

英一對於網路活動沒啥興趣，頂多偶爾上網查閱一下新上映的電影或運動資訊。他不會進一步深入，當然也不會在部落格寫什麼日記。所以也缺乏知識。

仔細想想，即便是之前調查「靈異照片」時，他也壓根沒想過在網路上搜尋「靈異照片」。反過來說，就是因爲他自覺：像我這樣很少使用網路的人，如果做那種搜尋，恐怕只會喚來良莠不齊、五花八門的資訊洪水，遭到呑沒弄得自己暈頭轉向。

就實際問題而言，要調查本地的事，用不著網路。只要用雙腳走走路，有耐心陪老爺爺、老奶奶說話就行了。

「那個是店子你根據親身經歷提出的忠告？」

「也沒那麼嚴重啦。」

店子有一陣子也玩過部落格。現在已經不玩了。因爲一有什麼事，店子就會成爲店子老爸部落格的主要登場人物，所以如果在自己的部落格上寫東西，據說父子倆的話題會重覆。

「烤焦麵包的死黨加入的，是『天帕拉』。那是最晚成立的SNS，聽說會員不多，所以你可以放心。」

SNS（Social Net-working Service），是一個提供人們部落格場地的網路社群。要參加必須先加入會員，而且也不是人人都能成爲會員，雖然每個社群網站各不相同，但是好像都有種種入會規則。寺內死黨加入的SNS「天帕拉」，據說必須要有三名以上的舊會員介紹才能加入。

「我知道。」英一說。連他自己都覺得聲音苦澀不堪。「我媽就加入了那個天帕拉。」

因爲小閃就讀的私立朋友學園小學部的家長會，就是以天帕拉爲基盤，進行交流活動。

「正因爲會員少，說不定會一不小心就被誰看到吧？」
店子用他那天生的破碎嗓音沉吟，「很棘手耶——」
「棘手個頭啦。只要找出發信來源，拜託對方一下，不就行了。」
店子再次沉吟，「你媽很熱心上網？」
不熱心。偶爾別人勸她寫點什麼，她總是傷透腦筋。還買了一本什麼《優美信函範文集》，抱怨這本書毫無參考價值。
「那你還有什麼好擔心的。」
「我當然擔心，都已經寫出『小暮照相館』這個名稱了。」
「可是，那個是說住在小暮照相館的小暮一家，是錯誤的情報。我從烤焦麵包那裡是這麼聽說的。」
英一也是這麼聽說。
「如果是那樣，小暮照相館就是小閃的家這件事，只看到部落格的朋友學園媽媽們應該不知道吧？又沒有提到花菱這個姓氏。所以，也不可能對你媽說，這是在說花菱太太你們家吧。」
的確如此。寺內是透過店子，才知道英一家住的房子有點與眾不同，所以才能把小暮照相館和花菱家連到一塊，但一般人不可能知道這麼多。
實際上，寺內不是還說，她以爲「小暮」是花菱同學媽媽的娘家姓氏嗎？
是我太緊張了嗎？英一稍微撫胸慶幸——
他驀然察覺。

既然會有這種誤解，可見一開始的情報提供者，在物理條件上，應該離花菱家很近。

「啊，說得也是。」店子也醒悟，「這個人沒有掌握正確事實，以爲小花一家是小暮先生的兒女和孫子，此人只是從外面看到的。」

這是因爲，花菱家沒有拆下招牌就住進來了。雖然不甘心承認，但那個判斷的確比較符合常識。是我家爸媽太沒常識。

「兇手不是我喔。」店子說，「也不是我老爸。」

「這個我當然知道。」

「說不定是小閃的傑作？」店子念頭一閃脫口說出，然後又自己訂正，「不對，不可能。如果小閃要做那麼好玩的事，他絕對不會瞞著我。」

英一也有同感。況且，比起小閃更爲有力的「嫌疑犯」，他已漸漸心裡有數了。

「——是鬼魂。」他說。

「小暮泰治郎先生？」

店子秀逗的時候也很秀逗，「死人會寫部落格？」

「像小花你這種心靈純淨的人大概不知道，的確有這種傳言喔。」

英一深吸一口氣本想大吼，繼而想起小閃也許就在附近，總算及時壓低音量。

「我是說上次你認錯的那個鬼魂啦。」

是那個高中女生。年底，英一把照片還給山埜小姐，了卻心事，正覺得總算喘口氣時，意外撞見那個女生。她正巧路過，從馬路對面看過來。所以，我忍不住發話。

——那張靈異照片的事，已經解決了。

甚至還說：妳不用再擔心了。當時那個高中女生正在做什麼？

她在發簡訊。

這表示她正在通知某人。情報的出發點，我親眼目睹。

「小花。」店子用走調的聲音說，「你自己主動點火，那我可救不了你。」

英一握緊手中的手機。「如果按兵不動，應該會平靜下來吧？」

「大概吧。」

店子說完，發出刺耳的雜音。不知是嘆氣還是鼻息。

「你去向天上的星星許願吧。」

英一這麼做了，誠心誠意地。

寒假很短。

即便如此英一依然期待。期待那個胡說八道的流言，在這短暫的假期中，能夠迎向應有的結局。

仔細回想起來，年底撞見那個高中女生，應該是二十八日的事。從那天開始滾動的雪球，不斷愈滾愈大，到了三十一日深夜或元旦早上，已經傳到了寺內那邊。速度相當驚人。也許是因爲假期當中，聚集在天帕拉的學生部落客們苦無話題吧。

那麼，訂正情報傳遞的速度或許也會同樣快，應該很快，不快就麻煩了。那樣豈不是很不公平。

一月四日和五日，英一都在店子家過夜，用店子的電腦觀察天帕拉的情況。六日下午寺內也來到店子家，三人在電腦前面排排坐。

「小雞（Hiyoko）已經發出聲明嘍。」

寺內的死黨叫做須野雛子，綽號是小雞。她的部落格名稱是「Hiyoko at Home」。正如寺內所言，上面是這樣寫的。

「我的朋友湊巧住在這間照相館附近，所以很清楚。相館以前的經營者小暮先生，和現在住在那裡的家庭，根本毫不相干。也不是什麼靈能力者，這個傳言如果繼續散播，一定會造成他們的困擾。」

這篇文章有人率直留言表示贊同，也有人留言說，這種東西打從一開始就知道是鬧著玩的，用不著那樣嚴肅看待。

「總之，應該沒問題了吧。」

「看吧？根本用不著調查傳言是從哪裡冒出來的嘛。」

店子不知爲何沒吭聲。他照例又是一身極爲刺眼突兀的原色組合，而且在寒假期間還把剪得很短的頭髮染成金色。英一問他幹嘛做這種事，

「我老爸的部落格已經寫了。」

據說是爲了給上門來拜年的客人提供話題。

「有點什麼插曲，氣氛才會更熱鬧嘛。」

「看來你也挺辛苦的。」

寺內造訪的六日這天，當地醫師公會舉行新年團拜，所以店子的老爸不在家。寺內看了店子老爸的部落格，總算明白他的露宿嗜好。

「好像很好玩。我也好想加入。」

「我就知道妳一定會這麼說，所以才一直沒敢告訴妳。」店子罕見地面露爲難。

「爲什麼？」

「妳爸媽鐵定會生氣。光是在別的男人家過夜就已大有問題了，而且還是在院子裡席地露宿。」

「就是因爲在院子才好呀，我又不是睡在店子的房間。」

他們東拉西扯地混到傍晚，英一與寺內，在邀請他們下次來烤肉的店子母親的歡送聲中，離開了店子家。寬闊庭院的一角，店子的爺爺正在精神抖擻地練習空揮。揮的不是球棒，是竹劍。店子的爺爺是劍道上段高手。

「你總算有點安心了？」

「露宿眞的不行啦，那是男人的世界。」

「不是啦，我是說部落格的事。」

「嗯。幫我謝謝巢中小雞。」

「改天，我幫你介紹。」

你們一定會投緣，寺內說。英一本來就在暗想，這個巢中小雞，單就部落格的文章所見，似乎是個感覺不錯的女生。所以當下毫不反對。應該說，甚至相當積極地竊喜。不過，話說回來，烤焦麵包寺內還眞敏銳。女孩子對於這種事情全都很敏銳嗎？

英一有點飄飄然地迎來第三學期。正値初春，所以應該沒關係吧。俗話說因禍得福，這次應該沒用錯成語。

但是天上的星星，不允許英一心有旁騖。

就在始業式結束，他背起書包準備回家之際。身後忽然有人戳他的背。

「好像有人找你喔。」

在同學催促下一看過去，教室門口有兩位女生，正在和班上男生說話。一邊說話還不停朝英一這邊瞄來。陪她們說話的男生笑得很賊。

「花菱，人家說要找你。」

還調侃他，是大姊姊喲。不用同學說，英一也知道。因爲兩名女生其中之一，是新年初跑大會時，他曾出手相助的豆丁排球隊員。

「你來一下好嗎？」

豆丁排球隊員說。語尾雖有上揚，但分明是命令的口吻。居中傳話的班上同學還在曖昧偷笑，但英一明白。他的靈魂當下恍然大悟，來者不善。

「我……現在要去——」

「今天同好會休息吧？」

偏偏在這種時候，店子和橋口都不見人影。
「少囉唆，你來一下就對了。」
豆丁排球隊員嚴厲的聲音劃破空氣。
這次輪到英一覺得自己無辜遭到逮捕。他被帶去的，是二年A班的教室。教室已經空了，沒有半個人。
「坐下。」
手邊的椅子被拉過來。眞的像偵訊室。兩個女生——是高年級學生所以該尊稱爲「女士」吧——與他隔桌對峙。
「我是排球隊的田部。」
豆丁排球隊員坐下之後翹起二郎腿，如此說道。她的右膝套著護膝。
「上次受你照顧了。」
語帶威嚇。是那時不該幫老師說話、阻止她跑步嗎？
「妳的膝蓋不要緊吧？」
英一戰戰兢兢地試問，但是沒得到回答。田部女士吊起的眼角，只是又往上吊高了兩公釐。
她果然在生氣。
「這是我們隊上的經理小森。」
被她介紹的女士，默默點個頭。經理反而比較高。只有小個子才能當選手的傳言，難道是眞的？

「你是花菱同學，對吧。」

「對。」

不，我不是。你們逮錯人了。兩個同樣身穿制服的女士，看起來像女警。

「你家聽說是一間舊照相館？」

指導老師既已認定妳不能繼續比賽，我們當然不能違抗他。田部學姐妳的腿當時眞的痙攣了吧？就連奧運代表級的馬拉松選手，在那種情況下，也不可能再繼續跑。教練一定會叫妳棄權——正在心裡這麼來來回回不停思忖的英一，當下「啥？」地愕然驚呼。

「我是說，小暮照相館是你家對吧。不是嗎？部落格上寫了很多，你應該知道吧？」

原來是爲了那個問題啊。

嚇我一跳，好險——即便只是一瞬間，會這麼想的自己還是很窩囊。

也許是不忍心看到英一渾身僵硬，拚命眨眼，跟不上田部女士凌厲的殺球攻勢，

「他本人不曉得啦，田部。」

小森女士溫和地幫忙叫暫停。一看之下，這位經理學姐眉毛和眼尾都微微下垂，嘴巴的線條也很柔和。所以語氣才會也那麼慢條斯理吧。

救難船出現。英一緊盯住小森女士的眼神反問，「請、請問是什麼部落格？天帕拉嗎？」

「不，我們大家加入的是『皮克西』。」

那是規模最大的社群網站。上次店子還說，據說會員多達六百萬人。

「我不玩部落格，所以沒有直接發現任何傳言。天帕拉的部落格上提到我家的事，也是過完年

才剛聽朋友說起。」
小森女士不慌不忙地反問，「你說的朋友，是店子嗎？」
店子和二年級的女生也很熟嗎？「是的。」
「那店子可能也沒掌握到皮克西那邊的情報，上面寫得非常詳細，還附帶照片。」
然後小森女士說出了幾乎與天帕拉流傳的內容完全一樣的傳言。靈異照片的淨化，超能力者。
但是這邊，不知爲何減少一代，英一被說成是第十二代的繼承人。
他已經連眼都沒法眨了。
「照、照片？」
「你的照片，以及小暮照相館的全景。」
那種東西居然外流到網路上？這種情況下該說是「外流」嗎？用錯名詞了？
不知照片上的自己是什麼表情。首先擔心這個的我，又有點窩囊嗎？
「到底是誰——」
「不知道。不管是誰第一個寫出來，那好像都已不是問題重點了。」
「小森。」田部女士不耐煩地打斷。她似乎已經等不及隊友做球給她了。
「對我們來說，那種事打從一開始就不是問題。只要能知道事情眞僞就夠了。」
事情眞僞，是騙人的還是眞的。英一幾乎要跳起來般大喊。
「全都是騙人的。那都是捏造的！」
一記殺球立刻迎面飛來。「這個我知道。我們又不是笨蛋。」

什麼見鬼的第十二代啊，她斥罵。

「那麼白癡的說法，我們怎麼可能相信！」

對不起。可是，既然如此，那妳們到底叫我來幹嘛呢？

「不過，那並非完全是空穴來風吧？」

小森女士再度派出救難船相助。

「這個傳言難道沒有一絲一毫是眞的嗎？我認爲那應該不可能，無中不會生有。撇開傳言不談，實際上，你應該做了什麼吧？我們對那個比較感興趣。」

溫柔的下垂眼充滿說服力。一旁田部女士的吊梢眼，則是充滿強制力。這兩者融合的威力，根本無法抵擋。

英一簡潔地吐露實情。對，我曾代爲保管一張不可思議的照片。稍做調查後查明內情，所以就物歸原主了。如此而已，報告完畢。

在簡短的敘述期間，田部女士的眼尾又往上吊高一點五公釐。小森女士一直保持微笑。

英一閉上嘴後，小森女士朝田部女士報以大大的微笑。

「很好。」

田部女士用凶狠的眼神直視英一，「嗯」了一聲點點頭。兩人之間，似乎已達成某種協議。

「請問，是什麼東西很好？」

「意思是說你是個可以利用的人才。」

英一的背部竄過惡寒。

「你做過調查吧。」

田部女士傾身向前把臉湊上來。她的眼睛在燃燒。

「喂，你保管過拍到怪東西的照片，做過調查吧。然後，算是解開了謎底，對吧？」

「不是，那個……」

「到底是**做了還是沒做？是哪個？**」

英一錯了。他不是與女士隔著網子對陣，承受攻擊。英一是球，被直接拍擊。

「做、做了。」

「很好。」

田部女士的臉頰，頭一次綻放笑容。她緩緩靠向椅背。

「那，你可以再做一次吧？」

「啥？」

「調查。我們想委託你。」

小森女士微笑。這根本不是什麼救難船，這是奴隸划的戰艦。

「老實說，我們手上，也有一張不可思議的照片。」

3

又是四乘六規格、約有A5大小的照片。

這次，照片的右下角同樣印有拍攝日期。是2005.10.09。

「是星期天。」才見寺內把玩著手上的手機，她已如此說道。

「妳怎麼知道？」

她把手機的螢幕轉過來展示。上面顯示了月曆。

「我剛才查的。」

手機連那種事都做得到啊？看來不用去問天文社了。

「這個又是吃飯時的生活照。」

店子說。他像要夾住放在櫃台上的問題照片般撐著兩肘。

三人正在小暮照相館的店面，就是傳說中小暮泰治郎氏的鬼魂經常坐鎮的話題景點。店子（其實不用這麼做）抖出這個傳言後，寺內起先的確毛毛的，但店子大咧咧地放話：

「喂，妳怕什麼。就算是鬼，也用不著無條件害怕吧。搞不好是好人，也說不定他只是很懷念這間店，所以才留下來。」

寺內聽了立刻改變想法。甚至還說，這間店的氣氛的確令人懷念耶。寺內這個人的個性與其說是容易相信別人，根本就是很容易被說服。

英一本來想說，我之前聲稱沒見過小暮先生，正確說來其實是謊言。事實上，我好像見過老爺爺的剪影。回想起來，那正是英一第二次遇見那個高中女生時——

算了。現在比這件事更重要的是，如何打開這個僵局？

這是遭到女警誤捕的翌日。店子與寺內蹺了一次輕音樂同好會，來到花菱家。他們準備召開作戰會議。至少英一是抱著這個打算。

「拜託，不要說這種有眼睛都看得出來的感想，難道就沒有更有建設性的意見嗎？」

可是——店子說著把頭部重心自右肘移到左肘，懶洋洋地看著英一。

「我是局外人。」

「不對，你是標準的關係人。」

昨天，英一自二年A班的教室獲釋歸來時，田部女士拿了這張照片給他。為了避免折到，還夾在小檔案夾裡。非常周到。

英一忍不住問了，如果我是不堪利用的蠢材，妳們打算再把照片帶回去嗎？

回答的是小森女士，「我們早就知道不會發生那種事。」

「為什麼？」

「你是店子的死黨吧？既然是他信賴的人，那就絕不會錯。」

所以英一才會認為店子也有責任。

英一回到自己的教室時，寺內早已在等他了。她說聽到花菱被二年級學姐綁架的號外消息，很擔心他。

但，英一說出原委後，她一轉眼就收回擔心，兩眼發亮。

「讓我也加入幫忙調查好不好？」

沒理由拒絕。英一完全不知如何是好，所以正需要援軍。再加上店子，就有三個人，三個臭皮匠說不定能勝過諸葛亮。

可是，店子卻興趣缺缺。討論時也很不投入，只顧著談論照相館留下的那面櫥窗中的擺飾。

正月期間，母親京子在櫥窗中放上鏡餅，插了松枝、菊花和千兩（註一）。七草（註二）那天，撤掉鏡餅後，又重新放上小閃做的開花大象，掛了月曆。店子似乎還不滿意，左思右想地拚命提議擺一些怪玩意。

「你有完沒完，拜託你認眞思考好嗎？」

英一終於忍無可忍，店子百無聊賴地嘆氣。

「這種東西根本用不著調查。」

他的下巴尖朝照片一努，「這次和上次不同，已經知道照片的來歷。所以直接去問對方不就解決了。」

要是能那樣做就不用辛苦了。「店子，你根本沒聽我說話。」

「我聽到了啦。雖然聽到了，但是小花，你太懦弱了。幹嘛那麼聽她們的話。」

「嗯。我也有同感。」寺內也噘起嘴，「田部學姐的心情我不是不懂，但是，在那樣的限制下，根本無從調查嘛。」

這張問題照片，拍攝的是圍著餐桌的四人。不用等店子說感想，也看得出來這是某種宴會，或者請客的餐會。英一已經知道拍攝對象的身分，也已得到拍攝狀況的情報，也已查明拍攝者是誰。一切都是正確情報。因爲，委託英一調查的田部女士，就是四名拍攝對象之一。

但是，女士嚴厲命令英一：

——絕對不能讓河合學姐與學姐的父母，發現這次的調查。

河合學姐及其父母，就是另外三名相片中的人。田部要求英一不得接觸這些人，祕密調查為何會出現這種照片的原因。

——等到謎底解開時，我自然會判斷是否要向河合學姊報告。

仔細想想，這實在是很任性的命令。這下子，英一不像是調查員，倒像是跑腿打雜的，是道具。

不過一得知為何非得採取那麼古怪的調查方法，或者說關於這張照片的內情時，英一當下恍然大悟。他暗想，難怪田部女士會對河合學姐心存顧忌。

「你眞是爛好人。」寺內對英一目瞪口呆。

「小花是女性主義者。」

「這個說法，我認為不太恰當。」

「隨你們怎麼說。」

要怎麼調侃都行，總之，幫我出點主意吧。眞的眞的，到底該如何是好？完全沒概念。

寺內把手指伸到店子的雙肘之間，將櫃台上的照片翻到背面。上面以秀麗的字跡，寫著相中人的姓名。

「河合公惠小姐……嗎？」

註一：常綠小灌木，葉為長橢圓形，日本習慣在過年時插上結果的樹枝當裝飾。

註二：正月七日這天早上，以七種春天的野草煮粥食用。

黑髮，妹妹頭，丹鳳眼，是位純日本風的女子。

「該不會不認識吧。」

「怎麼可能認識。拍照當時她都已二十二歲了，不是嗎？是大我們很多的學姐。」

河合公惠，以前也是三雲高中的排球隊員。畢業後考取都內某大學，以校友的身分返校熱心指導學妹。

田部女士與河合學姐住得很近，據說從小就備受學姐疼愛。歸根究柢，田部女士會對排球產生興趣，也是因爲河合學姐國中、高中都很熱中打排球。不過，年代不同，所以兩人不曾在同一時期同隊過。

而這張照片，是三年前的十月九日，當時就讀本地公立中學二年級的田部女士去找河合學姐，報告自己也決定報考三雲高中（的排球隊），河合家因此特別宴請她以資鼓勵，遂在當時拍下照片。

照片上的四人，位置分別是穿著中學制服的田部女士、在她右邊的河合公惠、在她左邊的公惠父母河合富士郎與康子。河合公惠把手搭在田部女士的肩上，親密地臉貼臉。因爲是這樣的照片，所以大家都滿面笑容。

拍攝地點是河合家的起居室，約有四坪大。

——據說是東京奧運那年蓋的，所以是老房子了。

或許也因此，這種日式起居室，這年頭已成爲珍貴建築。

和室面向庭院的這頭，有一道緣廊。

院子沒什麼看頭，只放了一些盆栽，就空間而言，似乎也很狹小；但緣廊卻很長。照片中區隔內外的紙門和玻璃門都是敞開的，所以幾乎可以從這頭一眼望穿那頭。

——小時候，我去學姐家玩，學姐會在這個緣廊請我吃西瓜，到了晚上，就一起玩煙火。也常讓我躺在那裡睡午覺。那裡很通風，非常涼快。

那是快樂的回憶，是與鄰居來往的美好記憶與紀錄。聽來頗爲動人。但，既然會讓英一捲入這種事態，想當然耳，那張照片沒這麼簡單。上面也拍到了怪東西。

必須再說一次，拍攝對象有四人。但，照片上出現七個人——看上去是。

河合夫婦、公惠、田部女士四人在起居室圍桌而坐。

在稍偏左後方之處，河合夫婦與公惠這一家三口，再次出現。就是在那個緣廊上，三人排排坐。

那裡沒有田部女士。唯獨少了她一人。而且，河合一家人的排列順序也不一樣。以公惠爲中心，右邊是富士郎，左邊是康子。變成父母把女兒夾在中間並坐。

該不會是沖洗時的失誤吧？這個解釋一下子就被推翻。會不會是忘了捲底片，同一格拍了兩次？這個假說也不成立。

好吧，姑且退讓一百步，假設眞有這麼剛好的失誤吧。即便如此，這張照片還是不對勁。

必須囉唆地再說一次，圍桌而坐的四人都是滿面笑容。

可是，在左後方的緣廊上排排坐的河合一家三口，卻都在哭泣，顯然正在哭泣。就連沒見過他們本人的英一和店子、寺內，也能一眼就看出，的的確確是在哭。

做母親的康子以右手摀著鼻子嘴巴，似乎在強忍什麼般地垂著頭。富士郎面對鏡頭，同樣像在忍耐什麼似地用力環抱雙臂，但他兩眼通紅，嘴角扭曲，眼睛泛著水光。

而公惠，她將雙臂用力撐在跪坐的膝上，勉強抬起下巴，緊閉雙眼，淚流不止。

再加上緣廊三人的形體，微微透明。越過三人的身體，隱約可以看見停在院子裡的腳踏車。

爲什麼會拍出這麼詭異的照片？這對相片中的人來說，具有某種意義嗎？田部女士就是想知道這點。

「——後方的三人。」

捏起照片，定定凝視的寺內咕噥：

「和那個很像耶，就是奈良法隆寺的『釋迦牟尼涅槃像』。」

這件雕像生動重現了大批弟子圍繞著死去的釋迦牟尼悲痛不已的情景。弟子們哭泣的面孔和方式各不相同，據說非常鮮活逼眞。

「虧妳連那種事都知道。」

寺內眞是萬事通。

「上次那張照片上的女人也是在哭泣吧。」

店子這句話，令寺內吃驚地動了一下。「我不會提那件事。」英一立刻說。

「知道啦。我不會追問的。」

不過，這玩意要怎麼辦？——寺內輕輕把照片放回櫃台上。

「妳覺得該怎麼辦？」

「已經知道拍攝者是誰了吧？」

「知道姓名和當時的立場。」

「那麼，先去見那個人試試吧。」

「據說他現在下落不明。」

拍攝者名叫足立文彥，當時二十六歲，是河合公惠的未婚夫。本來預定等河合學姐大學畢業，兩人就結婚。

但是，拍下這張照片約莫四個月後，二〇〇六年的二月底，兩人解除了婚約。

換言之，這張照片等於是這對即將分手的情侶一方在拍攝未婚妻及準岳父、岳母的照片中，映現出彷彿暗示了未來的哭泣幻象。

「分手的原因呢？」

「不清楚。」

「你沒問？」

「問了之後，差點被掐死。」

田部女士當下就回答不知道。怎麼好意思開口問河合學姐那種事！

「不過，她肯定地說河合學姐沒有任何過錯。」

不知道分手的原因，卻能如此斷言，是因爲她說學姐不是那種女人。

對於英一的說明，寺內狐疑地皺眉。拉長了音調哼聲搭腔。

「這張照片是幾時沖洗的？當時一洗出來就這樣嗎？」

也許是想到上次的例子，店子問了一個好問題。

「田部女士說，拍完不到一週，就從河合學姐那邊拿到加洗的照片。」

好像是沖洗出問題，變成一張怪照片了——據說河合學姐當時這麼說。照片打從一開始就是這種狀態。

「她還加洗出來啊。」

如果是我一定會藏起來。寺內說，會裝作沒這回事，假裝忘記拍過照片。

「因爲太不吉利了，這種全家都在哭的照片。」

「那是因爲我們已經知道後來兩人的分手，才會這麼想。」店子插嘴，「河合學姐當時正沉浸在幸福中，她沒想這麼多，也是人之常情。」

只說聲沖洗出錯，變成怪照片，就了事嗎？

「才不是這樣呢，店子。你弄錯不吉利的**方向**了。」

是從田部女士的角度看來不吉利啦，寺內說。

「和從小就很疼愛自己的鄰居全家人一起合照，結果只有自己一個人漏掉，出現那家人哀哀哭泣的幻影，你會怎麼想？應該會覺得，簡直就像不久的將來自己將會消失，所以大家才痛哭吧。」

英一瞠目。這話說得的確沒錯。

「如果我是河合學姐，首先就會這麼想，所以絕對不會給田部女士看照片。只要說聲：對不起喔，拍壞了，沒沖洗出來，不就沒事了。」

但，店子還是懶洋洋地報以笑容，「烤焦麵包，妳想太多了。」

「會嗎？」

「不，我倒認爲烤焦麵包說到了重點。」英一說，「就算沒有嚴重到不吉利，起碼會覺得，給人家看這種照片，不太好意思。」

哪怕對方是個年紀比自己小的女生。不，正因如此。

「我從剛才就在想，田部女士肯定知道這張照片的更多內情。」寺內說，「可是她不告訴花菱同學，也許是——不能說。」

英一大大點頭，「剛看到這張照片時，我問田部學姐自己做何感想，結果差點又被她掐死。」

——我的感想跟你的調查無關，因爲跟我沒關係。

「她不想說。」寺內也點頭，別具深意地換個口吻複述，「**跟我沒關係**……是嗎？」

「那麼，跟誰有關係？」

「那當然是……」寺內忽然遲疑，「想必還是四個月後分手的那兩人吧。」

英一也這麼想。田部女士不打自招說溜嘴的就是這件事。

「我懂了！」

突如其來地，店子「啪」地用力隔著長褲拍大腿。聲音非常響亮。

「我已經懂了。小花，這件事解決了。」

「是怎麼解決的？」

「當然就是拍這張照片時，河合學姐的未婚夫已經做了虧心事。他已有離別的預感。」

聽起來像演歌的歌名。

「我犯下大錯，做出將會令公惠和她父母哭泣的事——他心裡一定是這麼想。所以才會映現在照片上。」

拍攝者的腦中念頭融入照片中，他說：

「看來這次也是念寫。你就這麼告訴田部女士不就結了。」

念寫？寺內嘟囔著拿起照片。**念**、**寫**？

英一有點慌張，「萬一她罵我說，怎麼可能發生那種不科學的事，怎麼辦？」

「但是實際上，不就已經發生了嗎？」

就在這裡，店子說著伸指敲著照片邊緣。

「在科學上無法解釋。」

「根本不需要那種解釋。你就告訴她，還有別的實例，然後把上次那件事也告訴她，她就會接受了。」

事實比理論更有說服力，店子極力強調，「百聞不如一見。」

好像用錯成語了吧。

「當然，上次的照片不是『拍攝者的腦中念頭』，也的確隔了一段時間才出現在照片上，但是單就『照片拍到了人類的想法與感情』這點而言，應該會是最佳範例。」

寺內的眼珠子放大到極限，與英一的眼睛一對上，立刻說：

「就跟你說我不會追問啦。」

唉，真麻煩，英一狠狠噴氣嘆息。他輕飄飄地拿起櫃台上的照片，稍微歪斜，又輕飄飄地放回去。

他凝視著照片說，「要隱瞞反而更費事，所以我就告訴妳上次那張照片的事吧。不過，妳絕對不能告訴任何人喔。」

「我絕不說。」寺內雙眼用力地看著英一，「連小雞也不說，我發誓。」

英一全盤托出。雖然那張照片已不在手邊，但是連他自己都覺得說明得非常具體，淺顯易懂。

當他說完時，寺內的眼珠已恢復原先的大小。不僅如此，還溫馴地垂下眼簾。這丫頭的睫毛也好長。只是因為臉頰的膚色黑，睫毛垂落的影子不明顯，所以不易察覺。

「花菱同學。」

突然被她用少女嬌羞的嗓音這麼一喊，英一不由得肅然坐正。

「什麼事？」

「你眞偉大。」

寺內雙手拉起英一的右手，用力握緊。

「我寺內千春太感動了。」

英一別無他法，只好看著店子的臉。店子一臉賊笑。

「你眞的調查得很成功！太厲害了！」

其實也沒有厲害到足以被誇獎的地步，只不過就像小狗走在路上，莫名其妙撞到棒子一樣。

「不宣揚自己功勞的這點也很偉大！我被你雙重感動到了！」

那眞是謝謝，英一結巴地囁嚅。

「店子是對的。只要用那件事當例子說明『念寫』，田部女士一定也會理解的！」

「如果上次的照片還留著，本來會更好。」店子不禁扼腕，「當時應該複製一份存底。」

英一做夢也沒想到，會有那種必要，就算想到，大概也不會眞的這麼做。因爲那個是山埜理惠子，以及她失去的那些人的紀念照，不容他人沾上手垢。

「不過，也許需要再稍微補強一下。」寺內說。

趁著她的思緒轉移，英一悄悄鬆開她的手。手心都是汗。

「如果要照那個說法走，我認爲，還是得確定分手的原因是出在足立先生那邊，會更有說服力。」

「如此一來，該調查的重點就鎖定在那個重點上了。」

她與店子自顧著搶先做出判斷。

「等一下。那個未婚夫現在下落不明，要怎麼調查？」

「去找不就得了，起碼總有一些線索吧？」

河合家位於大田區大森，小工廠聚集的地帶。富士郎以前也是「河合精鋼有限公司」這家小工廠的老闆。據說，是某家與美國太空總署合作的著名精密機器製造商的下游再下游的承包商。

「聽說承包製造太空梭零件中的零件。」

據說足立先生是河合精鋼客戶公司的職員，因爲公事經常進出工廠，久而久之便認識了老闆夫妻的獨生女公惠。

「田部女士不記得公司名稱嗎？」

「她說『好像是什麼什麼科技公司』。」

這次輪到寺內自鼻孔嘆氣，她的鼻息沒吹動照片。

「看來只能做實地調查了，直接去大森走一趟最快。」

店子這句話，寺內也點頭同意，「除了週日之外，排球隊每天都要練習，所以要瞞著田部女士去拜訪，應該不會太困難。」

我也陪你去。寺內說。

英一搖頭，「河合精鋼已經不在了。」

公惠解除婚約後，不到半個月，河合富士郎便因腦中風倒下，才五十一歲。雖然保住一命，卻就此臥床不起。

全靠老闆與兩名資深員工支撐的公司，當下難以維持，河合精鋼破產了。河合家把工廠與房子、土地都賣掉，搬到別處。

氣氛果然變得凝重。但，店子和寺內都振作得很快，所以兩人才會意氣相投吧。

「如果去問鄰居呢？和上次一樣。大森的小工廠聚集地區，應該住了很多老居民。如果有人知道什麼，一定還記得。」

「應該說，這個節骨眼，還是該直接上門問清楚。」店子說，「排球隊裡應該有校友會的名冊吧。找出公惠小姐的聯絡方式，去見她本人，才是上上策。」

歸根究柢，這次的委託本來就太迂迴了，店子嚴厲地說。

「這麼私密的問題，在當事人不知情的情況下，讓第三者甚至第四者去調查很奇怪。」

大抵上，公惠小姐希望做調查嗎？他朝著空氣問。

「你是在對誰說話啊。」

「我是在諮詢『常識』。」

常識會在那邊輕輕飄浮嗎？像鬼一樣——這個比喻很怪嗎？

「嗯……也有道理啦。」寺內沉思，「這是婚事告吹的問題，可以理解她爲何會顧忌當事人，畢竟會碰觸到河合學姐內心的傷痕嘛。不過，不只如此，田部女士一定隱瞞了什麼。還是再多確認一下實際關係後，再行動比較好吧。」

因爲花菱同學好像是那種一旦開始行動就會做到底的人，她補充。

「那我到底該怎麼做？」

「就跟你說去查排球隊的校友名冊。」

英一翻了一下白眼，「做那種事，萬一被發現了呢？」

田部、小森兩位女士說過，絕對不准接近當事人。動詞用的雖是「說過」，但英一的感覺不同。他接收到的是更危險的暗示，他死也不想讓那個化爲具體事實。

「我一定會被吊在籃球架上。」

店子奸笑，「你放心。豆丁排球隊的人搆不到那個籃球網。」

「可是，排球球門的柱子呢？」寺內回嘴，「那個高度用來吊花菱同學綽綽有餘。不過，如果要用來吊店子，腳就會撐到地上了。」

「問題不在這裡吧！」

「好吧。」這次寺內啪地雙手一拍，「校友名冊的事，我來想辦法。」

夠man！

她的大眼睛譴責地看著英一。

「不過，小花，你太膽小怕事了。」

從花菱同學變成「小花」，這算是升級還是降級，很難說。

那晚，十點過後。英一的手機，在桌上嗡嗡響。

「小花，電話！」

小閃自壁櫥裡喊道。屋頂漏雨的地方明明早已修補好，但這小子卻愛上了壁櫥床位，賴著不走了。就算想趕他，爸媽也站在小閃那邊（小閃只是想待在小花身邊嘛），少數只能服從多數。

「我聽見了。快睡覺，小學生。」

一看來電顯示，是烤焦麵包打來的。他一邊接起「喂」了一聲，一邊起身準備到小閃聽不見的地方講電話，這時小閃自壁櫥伸出手，一把拽住英一的毛衣下襬。

「不可以躲起來偷講電話喔。」

哎呀，是小閃的聲音啊，電話那頭（明明不用這樣）烤焦麵包說。

「啊，是烤焦麵包姊姊。妳好。」

「你不准喊人家烤焦麵包！」

「沒關係啦。不過，小閃，已經到了睡覺時間嘍。」

「好～晚安～」

英一總算走到走廊上。毛衣下襬都扯鬆了。

「小花，你和小閃睡同一個房間？」

「是被非法占據後，遭到妨害公務執行。」

「你在說什麼？」

「其實我也不大懂。這是小閃自我申告的說法，那小子喜歡看艱深的書。」

寺內笑了，「他明明很可愛，卻又很厲害。」

所以說妳那是著了他的道，思考停止了。

找我幹嘛？英一問。寺內「嗯」了一聲。

「那個，關於今天的事。」

英一立刻說，「拜託妳可別說校友會的名冊果然很難拿到，所以要抽腿喔。啊？啊？」

「小花。」寺內的聲音增強。小閃似乎正豎起耳朵偷聽。

「——所以我就說嘛，你太膽小怕事了。」

好像再次讓她目瞪口呆。

「那只不過是比我們高一個學年的女生，有那麼可怕嗎？」

「女生全都很可怕。」

「那我也很可怕嗎？」

「妳上次不是自我申告，說妳不算是女生？」

「是喔。那小雞也很可怕嘍，我不幫你介紹了。」

「外校的學生另當別論。」

你轉得可眞快，她有點氣憤地說。

「妳到底找我做什麼？」

「後來我想過，應該說，回家看到我爸媽的臉，讓我靈光一閃。」

英一蹲在走廊上。「妳想到什麼？」

「那張照片上，在緣廊哭泣的三人。」

果然不對勁，她說。

「打從一開始本來就不對勁了。」

「我不是說那個。店子說的假設——那叫做念寫是吧？我的意思是，不符合他那個假設。」

拍攝者足立文彥的心虛，化爲河合一家三口的哭泣臉孔映現在照片上——

「假設足立先生，他正在暗想，不久的將來，將會因爲自己的緣故破壞這樁婚事，傷害這家人——」

他這種念頭產生的照片幻象，應該是另一種表情才對，烤焦麵包說。

「我想公惠小姐的確會哭。她媽媽也會哭。所以母女倆的哭臉沒問題。但是——」

做父親的富士郎反應不對。

「他應該會生氣，絕對很生氣。縱使正在流眼淚，也會氣得發狂。他會說：你是怎麼對待我家寶貝女兒的，你這個畜生！」

像你這種混蛋也配娶公惠嗎？我還不想把她嫁給你咧，快給我滾！

「做父親的都是這樣子。」

所以，河合富士郎應該不會雙臂抱胸，忍氣吞聲，比方說他應該揮起拳頭，才符合常情。想要撲上去揪住足立文彥，才合乎常情。

當初整修房子時，沒有重鋪走廊。歷經歲月滄桑，小暮照相館的走廊地板已經黯淡無光。因爲沾上了屋中人來來往往的腳底油脂。即使蹲著把臉貼近，也只有影子，映不出臉孔。自己現在是什麼表情，英一無從得知。

總之，他感覺到烤焦麵包相當激動。

「那要視情況而定吧。足立文彥當時或許不是這麼想。」

「他們都是男人，他一定懂。他肯定會這麼想，他會覺得被老爹揍一拳，也是莫可奈何。」

「可是實際上，他們分手不久，老爹就病倒了，公司也破產了。」

他會哭喪著臉是理所當然，理由甚至充分得足以找零頭。

「是這樣沒錯，但拍照當時足立先生不可能預見到這種情形。否則他就成了預言家了，小花。」

會是——這樣嗎？不對，也可以把這種照片視爲將來不幸遭遇的預兆。預兆和預言不同嗎？眞麻煩。

「好吧，我懂了。雖然懂了，但妳這個新見解，對於解決這件事具有發展性的助力嗎？」

「沒有。對不起。」

烤焦麵包的聲音變小。
「我只是忽然想起往事。」
聲音更小了，英一把手機壓在耳朵上。
「以前，我在班上被欺負時，我媽也陪我一起哭。但我爸很生氣，還衝到學校罵人。」
她回想起的，就是那件事。
「然後，就很想跟你說一下，就只是這樣。對不起。」
別再道歉了。
「店子呢？」
「他知道這件事，老早就知道。」
我現在好像問了一個非常不聰明的問題。好像應該說點別的台詞才對。
比方說，以前妳被欺負，是因爲妳是「烤焦麵包」嗎？之類的。
那也問錯方向了嗎？
「那我掛電話了，明天見。」
寺內開朗地說，掛斷電話。好一陣子，英一還依依不捨地凝視手機。
「小花。」
壁櫥裡的小學生還沒睡。
「你這樣一輩子都交不到女朋友喔。」
真令人火大。

「小閃，壁櫥的天花板有東西喔！可以看到白白的臉喔！」
英一大叫著關上壁櫥的紙門，伸長手腳用全身的力氣按住門。小閃的尖叫響徹室內。
「小花最壞心眼了！」
才聽見一陣乒乒乓乓的聲音，緊接著一枚小拳頭已破紙而出，朝著英一的臉上，打個正著。

4

「說到這裡，你那張臉是怎麼回事？」
「紙門太薄了。」
翌日放學後，他們一邊穿過JR京濱東北線的大森車站剪票口，一邊如此對話。英一的右眼周圍掛著明顯的淤青。之前在教室他戴著平光眼鏡，但現在這個距離面對面就藏不住了。
英一說明，他把小閃關進壁櫥，出言威脅，結果遭到反擊的經過，烤焦麵包笑彎了腰。
「什麼嘛，原來是兄弟吵架啊。」
「不是吵架，是兄弟家暴。」
小閃雖然力氣小，但那畢竟是他拚命掙扎下揮出的拳頭，所以很痛。正因拳頭小，有時也會因此準確打中要害。
「誰叫你要對小弟弟做這種幼稚的惡作劇。不過，以你這副尊容，今天的計畫或許延期比較好。」

反正原本就無法公然四處打聽，她說。根據寺內提供的情報，田部女士家也在大森經營歷史悠久的小工廠，所以如果在附近打聽河合精鋼的事，肯定會立刻被女士發現。鄰里情報網的威力，英一也有親身體驗，所以不打算提出異議。

「我只是想盡快看到現場，所以沒關係。」

「如果房子還留著，本來會更好。」

「那是不可能的奢求。」

早在賣掉的當時，房子本身的資產價值應該就已是零。是在「附帶舊屋」的情況下只賣土地。和小暮照相館一樣。

女生好像自有女生的情報網，烤焦麵包只用了半日工夫，就查出田部女士的住址和畢業國中。豆丁排球隊的校友名冊，她也打算透過那個情報網調查。

「不過，那個需要出動地下工作人員，所以得花一點時間。」

妳們是ＣＩＡ（註一）嗎？ＮＳＡ（註二）嗎？

「我不會亂來的。」

看來不是莫薩德（註）。

註一：美國中央情報局。

註二：美國國家安全局。

「同好會那邊沒關係嗎？」

「我週六、週日再去。」

直到今天，英一終於知道烤焦麵包是演奏次中音薩克斯風。據說店子負責的（暫定）是打擊樂器。

據說烤焦麵包的樂器是她自己的，她說從小就學了。

「如果不勤奮練習，技術會退步吧？」

「晚飯後，我爸會帶我去卡拉ＯＫ包廂，所以沒問題。」

據說寺內家經常利用車站前的卡拉ＯＫ，好讓女兒在包廂裡自由吹奏薩克斯風。

「父母在旁邊聽，妳還練習得下去？」

「我爸媽會另外要一個包廂唱歌，只是有時過來看看我。」

烤焦麵包曾說店子家是特例中的特例，看來她沒發覺，其實她家也是。亦或，家族解體這種說法只是媒體丟出的幻想，如果實際看個別情形，其實還有許多這樣的家庭健在？

他們根據車站前的指示板，和在書報攤買的地圖邁步出發。路線公車好像也會經過，但在陌生的土地還是徒步最保險。他們穿過繁華市區，車站前的景色無論在哪個城市都差不多。

「不過，對不起喔。」

在人行步道上穿梭的腳踏車很多。烤焦麵包走在英一身後。

「不能兩個人都缺席同好會，所以店子沒法來。」

「妳用不著在意。那傢伙不參加，不是因爲同好會。」

「是這樣嗎？」

也許是很驚訝，烤焦麵包特地繞到前面看著英一的臉。這時又有腳踏車過來，他們慌忙閃躲。

「今早，他老早就對我說了。他說他不會介入。」

店子自有一套古怪的道理。

——那樣子，對小花來說，才是正確的。

身後傳來烤焦麵包的咕噥，「那麼，我最好也不要介入？」

「那可不行，因爲我需要女生的情報網。」

「簡而言之，如果是我就可以只扮演小花的助手，但如果店子出面，就會喧賓奪主變成主角？」

「因爲那傢伙很聰明。」

「小花，沒想到你對店子抱有自卑的心結啊。」

這句話是笑著說出來的，所以英一刻意未做反應。

離開公車走的馬路，走進橫巷。四周全是公寓或樓房。步道消失，被護欄取代。腳踏車轉而行駛外側，所以烤焦麵包可以和他並肩同行。

「寺內，妳相信世上有鬼嗎？」

英一問。按照對話的走向來說，這眞是唐突的問題，但基本上，這個問題本來就是不管何時冒

註：Mossad，以色列情報機構，常搞綁架暗殺。

出，都很唐突的那種。

烤焦麵包只考慮了短短兩秒，然後回答，「我相信。」

也相信靈魂的存在和投胎轉世，她說。

「不只是好奇，妳是認眞這麼想嗎？」

「認眞面對這種事，又該是什麼作法？坐在椅子上抱頭苦思？或者該用什麼機器測量、記錄比較好？」

她回答得很尖銳。

「到頭來，說穿了，我認爲是**感覺**。是用心去感受。」

所以那不是科學，她繼續說，「不是科學，所以不見得人人身上都藏著同樣的**感覺**。但是，我相信自己內心的**感覺**。」

「妳該不會見過鬼吧？」

烤焦麵包一邊走路，一邊拚命搖頭，幾乎令人看花了眼，「沒有沒有，一次也沒有。只是看書看電視，聽朋友說起。」

「但是，卻能夠讓妳相信的**感覺**，到底是什麼？」

「因爲有太多非常寫實的故事。」

「編出來的故事才是最寫實的。電視台和小說家都是，否則就賺不到錢了。」

烤焦麵包又想了兩秒，接著笑了出來，「這下子立場顚倒了。通常，應該是接下這次調查的小花相信有鬼才對。」

「那可不見得，也可能是爲了否定而調查。」

哇，眞無趣，烤焦麵包對他報以噓聲。

「——基本上，無論是上次或這次，照片上都沒有拍到鬼。」英一繼續說，「所以，這個嚴格說來，也許不算是『靈異照片』。」

實際上，的確如此。拍出問題照片後過世的人有兩個以上。但是，拍攝當時大家都還是活人。

烤焦麵包也想了又想點頭同意，「所以店子才會說，那是『念寫』。」

人的心中想法與感情，反映在照片上了。

「也對啦，尤其是上次的事件。沒有透過相機。」

「啊？」

上次，英一爲了參考所看的書籍（是小閃的書），介紹了一些自明治時代到二十世紀末期轟動社會的「靈異照片」與「念寫」的實例。對英一來說，首先這個案件的歷史意外古老就令他吃了一驚，根據那上面的記載，「所謂的『念寫』，不需要相機。因爲會直接映現在玻璃乾板和底片上。」

「不需要相機？」

「在過去的例子中是這樣。」

「那種例子很多？」

「因爲在做實驗。」

在那種實驗中，映現出來的是文字和圖形。因爲人類的思緒和感情這種模糊抽象的東西，無法判定答案是否正確。

「是誰做的實驗？」

「科學家與文化人。」

烤焦麵包的大眼睛瞪得更大，「那，結論呢？」

英一搖頭，「算是非常接近黑色的灰色吧。」

那種著名的實例，正因多半時候都非常可疑，所以這個案例至今仍不上不下地擱置著，不時像是被想起似地掀起一陣熱潮。

「你是說疑似騙局？」

「對。」

烤焦麵包的表情就像一隻希望落空的小狗。眞無趣，她再次抱怨。不僅是無趣，好像還被搞迷糊了。

「喂，你再跟我說一次。靈異照片與念寫**完全**不同嗎？」

「不同。不過，也有人認爲，念寫也是靈魂的力量引起的現象。」

說到這裡上次的事件，須藤社長曾用「活人的生靈」來形容。

「但並非全部都適用那個解釋。所以，拍到像鬼魂一樣詭異的東西時，稱爲『鬼照片』比較精準。」

原來如此，烤焦麵包點點頭說。

「的確有些照片雖未拍到鬼魂，但也很不可思議，這次的就屬於這類。」

「看吧。如果一概稱之爲『靈異照片』，會搞混的。」

烤焦麵包把右掌伸到臉前，

「鬼照片，雖未拍到鬼魂卻很不可思議的照片，以及念寫。」

她彎起三根手指，頗爲迷惘。

「第二個和第三個不是一樣嗎？」

「不能混爲一談。因爲不可思議的照片之中，也有的並未拍到怪東西，而是該拍到的東西沒出現。」

比方說一群人合拍紀念照，唯有一個人的臉消失，或者唯有腳的地方消失。

「另外，也有拍到的手腳比照片上的人數還多的例子。」

這樣啊——烤焦麵包低喃，稍做思考後，一把握住全部手指，然後啪啪拍手。這丫頭八成是那種玩拼圖碰到瓶頸時，索性全部攪得亂七八糟的人。

「所以，如果按照你說的那個分類方式，這次算是念寫嘍。我也贊成店子的說法。」

「現在還不能確定。」

也許是足立文彥的騙局。

「不過，話說回來，店子非常有自信耶。當場就下斷語。」

店子不像小閃那樣博覽群書，嗜好也很偏頗，但他也很愛看書，在雜學方面也很強。所以，

「那小子也許早就知道。」

「知道什麼？」

「『觀念是生物』。」

烤焦麵包當下止步，四下張望。

「沒人警告我一下嗎？那邊的紅鞋女孩，不能跟怪人先生走喔。」

聽她這麼一說，英一仔細一看，今天烤焦麵包的球鞋是紅色的。

英一不禁笑了，「所以，意思是說觀念——人們心中所想，無論是思考或感情本身就是像生物一樣的能量，所以才會映現在乾板或底片上。」

「這是店子的見解？」

「是福來博士（註）這位明治時代的學者提倡的理論，或者稱之為假說或學說。」

說到我國的靈異科學研究者，首先想到的就是這位舊東京帝國大學的心理學教授。

原來是現學現賣啊，烤焦麵包吐槽，「小花也贊成這個說法？」

「算是參考意見吧。」

「那，歸根究柢為什麼——」

這次是英一停下腳步。烤焦麵包的問題也被中途打斷。

「依照地址，就在這一帶。」

他們聊得太起勁，差點走過頭。

面向單行道的窄徑，是成排的中等規模公寓和住宅，也有投幣式停車場。前方不遠處可以看見板金塗裝公司的招牌，但貌似工廠的建築頂多只有那個。

不過，他們還是與手上的地圖和抄的地址比對，確定地點沒錯。

河合精鋼有限公司的舊址，現在蓋起了綜合大樓。畫出時髦弧形的白色外牆極爲醒目，是三層樓房。一樓開牙科診所，二樓是補習班，三樓掛著洋文的公司招牌。

建築物旁，有附設的停車場，面積還不小。河合精鋼破產時，想必用這塊土地便得以還清負債。失意的河合一家，至少不用背負著債務搬家吧。

「我事前想像過小工廠林立的景色，結果不一樣耶。」

「以前或許是那樣。可能是漸漸拆除，相繼改建爲住宅與公寓吧。」

因爲現在不景氣嘛，英一說。破產或結束營業的，不只是河合精鋼。

一樓的牙科診所今天公休。二樓的補習班似乎也距離上課時間還早，腳踏車停車場只有一輛淑女腳踏車。

建於東京奧運那年、擁有長長緣廊的傳統木造家屋，早已無跡可尋。只能確認：啊啊，位置就是這裡吧。

但英一還是想親自來一趟。走一走，說不定又會撞上棒子。就算沒撞見，哪怕只是爲了確認撞不上，他也想來。

烤焦麵包把雙手放到嘴邊，哈地吹口氣。氣息是白的。

「好冷喔。」

註：福來友吉（西元一八六九～一九五二）著有《透視與念寫》、《觀念是生物》等多本著作，爲日本研究靈異現象的先驅。

一直站著不動幾乎要凍僵了。

「繞著這區走一圈，就離開吧。」

那年處於幸福絕頂的公惠與文彥，想必也曾相依相偎走過這條路。現在與烤焦麵包默默走著，英一察覺，啊啊，我想來這裡，原來是爲了這個。什麼都行，不只是照片上拍到的東西，他也想要可以親手觸摸、親腳踩踏的東西。如果用烤焦麵包的說法，是爲了抓住**感覺**。

「調查上次那張照片時，我也去那戶人家燒毀的舊址看過。」

然後，才靈機一動，想到去拜託須藤社長，但成果不僅如此。因爲當他站在三田家的舊址時，他感覺到了。那張照片不是憑空捏造，而是擷取過去的一瞬間、確實存在過的眞實紀錄。

他覺得，哪怕照片上出現了詭異現象，那同樣也是過去的一部分。

彎過這一區的拐角有間便利商店。雖是老舊的小型便利商店，但也賣酒，所以英一猜想也許是本地的酒鋪轉業經營的，不由心中一動。直到兩年前，在這附近還有河合精鋼這麼一間小工廠，請問你知道嗎？不如這樣問問看吧。但是，推門進入店內一看，站在收銀台的是與英一同年代的褐髮年輕人，毫不掩飾臉上的慵懶倦怠，所以英一只買了罐裝咖啡就出來了。

「好燙～」

烤焦麵包一邊把罐裝咖啡在手心來回轉動，一邊走路。

「上次，問題照片是小暮先生沖洗的，所以我才會去調查。因爲我認爲身爲那棟房子的現任住戶，或許多少也有點責任。」

他是在答覆剛才中斷的那個問題。英一這麼一說，烤焦麵包差點把罐裝咖啡摔下地。

「這次是因爲田部女士很恐怖，所以我才會接下委託，或者說，聽從她的命令。我的立場就是這樣。」

「你是說，沒有你個人的感慨與目的。」

「嗯。」

這是個雖非謊言、但也不算全然眞實的「嗯」。不過，哪個部分是謊言、哪個部分是眞話，連英一自己也無法分辨。

英一個人的感慨與目的中，有風子存在。但是，爲何存在，他無法用言語說明——要說是辯解也行。換言之，那表示他內心尚未理清思緒。

或許正因爲尚未理清，英一才會無法推拒這次這樣的委託。

也許是看穿英一這聲「嗯」的不清不楚，烤焦麵包別有意味地斜眼瞄他。要她視若無睹，相當困難就像心裡在比腕力。

然而烤焦麵包突然結束心裡的腕力比賽。

「好吧。」她說，「我呢，偶然碰上也許能夠親身體驗奇妙事件的機會，於是決定毛遂自薦當助手。就這樣。」

「不過，也不是那麼可怕的照片啦。」

「其實我很膽小，這樣剛剛好。」

噢？妳膽子小嗎？英一斜眼覷著烤焦麵包的黝黑臉孔。

「那我跟妳說個ＳＴ不動產的須藤社長的親身體驗。」

把貼在公寓窗框上的長髮女子的故事告訴烤焦麵包後，她邊走邊靈活地發抖。就像燒燙的鐵皮屋頂上的貓，連步伐都是用跳的。

「匪夷所思！為什麼經歷了那種事，還能若無其事？」

「因為房屋仲介就是靠那個賺錢吃飯。」

「我做不到！絕對做不到！幸好我是甜品店的繼承人。」

「如果將來打算開分店，那妳還是得到處去看空店面喔。」

「我才不會。我絕對不做那種事，我家只要有一間總店就夠了！」

回程的電車上，聊起寺內甜品店的事。以前本來是賣日式點心，現在也依舊會應老主顧的要求做些生鮮甜點和乾甜點送貨給對方，這種老主顧通常是寺廟。

「日式點心店只要能拉攏到好寺廟當主顧就行了。」

所謂的好寺廟，指的是擁有許多信徒，經常做法事的寺廟。

「那麼，葬儀社也是？」

「嗯。不過，這年頭的葬儀社，都有所謂的殯儀廳對吧？變成那種形式後，就不像以前那麼需要日式點心了。祭壇有時候擺的供品都是假的，如果死者是小朋友或年輕人時，有時供品也會改用西式點心。」

據說他們會根據往生者的喜好做選擇。

風子那時是怎樣呢？英一暗想。四歲女童的祭壇擺的是什麼供品呢？

想不起來，他的腦海浮現的只有遺照。那是她死前不久，在動物園，英一替她拍下的照片。哥哥幫我拍幫我拍，當時她一直這麼吵著。

——哥哥幫風子拍。

風子一邊吃吃笑，在英一按下兩次快門的期間，一直扭扭捏捏很害臊。可是，偏又人小鬼大地想擺姿勢。那天大人給她穿了她最心愛的小洋裝，她很開心。

「——那樣做。」

烤焦麵包的敘述令英一猛然回神，才發現電車已放慢速度，接近英一該下車的車站了。

突然間，電車緊急煞車。

整個車廂發出傾軋的悲鳴，拉著吊環的乘客全都往前衝。身體靠著門邊扶手的英一情急之間用力站穩雙腳，但只是把手搭在旁邊扶手上的烤焦麵包，幾乎像要跳水般彈到走道上。

電車緊急停車。猛烈的後座力，甚至令某些乘客摔倒。東西也從上方的行李架滑落，響起某人一頭撞上扶手的鈍響。

「妳、妳不要緊吧？」

就坐在摔倒的烤焦麵包身旁的大嬸把烤焦麵包扶起來。大嬸本來放在膝上的大皮包，已飛到一公尺外。

「不要緊，不好意思。」

從地上爬起的烤焦麵包，臉色慘白地緊抓住跑過來的英一。

「這是什麼聲音？」

兩人待的是靠近車頭前方的車廂，從窗外可以看見月台，只見站務員快步跑過。月台上的人都在朝電車前方張望。刺耳的警鈴聲幾乎刺破耳朵，不是電車內部響起的，是在月台上。

車上乘客約有五成，所以車內的人很快都已重新站好。大家都貼到車窗邊。

有人跳月台自殺喔，某人喊道。此話一出引得眾人紛紛擠到車廂前方的窗口，也有些人嚇得往後退。窗邊出現人牆，座椅空出一大片。

英一替好心的大嬸撿起皮包還給她後，對烤焦麵包說，「我去看看情況。」

烤焦麵包拽住英一的手臂。

「不要，你別去啦！」

「小妹妹，妳在這裡坐好。」大嬸拉扯烤焦麵包的袖子，「妳的膝蓋流血了。」

頭一節車廂的前方窗口，可以看到駕駛座。司機早已到月台上去了。英一鑽進堵在小窗口的上班族及看似大學生的乘客縫隙之間，好不容易瞥向前方時，當下屏息。

鐵軌上有張熟面孔。雖只是側臉，而且頭髮凌亂，但絕對不會錯。

幸好，不是倒臥不起。那人已被兩名站務員從兩邊抱著站起來——但立刻軟綿綿地又要跪下。站務員慌忙撐住那人的身體。連聲催人拿擔架的吼叫，隔著玻璃響起。

那張側臉是ST不動產唯一一名女事務員，密斯垣本。英一不知道她的全名。總之，就是毒舌加邪眼、完全喪失社會人的資格，所以博得密斯垣本稱號的那個人。

不知是看了不忍心還是感到棘手，其中一名站務員索性把她揹起。沿著鐵軌步伐謹慎地朝前方邁步走出。密斯垣本雖然環住站務員的脖子，雙腿卻頹然垂落。她沒穿鞋。

警鈴停止了。

「那個是月台的緊急停車按鈕。」

身邊的上班族如此告訴同伴。英一想起，裝在月台柱子上看似小鳥巢箱的黃色箱子，以及紅色的大按鈕。

「我這已是第二次目擊了。之前也發生過，是一個阿伯的帽子被風吹到鐵軌上。」

「那個女人是自己跳下鐵軌的嗎？」

好奇的眼神，朝著趴在站務員背上的密斯垣本刺去。那女人沒穿大衣，身上只有一件淺色洋裝，再仔細一看連襪子都沒穿。她居然光著腳。

「可能不是自殺吧，否則電車應該無法及時煞車。」

啊，幸好幸好。說到這裡，我們是不是暫時無法下車？傷腦筋耶，說這話的人拉開大衣前襟取出手機。留神一看，周遭的人全都拿著手機。英一身後穿皮夾克的年輕人，甚至把手機舉向窗口，拍攝正以慢得令人不耐煩的速度逐漸遠去的站務員與密斯垣本。

一瞬間，英一火冒三丈。

你拍個屁啊！

英一舉起拳頭準備打落那人的手機。就在那一刻，烤焦麵包喊住他。

「小花！」

烤焦麵包似乎看出來了。英一怒瞪皮夾克混蛋，曲起手肘像電車頂上的導電弓一樣擠開那傢伙，回到烤焦麵包的身邊。

烤焦麵包的臉色還沒恢復正常。膚色黑到這種地步，面無血色時，原來會變成青黑色啊，英一很失禮地暗想。怒氣頓時消失。
「是跳軌自殺嗎？」好心的大嬸問。她正在皮包裡面翻來翻去。
「不是，好像有人從月台掉下來。」
是意外吧，他咕噥，坐下之後，才發覺心臟撲通撲通跳得好快，說不定和烤焦麵包一樣臉色發青。
「不過，人平安無事。已經被站務員揹走了。」
「那就好。找到了！」
大嬸自皮包取出一個塞得鼓鼓的化妝包，從裡面抽出幾片OK繃，遞給烤焦麵包。
「謝謝。」
「沒事沒事。」大嬸接著又取出手機，開始匆匆打電話。
烤焦麵包接下OK繃，呆然坐著。她的手還在抖。
「不行啦，你不能在這種節骨眼打陌生人。」她連斥責的聲音都在顫抖，「雖然我能理解你的心情。」
車廂前方，剛才那個皮夾克混蛋想必正在傳送他拍到的照片吧，只見他專注地操作手機。
「妳怎麼知道？」
「因爲你的表情超級凶暴。」
我今天撞見小花的黑暗面了，她說。太誇張了。
「我幫妳貼吧。」

烤焦麵包的手實在抖得太厲害，連ＯＫ繃都無法固定。

「拜託，我沒事啦。我自己會貼。」

大嬸似乎正在和家人講電話。也許是想親眼看看狀況加以說明，她站起來朝窗邊走去。

英一放低音量，或者該說，頭一低，聲音就不小心從嘴巴掉出來。

「——那是我認識的人。」

「啊啊，難怪那個大嬸這麼親切。」

烤焦麵包，妳振作點好嗎？

「我是說鐵軌上的女人。就是我剛剛才提到的ＳＴ不動產的員工，那個姓垣本的事務員。」

烤焦麵包的顫抖止住了。好像倏然凍結。她猛地凝視英一，然後轉過頭看皮夾克混蛋。那人手上抓著手機，還貼在窗口。來電鈴聲響起。他喜孜孜地接起，邊笑邊開始講電話。

「寺內千春現在收回前言。」

「啥？」

「那個混蛋，你揍他沒關係。」

烤焦麵包握緊拳頭。我看妳才是黑暗面全開吧。

「省省吧。仔細想想，我和她之間沒有那種交情，讓我必須做到那種地步。」

「可是那個事務員小姐幫過你吧？」

「她沒幫過我，只有被她當傻瓜諷刺過。」

烤焦麵包訝異地皺眉。這是當然的。要對一個不認識密斯垣本的人，說明密斯垣本是高難度任務。她就像幽浮，不管怎麼形容聽起來都像是假的。

「社長先生一定是個好人吧？」

「我懷疑他有把柄落在垣本手裡。」

該不會是社長把密斯垣本推下月台吧，英一在一瞬間暗忖。

「垣本小姐是那種人？」

「至少絕不是會跳軌自殺的人。硬要說的話，她比較像是只因爲自己心情不好，一肚子火氣，就把站在她前面的人一腳踢下月台的那種人。」

小花——烤焦麵包說著瞇起眼，「你說得太過分了。」

「這是事實。」

雖然嘴上辯解，英一卻無法自腦中抹去剛才的影像。被站務員揹著，頹然垂落的雪白雙腿。那果然不是尋常小事。

窗外，傳來救護車的警笛。

後來他們又等了十五分鐘左右，電車終於停靠到月台，車門開啓。英一沒下車，因爲他決定送烤焦麵包回家。雖然她說自己回去沒問題，但英一說妳看起來一點也不像沒問題，硬是護送到底。

若要說眞心話，其實是英一不想自己獨處。

5

等待女情報員傳回情報的期間，英一每天都去慢跑同好會跑步，打發放學後的時間。以前他每週只跑一三五，所以大家都問他，是否現在心境上有什麼變化。尤其是橋口特別囉唆。

「我個人是有個推測啦。」

「我可不是因為新年初跑會最後一名，才發憤圖強。那時是因為我忙著救助傷兵。」

「不是啦，我是在想，花菱同學該不會是在等其他同好會的活動結束。」

為什麼愈是聰明人，愈喜歡兜圈子說話呢。

「我幹嘛非得那樣做不可？」

「應該是為了跟某人一起回家吧，我猜。」

「我和店子家是反方向。」

英一說完才恍然大悟。看到橋口的臉才恍然大悟。

「那應該不是我，而是你自己打的算盤吧。」

每天在校園暖身時，都會聽見輕音樂同好會正在合音。原來是這種時間點。

「如果你不便開口，我可以幫你說：寺內，煩惱自己膚色天生白皙的橋口同學，想跟妳一起放學回家。」

「不必。」

雖然像曬衣竿一樣搖搖晃晃，橋口的語氣倒是毅然決然。

「這種重要的事情如果不自己說，無法培養個人實力。」

「那，你好好加油。」

英一拖延返家時間，是爲了防止自己在回家的路上一時鬼迷心竅，跑去ST不動產。在同好會盡情跑步，在社團教室和大家東拉西扯地閒聊，再去便利商店逛一逛才回家的話，到家已是晚餐時間。就可以不用胡思亂想了。

花菱家有條家規，除非有特殊原因，否則未成年者每天都得回家吃晚飯。哪怕是回來得晚了，也一定得看著爸媽的臉吃晚飯。

爲了謹愼起見，必須附帶聲明，這年頭，這種家庭也是少數派。不僅如此，小孩擅自在外打發晚餐的情形也並不罕見，即便如此也不會被父母責罵的同學，英一身邊有一大堆。

英一的父母的確有些地方異於常人，但在這方面倒是管教得很嚴格。不只是對英一一個人嚴格，

「你可不能給小閃做壞榜樣。」

說來還有這樣的理由。

英一自己也覺得每晚都靠家庭連鎖餐廳或便利商店和速食店打發很乏味，他敬謝不敏，所以這條家規不成問題。但，這次他再度感到烤焦麵包說得沒錯，也許我家眞的意外地像樣。

寺內家也很像樣。

把烤焦麵包送到家時，正好寺內媽媽買東西回來，在玄關前撞個正著。寺內媽媽大驚失色，感激得超乎必要——哪裡，其實我根本沒做什麼——不久，寺內爸爸也拋下甜品店飛奔回來，進屋喝

杯茶再走嘛，不，還是留下來一起吃晚飯吧，千春，妳也不要愣在那裡呀，哎呀，這樣嗎？你還是要走啊，那至少帶上這個，算是我們一點心意——說著，把一包日式點心塞到英一手裡。

返家交給京子時，英一解釋，這是那個寺內同學拜託他試吃新產品。當然是隨口瞎掰的，但那種點心是用微帶苦澀的可可粉取代黃豆粉沾裹蕨餅（註），的確是新鮮貨。

「眞好吃。記得幫我跟寺內同學說一聲喔。」

我們家也該還個謝禮才對。不用，沒關係吧——英一本以爲沒事了，結果他顯然太天眞。翌日一大早寺內媽媽就打電話到花菱家，她那異常客氣的道謝之詞，令上班前正兵慌馬亂之際、匆匆接到電話的花菱媽陷入混亂，害得英一午休時間查閱手機簡訊時，

「小花，昨天，聽說你揹著受傷的寺內同學送她回家？」

看到這則內容時英一下巴都掉了。

切記切記，情報之說，通常乃錯誤消息。英一覺得孫子兵法上似乎有這條。

因爲有點害羞，再加上河合學姐的情報尚未傳來前，也沒事可做，所以那一星期，英一沒有特別去找烤焦麵包。

在校內，當然會偶爾撞見。有一次是她正在走廊上與橋口聊天說笑（然後，當她看到英一便舉手打招呼。橋口在烤焦麵包的腦袋後面，揮手示意他走開。英一認爲他的個人實力培養方式顯然有誤），也曾看到她和新年初跑會那天在車站遇見的那群生女走在一起。那時是近距離擦身而過，可

註：以澱粉和水、糖做成的日式點心。傳統作法是從蕨類取得澱粉，因此得名。

是烤焦麵包卻故意對他視若無睹。反倒是那群女生的視線，就像韻律體操的選手用的那種輕飄飄彩帶團團纏繞過來。如果不是被害妄想，那麼那些女生想必正拿他當話題。

雖不知是什麼話題，但是英一知道，對於那次電車**意外**不可能不在意的烤焦麵包，除非英一主動提起，否則以她的個性，絕對不可能先問，喂喂，ＳＴ不動產的事務員，後來怎麼樣了？

週六下午，英一決定也去同好會，好好跑一場。這天是小閃固定得去美術社和英文會話班連趕兩場的日子。本來往常都是京子負責接送，

「反正順路，回程我去接小閃就行了。」

在距離朋友學園小學部校舍走路只需十分鐘的英文會話班接到小閃，是下午六點過後。上了電車，離他們下車還剩一站時，只見某張天庭飽滿的熟面孔鑽進同一節車廂。

是ＳＴ不動產的須藤社長。他穿西裝打領帶，手上拎著公事包。房屋仲介商連週六、週日也不得休息。

枉費我特地避開。爲什麼哪不好遇，偏偏又在這裡遇上呢。既然遇上了，一定會想開口問嘛。這班電車該不會被惡魔附身了吧。

「咦，花菱同學。」

他遲了一拍才發現還有小閃，莞爾一笑。雖已是高齡四十二的道地大叔，一笑起來就宛如嬰兒。

小閃正在專心玩他在英文會話班拿到的英文填字遊戲。英一湊到社長身邊，並肩抓著吊環，壓低嗓門。

「關於上週五的事。」

須藤社長是高個子，他彎腰駝背地附耳過來，「嗯？」

「電車在我們那一站發生緊急停車的騷動，你知道吧？」

社長的眼骨碌一轉，看著英一。此人的臉蛋看起來天真無邪，是因爲年紀雖大眼白卻很乾淨。沒有泛黃渾濁。像雞蛋的蛋白一樣。說到這裡，他那寬闊的額頭也像水煮蛋一樣光滑。

「我當時就在那班電車上。」

社長緩緩眨了一下眼。

「我親眼目擊到了。」

是喔，社長小聲說，「你當時沒受傷？」

「我朋友摔倒了，膝蓋擦破皮。」

「是嗎？給你們添麻煩了，對不起。」

如此說來，那個人果然是密斯垣本。

社長提防著小閃的耳朵，「明天，偷偷來我公司一下好嗎？啊，你爸媽知道這件事嗎？」

「我沒說。」

「那就你一個人來。」說完，他把音量壓低到幾乎等同呼氣，「她現在請假沒上班。」

但，我不希望她就這樣放棄工作，社長說。

房屋仲介商在週六、週日營業，在週三公休，是因爲週六、週日有客人。可是，爲何ＳＴ不動產卻這麼清閒呢？望著垂頭喪氣的蝴蝶蘭在空調中搖晃，英一再次深思。

須藤社長身邊，除了密斯垣本以外，還有兩名部下。一個是比社長年長的大叔，好像是負責跑業務和做會計。另一個是打工的青年，並非隨時都在。在的時候多半在清掃，可能是工友吧。

今天兩人都不在，社長自己倒了不熱的茶給英一。

「眞是的，惹出這種麻煩。」社長如此開口。

「我倒是沒被麻煩到，社長才是傷腦筋的人吧。」

JR該不會以使用者負責的名義，請求賠償之類的——英一是這麼想才發言，但社長的反應是另一回事。

「嗯，還好啦。垣本小姐沒有家人，所以也只能靠我們照顧。」

不過，醫院那邊還是得靠我太太，社長說：

「如果我去，不僅幫不上忙，一不小心還會變成性騷擾。」

比起擔心那個，

「她還是得住院才行嗎？傷得很嚴重嗎？」

「不不不。」社長急忙搖頭，「幸好，她並沒有眞的受到什麼傷。只是營養失調。」

英一不解其意。也許是發現他的困惑，社長淺淺一笑。

「對不起，你一定莫名其妙吧。簡而言之，她在公司放假期間，好像一直沒吃東西。」

歲末年初ST不動產也放假，從十二月二十八日休息到一月五日。

「過完年，垣本小姐在六日打電話來，說她感冒了，還要再請幾天假。我就說，行啊，妳好好養病。」

其實那時，密斯垣本好像就已因多日絕食，動彈不得了。

是我太輕率了，社長撫摸他那髮線後退的寬闊額頭。

「那時，我應該立刻去看她才對。她住得又不遠。」

社長說密斯垣本住在新田三丁目。是隔壁一站的社區。

「因爲在過年，我和我太太也掉以輕心了。又有很多事要忙……」

哎，事後再說什麼，也於事無補了，他說著啪地拍額頭。

英一還是聽得一頭霧水，「換句話說，垣本小姐這個人，只要一不盯緊她，就會陷入這種危險狀態嗎？」

而且須藤社長夫妻都很清楚這件事。

社長點點頭，「因爲以前也發生過類似的情形。」

「她幹嘛不吃東西？」

「她說太麻煩。」

問她本人，

——人類只要喝水就不會死。

她是這麼說的。

「所以才會營養失調？」

難怪渾身虛脫。

「不過，現在已經恢復活力了。她已經出院，目前在公寓靜養。」

一個最根本的疑問湧上心頭，那個毒舌邪眼女爲什麼會變成那樣？

「垣本小姐她——」

「順子。垣本順子小姐。」

「她到底是什麼樣的人？她那是自殺未遂嗎？」

社長漫聲沉吟，環抱雙臂。從那個角度，他寬闊的額頭會反射天花板的日光燈。

「該怎麼說呢。基本上，她自己有沒有自覺都是個疑問。」

「在毫無自覺下會做出那種事？」

「因爲她當時吃了很多藥，甚至必須洗胃。」

愈來愈複雜了。

「是什麼憂鬱症的藥嗎？」

撇開有無那種充滿攻擊性的憂鬱症不談，因爲頭一個浮現腦海的就是這個病名，所以英一這麼問。

「不，是安眠藥或精神鎮定劑之類的。」

據說是醫生開的處方藥。附帶一提，據說她以前也曾因服藥過量發生過**意外**。

「關於那天的事，她自己交代得很清楚。」

她原本在公寓睡覺，結果夢到電車。於是忽然間，很想很想很想從正面看著電車駛近，最後再也忍不住。便跑去車站，走到月台最前端，翻越柵欄從安檢用的台階走下鐵軌。

「被站務員看到會挨罵，對吧？所以她說她蹲低身子躲到月台底下。結果，月台底下又是油污又是泥巴的，很骯髒。」

於是她就脫下大衣，脫下鞋子，連襪子也脫掉，折得整整齊齊地放在月台邊上。

「接著，她說看到電車遠遠出現，就鑽出來，走到鐵軌中央。」

然後月台上的人發現她，就急忙按下緊急停車按鈕了。

「這聽起來很合理吧。」

這是天真無邪地被說服的場合嗎？

「一點也不合理，一點也不正常。如果站在奔馳而來的電車正面，會有什麼後果，連小學生都知道。」

「她說那時她一點也不怕。她打算等電車快要撞上時，再趕緊躲到旁邊。」

就算是ＣＩＡ或ＮＳＡ的幹練情報人員恐怕也做不到吧。除非是超人才躲得開，而且還得是在狀態絕佳時。

「不過，話說回來，絕食超過一星期，虧她還能走到車站。」

「這個嘛，據說她決定去車站時，稍微吃了一點東西。好像是甜麵包，另外也喝了提神飲料。難怪她走得動。」

社長的兩眼發亮，八成又往錯誤的方向奔去地恍然大悟。

「我個人是有個推測啦。」

英一試著借用橋口的說法。

「通常如果聽到那麼荒唐的說法，應該會認為那只是事後的狡辯，簡而言之，你不覺得垣本小姐是企圖跳軌自殺，才會去車站？」

社長用非常誠實、天眞無邪的眼神點點頭，「嗯。」

英一還來不及跌倒，首先感到的是無力。

「你還好意思『**嗯**』！」

「可是，那個。」

須藤社長一臉正經，是嬰兒的正經。英一在小閃身上就已體驗過，嬰兒這種生物，有時候會露出好像在思考什麼深奧哲學的深遠目光，浮現嚴肅的表情。現在社長的表情正是如此。

「照道理應該先尊重當事人的說法才對吧。難不成非要逼問她說，不對，妳在說謊，其實妳本來想自殺吧？這樣有什麼好處？」

被社長這麼一說，英一也很為難。

「可是，還是有必要斥責她吧。」

「當然有，況且她還是我雇用的員工呢。我罵她不可以做出想從正面眺望電車奔馳而來這種幼稚的行為，不吃飯也是對身體不好的行為。」

英一這時才察覺。這個人該不會是個與我家爸媽不相上下的怪胎？

但，社長的下一句話推翻了他這個想法。

「如果我隨便使用『自殺』或『死掉』這種字眼地驚慌失措，我認為垣本小姐一定會以為我就是這麼看待她的行動。啊，原來這看起來像自殺未遂啊，這樣做就對了。」

我也不太會形容，社長說完，額頭發亮。

「所以，我和內人商量之後，我們決定不管發生什麼事，不管她做了什麼，都不要往那個方向解釋。如果垣本小姐找藉口，那我們就全盤接受那個藉口，跟她說不可以做那麼危險的事喔，那樣處理就好了。」

我們夫妻沒發現，也不認爲妳想死喔。雖然妳是個麻煩又危險的人，但**僅止於此**。

英一在思考。因爲不由自主抱頭苦思，所以如果按照烤焦麵包的說法，是認眞思考。然後，雖然社長的確形容得不太好，但是可以理解社長的言下之意，而且也開始覺得社長是對的。

他的臉孔漸漸扭曲。好沉重，這太沉重了。

「那個人多大年紀？」

「馬上就滿二十三歲了，這個月三十一日就是生日。」

如果她的身家背景眞如履歷表上所寫的話，社長說。

「有什麼……呃，讓社長與夫人非接納她不可的理由嗎？」

就算說有把柄在她手裡是開玩笑，英一還是懷疑比方說他們是否有血緣關係。

但，社長爽快回答，「因爲我雇用了她。」

在這方面也**僅止於此**嗎？

垣本順子是在大約一年前，看到窗上張貼的「徵求事務員」的紙條，來到ＳＴ不動產。

「她的履歷表上的字跡很漂亮，回答問題也中規中矩，給人的感覺不錯，所以我當下就決定雇用她了。」

別問未成年人，此舉是否太輕率。

「因爲我老爸以前告訴我，雇用女性時看她寫字就對了。只要字跡漂亮，選那個人就絕不會錯。」

就連孫子或馬基維利都會犯錯，所以上一代須藤社長的教誨也不可能完全正確。

「那，對於她的事情，社長你了解多少？你說過她沒有家人。」

「那也是她自己說的。」

她說，父母在她高中時車禍身亡。她寄住在親戚家直到成年。

「她的老家在哪裡？」

「她的本籍在埼玉縣。」

「就只有這樣？」

「她自己都已經說沒有家人了，所以自然也沒必要再追問。」

英一不由得碰地拍桌，「現在不就有必要了嗎！垣本小姐變成這種狀態，應該通知某人才對吧？」

須藤社長的表情變了。不是勃然大怒。是那種反而令英一嚇得往後縮、彷彿看見什麼可愛漂亮之物的眼神。

「你說的某人是指誰？」

「就算她父母不在了，起碼也有親戚之類的吧。」

「不見得有喔。」

「可是——」

「這世上，也有人沒那麼幸福喔，英一。」

不知爲何，英一想起烤焦麵包的聲音。我被欺負時，我媽也陪我一起哭了，我爸很生氣。他覺得好像連那個想法都被看穿了，急忙眨眼。

「所以社長和夫人才會主動照顧她嗎？」

社長宛如被人安撫的嬰兒一樣笑了，「也不是每次。垣本小姐大致說來也是個正常工作的年輕女性，只是有時候有點脫線罷了。」

況且，外人畢竟還是不行，社長忽然轉爲反省的語氣。

「縱使自認有多麼擔心她，只要自己有點忙碌，有點開心，有點喝醉，就會把她拋到腦後。這次也是這樣。我和內人都忘了垣本小姐。漫長的新年假期當中，她一個人是怎麼過的，我們都沒想過。」

那種事——英一拔尖嗓音，「那種事，身爲外人是理所當然的反應。」

「對，理所當然。所以才說外人不行。」

自家人無法依靠，外人又不行。那她到底該怎麼辦？

社長倏然語氣一轉，「你說的那個受傷的朋友，是店子同學？」

「不，是女生。」

頓時，嬰兒臉閃閃發光。額頭亮得刺眼。

「咦！花菱同學的女朋友啊。」

才不是！雖然英一當下如此否認，

「那就更加對不起你了。讓你的女朋友受傷，難怪你會生氣。」

「就跟你說不是什麼女朋友！」

「但你特地聲明是女生吧，那就表示別有涵義嘛。」

原來如此，原來如此，社長自顧自地開心起來。他保持那張笑臉，繼續說道，「其實，上次的靈異照片騷動時，垣本小姐居然會主動跟你們說話，讓我大吃一驚，也很高興。我心想，噢，這是個好傾向。」

意思是說，到頭來，還是只能靠她自己努力嗎？社長是這麼期望的嗎？

「雖然她向來嘴巴惡毒，眼神惡毒，態度也很惡毒，但她肯主動和別人接觸，這眞的是非常少見的情形。通常，她就算在客人面前也照樣板著臉。」

的確，英一之前以客人的身分來這裡時，不記得曾與垣本順子說過話。

「這一年來看著垣本小姐，我經常會想，」

社長環抱雙臂微微嘆氣：

「她會變得那樣充滿攻擊性，其實是在害怕。她認定與人接觸時，如果自己不擺出強硬姿態，就會立刻遭到攻擊。在被人傷害之前，她想先發制人去傷害別人。也許她長到這麼大，只懂得這種人際關係。」

英一覺得很難對社長感慨萬千的述懷產生共鳴，但是他也在想，烤焦麵包說自己「其實很膽小」時的情景。窗框上的女人那個故事，垣本順子可以面不改色地坦然敘述，烤焦麵包卻打從內心嚇得發抖。

密斯垣本害怕的是活人，烤焦麵包怕的是鬼。但，即便是烤焦麵包，想必也曾在活人身上有過可怕的體驗。

因爲，以前她在學校被欺負過。

「我本來以爲，如果能和你與店子這樣的年輕人結爲朋友，她應該也會振作起來。垣本小姐自己應該也是有這種正面的想法，才會主動跟你們說話。」

可是，她卻說有夠白痴，還露出那種傷人的憎恨目光。

與其被人討厭，不如自己先讓人討厭？

「等垣本小姐回到這裡，請你在她面前假裝什麼事都沒發生過。」

「那樣做眞的好嗎？」

「那樣就好。我和內人都認爲，不要驚慌最重要。」

所以，哪怕是荒唐的藉口，也要照單全收。

「重點在於保持平常心，平常心。」

說不定這位須藤社長和夫人是非常了不起的人，英一開始這麼覺得。該說他們很成熟嗎？

一般人絕對無法這樣，我就做不到。

一旦得知那種內情——應該說，早在撞見那頹然垂落的雪白雙腿時，今後就算密斯垣本再說什麼氣人的話，恐怕都難以毫不留情地反擊。因爲如鯁在喉。

正當英一想回答我做不到之際，手機在貼身暗袋震動。是烤焦麵包傳來的簡訊。

「名冊，到手了！」

寺內喜歡看《神奇寶貝》嗎？

英一這邊也很忙。他覺得算了，無所謂。重點在於只需應付眼前這一刻，以後只要逃開就對了。他死也不會再來這間ＳＴ不動產。

「我知道了。」英一回答。

6

為了該由誰打電話，英一與烤焦麵包起了一點爭執。

「人家是助手耶，是華生。怎麼可以搶主角的風頭？」

「我什麼時候變成福爾摩斯了。」

「有什麼關係，只不過打個電話。」

「那妳就去打呀。」

「怎麼，你害羞了？和年長的女人講話會不好意思？」

上次調查那張照片時，你不是一個人去見那個山埜理惠子小姐嗎？她說。

「那是已經到了最尾聲，而且又是遠在地球大氣層外的大姊姊。」

「哎喲，這次就不是大氣層外？只大你十歲的話，你就可以接受？」

離題扯遠了。

「妳換成自己的立場想想看嘛。假設有個陌生男人突然打電話給妳，說要跟妳談妳的照片，妳會做何感想？」

搞不好會以爲是偷拍吧。

「小花又還不是男人，是男生。」

烤焦麵包嗤之以鼻，

「來猜拳。」

既然要猜拳，那就三次定勝負。

英一三連敗。他覺得非常沒天理。

三雲高附近，奇蹟般地還有公共電話亭倖存，位在通學路線之外的兒童公園內。他們決定在那裡打電話。

時間是週日下午四點。現在的河合公惠即便有工作，星期天這個時間在家的可能性也極高。換言之，一通電話就找到人的機率很高。英一像要挑戰空手潛水世界紀錄的潛手選手般，動用整個身體做了好幾次深呼吸後，才拿起話筒。

是橫濱市內的區碼。住址末尾有房間號碼，所以應該是公寓或大樓。現在也一家三口同住嗎？或者是河合學姐一個人獨居？以她父親的那種狀態，她應該不會離開父母身邊吧。

嘟聲響了兩次。

「喂？這裡是河合家。」

英一不確定自己之前預想的是哪種聲音，但，傳來的是個比任何想像都遠遠更加可愛的女聲。

英一把話筒塞給烤焦麵包，然後迅速地衝到電話亭外。烤焦麵包踉蹌不穩地向後仰，話筒連接的電話線，猛然拉直。

她瞪大眼睛，

（沒種的傢伙！）

她像宗教法庭審問異教徒的法官那樣譴責他，然後才轉身面對電話，發出判若兩人的成熟聲音。

「對不起，冒昧打這通電話。我是都立三雲高中的學生，名叫寺內千春。請問河合公惠小姐在嗎？」

我就是公惠——回答的可愛聲音隱約傳來。烤焦麵包開始彬彬有禮地敘述，而英一則專心把他從附近電玩遊樂場換來的百圓銅板投進電話機。

河合學姐就讀三雲高中的時代，身爲豆丁排球隊員的同時，據說也擔任圖書委員。當時，圖書委員們經常聚集的咖啡店，就在車站旁。英一與烤焦麵包對「魯邦」這個店名都沒印象，但地點倒是知道。

週一放學後，他們約好在那裡碰面。比約定時間提早三十分鐘抵達，發現「魯邦」好端端地維持營業，從店內陳舊的裝潢看來，似乎與河合學姐就讀時沒什麼兩樣。

大概是因爲這個時間不上不下，店內沒有其他客人，也沒有放音樂，很安靜。

英一在紅椅墊的卡座坐下。即便坐下，心臟也不肯在胸口深處安坐。

「這裡離學校很近。」
「豆丁排球隊正值活動時間，所以不用怕啦。」
「妳在電話裡提醒過她要瞞著田部女士吧？」
「小花，你很囉唆。」
「河合學姐會來嗎？」
「我講了那麼久的電話耶，我已經通通解釋過了，人家也聽得一清二楚。事到如今，怎麼可能爽約？」
烤焦麵包很有男子氣魄地如此斷言，讓英一也覺得自己有點沒出息之際，店門開了。
仔細想想這是理所當然，身爲豆丁排球隊畢業校友的河合公惠，是個非常嬌小纖細的女子。脫下紅色雙排扣大衣後，變得更嬌小。別說是英一了，甚至比烤焦麵包還矮。肩寬恐怕頂多只有三十公分吧，腰也是細得好像能用雙手握住——這個是有點失禮的感想，還請原諒。
河合學姐認出穿制服的英一兩人後，報以微笑。她的眼睛在店內環視一圈。
「一點都沒變，眞令人懷念。」
比起拍那張照片時，她的頭髮留長了，染成明亮的栗子色。
談不上是美人，也不是那種惹人注目的小可愛，這個看照片時就已知道了；不過眞人擁有照片拍不出的魅力。
嬌小勻稱的東西總是很可愛。
三人都點了綜合咖啡。雖然一轉眼懶洋洋的大嬸就端來了，但咖啡很香。

「亞亞做那麼霸道的事，眞對不起。」

河合學姐說完後，朝英一與烤焦麵包低頭致歉。栗色的秀髮自肩頭滑落。

所謂的亞亞，是指田部女士。她的全名是田部亞子。

「花菱同學與寺內同學，」說完，她像要確認似地看著兩人的臉，「你們兩位不是排球隊員吧？」

「對。」

「亞亞也眞是的。」

她苦笑。臉蛋如果小，笑容也會小，那是張很溫暖的笑臉。

「妳是游泳隊的？」

被這麼一問，烤焦麵包的笑意在瞬間凝住。英一差點把冰水噴出來，連忙低下頭。

「不是……是輕音樂同好會。」

烤焦麵包輕快地回答，在桌下狠狠地踩英一的腳。

「是嗎？輕音樂同好會的歷史，也很悠久。我們參加東京都大賽時，他們還組成樂團來替我們加油呢。」

雙方聊了一下老師、社團活動及學校節慶。不過，說話的幾乎都是烤焦麵包，英一安分地守在旁邊。

「所以，呃。」

也許是覺得時候差不多了，河合學姐把皮包拉到手邊。取出一本書。其中，夾著四乘六大小的照片。

「是這個吧。」

我也有一張——說著，她遞過來。烤焦麵包連忙拿毛巾擦去桌上的水滴。

英一也取出照片。兩張照片並排放在桌上。

「很詭異的照片吧。」

嘴上這麼說，但河合學姐的眼神看起來並不討厭那張照片。

英一彷彿忽然清醒。這個眼神和那個眼神一模一樣，和他在日比谷的咖啡店面對面的山埜理惠子的眼神一樣。

爲什麼？山埜理惠子的狀況還能理解，因爲那張出現哭臉的靈異照片，是她的分身；但河合學姐應該不同吧。

「亞亞到現在還耿耿於懷啊。」

她的聲音也很溫柔。

「眞是對不起你們。」

這是我的責任，她低喃。

英一正想開口卻又被踩了一腳，烤焦麵包抬起視線。

「我們也能夠體會田部學姐的心情。不過，既然要調查，我認爲不該瞞著河合學姐。」

對不起——她深深低頭致歉，幾乎把額頭貼到桌面。

「哎呀，妳別這樣，要道歉的也應該是我。」

河合學姐隔桌伸出手，一再輕拍烤焦麵包的肩膀。她的手指纖細，手也嬌小玲瓏。

「亞亞也是怕我難過，所以才打算瞞著我吧。雖然她對學弟妹好像有點凶，但她其實是很善良的孩子。」

這是姊姊的語氣。

「委託你們調查這張照片時，亞亞是不是跟球隊經理一起去的？」

「對，小森學姐一起。」

「對對對，那個經理好像很能幹，亞亞似乎非常信賴她。」

「您現在也和田部學姐有來往嗎？」

「頂多只是偶爾互傳簡訊，因爲我已經不去排球隊了。」

是不方便去吧，英一暗忖。

「不過，話說回來，也許我不該這麼說，但你們也很奇怪。居然接下調查這種照片的委託。」

這次英一一邊挪開腳一邊準備開口，卻被烤焦麵包從旁返手握拳，當胸一擊。

「不是專門接受委託，只是湊巧，因爲這傢伙家裡開照相館。」

降級成「這傢伙」了，而且我家也不是開照相館的。之前打電話時，無法詳細說明英一這邊的事。

「啊，這樣啊。」

這樣人家會誤會吧。

撇下焦慮的英一不管不顧，兩個女人專心地逕自往下談。

「我自己至今仍對這張照片感到不可思議，如果有理由的話，也很想知道爲何會出現這種照片。」

但是，她已死心了。

「爲什麼？」

「沒辦法呀。」河合學姐回答，微微聳肩，「歸根究柢，就連有沒有理由都無從得知吧。」

烤焦麵包垂眼看著兩張照片。

「河合學姐自己有什麼解釋嗎？無論是當時的想法或現在的想法都行。」

河合學姐一隻手曲肘撐在桌上，食指抵著嘴巴。雖不清楚她有沒有那個意思，但是很自然地形成「這件事，要保密喔」的動作。

「這張照片是用我家的相機拍的，所以也是我家拿去附近的照相館沖洗，洗好之後拿回來，我是第一個見到的。」

那天另外還拍了好幾張，那本來就是父母參加社區舉辦的一日遊活動時帶去的相機，因爲底片還沒用完，所以拿來繼續拍，

「我立刻發現，唯有這一張很詭異，所以不是相機故障。而且，只有這張照片是足立先生按的快門。」

那天，他正巧來我家玩，她說：

「所以，他說要幫亞亞和我們一家拍張紀念照。」

據說同樣的位置又拍了一張，那張是河合富士郎拍的，足立文彥遞補他的位置入鏡。

「那張照片——」

「沒留下。解除婚約時，我父親就把足立先生的照片全扔了。」

可以理解。

「其實這張照片，我父母也不知情，因爲我一直瞞著他們。」

因爲很不吉利，她說出與之前烤焦麵包一樣的感想。

「你們不覺得這簡直就像在預言，不久的將來，將會發生令我們一家人如此哭泣的事件嗎？」

當事人果然也這麼想。

「我一直瞞著沒說。接到你們的電話時，我立刻去找出來了，但是連我自己都很驚訝，照片居然維持原樣。」

「這話怎麼說？」烤焦麵包隨口追問，「妳的意思是？」

「嗯……該怎麼說呢。」

河合學姐收回手指，這次雙手包住一半的臉孔。

「我之前以爲照片也許已經變了。」

一家三口在緣廊哭泣的幻想，或許已經消失了，她說。

「與其說是以爲，也許該說是期待吧。」

婚事告吹，與足立文彥分手。三年過去了，一切都已成往事。照片上宛如不祥預兆的哭臉，已經達成了任務，所以，已經可以消失了。

她冀望那已消失。

「但是卻還留著，過去是不會消失的。」

明明是以溫柔語氣說出的話，英一卻感到身旁的烤焦麵包猛然一震。

「總之，事情的原委就是這樣，但總不可能不給足立先生看吧？」

烤焦麵包目不轉睛地瞪著照片，側臉僵硬。

英一問，「給他看了之後，他有何反應？」

河合學姐放下手，「感覺上正是所謂的『臉色大變』。」

——對不起，都是我技術太差。

好好的紀念照被我搞砸了，他驚慌失措地說。

「他甚至還想把照片撕掉，被我急忙阻止。」

比起照片上的幻象本身，未婚夫的這種反應，更令公惠心生不安。

「如此一來，我更不敢給我父母看了。可是，一個人悶在心裡也很痛苦。」

「於是，您就給田部學姐看了，是嗎？」

「是的。」她靦腆地縮起脖子，「讓等於是我妹妹的亞亞替我擔心，我還眞是沒出息。」

但是，當時她覺得像這種乍看之下很詭異的超自然現象，國中年紀的孩子或許比大人更了解，她說。

「噢，這個我能理解，我也有過同樣的想法。」

河合公惠聽了似乎當下鬆了一口氣，於是英一也重新打起精神。

烤焦麵包沒吭聲，嘴角往下撇。

「結果，亞亞她說，」

她說這並非不祥的照片。

「她說這個是按下快門時，融入了足立先生的想法。」

「想法，是嗎？」

河合學姐把兩張照片分別放在左右手。

「自己說這種話實在很不好意思，我與我父母感情非常好。我是獨生女，是在父母的全心寵愛下長大的。感覺上，無論何時何地都是一起行動。」

不久的將來，我將要從這感情融洽的一家三口中，搶走女兒，公惠將要嫁給我。一旦她與我建立家庭，她的父母想必會很寂寞吧。就連公惠也是，雖然結婚會得到幸福，想必也會有點感傷吧。

「婚禮當天想必會刮起眼淚風暴吧，足立先生一邊按下快門一邊這麼想。這個想法實在太強烈，所以不知怎地就在他拍攝的照片上形成幻影，顯現出來了，亞亞說，」

——所以學姐，這毋寧是幸福的照片！

這是店子「念寫」假說的變形版。不過，這種說法要遠遠來得——

「很感人。」

英一這麼說時，另一個聲音與之重疊，原來烤焦麵包也說出同樣的話。

「對吧？」河合學姐朝兩人微笑，「亞亞真是個好孩子吧。她很貼心。」

英一雖然還沒有直接接觸到那種貼心，倒也不吝於贊同。

「聽到她的意見，我頓時感到心頭豁然開朗。」

陰影好像全都煙消雲散了——她說。

「您和田部學姐眞的很像親姊妹。」烤焦麵包說，久違的閃亮雙眸重現，「只接到我們的一通電話，而且是爲了一樁如果換個角度想會覺得很荒唐的無禮要求，妳卻立刻信賴我們，我總算明白爲什麼了，是因爲牽涉到田部學姐吧。」

「不只是那樣。妳的說話方式也令我頗有好感，我覺得妳是個規矩的好孩子。」

「謝謝。我家是賣甜品的，身爲生意人家的女兒，這句讚美之詞比什麼都令人開心。」

河合學姐稍微瞠目，「哎呀，那你們兩個是同樣出自商人家庭的小情侶嘍。」

英一本想說，小——情侶才怪，旋即嚥回肚裡，順便把腳躲開。但烤焦麵包只是默默垂著眼，沒有踩他，也沒有拿拳頭揍他。

河合學姐露出「哇，小倆口眞可愛」的表情。妳害羞個鬼啊，烤焦麵包。應該說，妳有害羞的理由嗎？我怎麼沒聽說。

話題得拉回正軌。

「所、所謂的**陰影**是？」

頓時，河合學姐的笑容消失了。

「那個只是被照片上的幻象勾起記憶嗎？或者還有發生其他的事？」

烤焦麵包毫不客氣地對準英一的小腿正面踹去。因爲身體晃動，所以河合學姐也發現了。

好痛！

「沒關係啦，妳不用介意。」河合學姐慌了，「女孩子活潑是好事，可是踹男朋友就太過分了。」

「沒事，他就是欠管教。」

河合學姐也被烤焦麵包的氣勢壓倒。

「不、不過，剛才那個問題的確很尖銳。」

「經驗豐富以後神經就變得很大條，所以他只是想到什麼就直接問。對不起。」

烤焦麵包擅自代爲道歉。英一暗想我哪有經驗豐富。這也才第二次。

「對不起。」英一也道歉，「我知道這樣很失禮。」

「不問的話，的確無法往下繼續談。」

總算找回平衡，河合學姐緩緩說道，「我的確有點預感，或者該說是懷疑吧。」

懷疑足立文彥。

「我們是在拍照這年的三月訂婚的，當時正值熱戀。」

她有點勉強地擠出害羞的笑。

「我記得是九月初吧，我開始覺得他的樣子怪怪的。」

並不是實際上哪裡出了問題。

「即便我們獨處，他也像是掉進空中氣漩般，忽然鬱鬱寡歡，或者有時心不在焉。不過我一喊他，他就會立刻回神，恢復正常，那讓我覺得更怪。」

我懂，烤焦麵包用力同意。妳敢發誓妳眞的懂嗎？寺內。妳有經驗嗎？

「我那時猜想他大概是工作太忙，也許是累了。」

我也在欺騙自己，河合學姐說。

「本來他的工作，和我父親的工廠工作，多少帶有對立的因素。彼此都互相心存顧忌，也有緊張感。」

「緊張感……？」

烤焦麵包的疑問浮在半空中。足立文彥不是河合精鋼的客戶公司的員工嗎？

「他任職的地方，」

公司名稱是東邦科技創造與管理公司（Technical Creation&Arrangement）。

「那是外資企業的系列公司，母公司據說是多角化經營的金融複合企業。上面的大人物不叫做會長或社長，是稱爲CEO的那種大企業。」

東邦科技……嗎？田部女士的記憶雖不完全，卻沒記錯。

「是什麼樣的業種？」

河合學姊的指尖抵在眉上沉思。

「可以說是一種仲介公司吧。以世界規模的製造業公司爲顧客，代爲尋找、介紹擁有顧客生產線所需的新技術或特殊技術的公司，簡而言之，就是在中間替兩邊牽線。」

比方說，把通用汽車公司和大森的小工廠連到一塊。

「總公司在美國，是美國資本，所以網絡遍及全世界。不斷尋找可以配合顧客的高度要求，而且是立刻就能配合的卓越技術。或者，在這個世界某處，正不爲人知地進行著將會帶來重大技術革新的發明。那個也是他們要找出來的。」

噢——英一說，「原來是仲介公司啊。」

「他們儲備了許多小製造業者的名單，有時也會反過來推銷給顧客。」

這個技術不能用嗎？這不能導向下一次突破嗎？

「我父親的工廠製造過太空梭的零件，那也是足立先生的公司介紹的生意。」

和一般的「母公司→下游承包→更下游承包」的路線不同，是更直接地進行廣域搜尋，企圖連結技術需要與供給的買賣。

「……這也許的確是個好主意。」英一沉思，「但是萬一在哪裡走漏了情報，不就立刻完蛋了嗎？」

對對對，河合學姐也起勁地點頭，「所以，在保密義務方面非常囉唆。光是契約書，就有電話簿那麼厚。」

契約書上寫滿所謂的「誠意條款」，一旦發生糾紛，相關人士就一同坐下來好好商量善加處理，這樣便可解決——英一曾聽說，這是日本才有的情形。外面世界更爲嚴苛且現實。

「況且，需要的那方基本上都是大企業吧？提供技術的這方，規模小上許多的工廠占了壓倒性多數吧。」

「是啊，所以不去刻意尋找根本不會發現。」

「供給的這方，處於壓倒性的不利。他們提供必要的技術，可是需要的這方，只要說聲知道了，拿到你們的軟體技術就夠了，已經不需要你們了——那不就完了。」

河合學姐的小臉上，綻放大朵笑容，「那倒不至於。所謂的技術，可不僅限軟體喔，也不是只有硬體，還是得有人才行。」

她的意思是說一定要有能夠實踐那項技術的熟練工人。

「日本的技術工、職工，是世界第一優秀的。同樣的事情就算叫歐美的工人做，他們也做不到。」

英一忽然想到，於是試問，「那中國呢？人事費用也很便宜。」

「雖然已經大幅趕上，但是說到太空梭層級的東西，他們還差得遠。」

不停搖手的河合學姐看起來很驕傲。就像說著我爸是第五代，所以我會是第六代時的烤焦麵包。

「我懂了。」烤焦麵包說，「所以才會有一定的緊張感。河合精鋼這邊必須保持隨時都能應付客戶要求的狀態。可以容許實驗錯誤，卻不能容許失敗。」

是啊——河合學姐點頭附和，稍微有點消沉。

「我父親和足立先生經常會有爭論。激烈論戰後，我父親會在工廠窩上好幾個小時，交抱雙臂瞪著機器……」

在學姐充分咀嚼完那段回憶之前，英一與烤焦麵包都保持安靜。

其實——學姐小聲說，「足立先生的公司對於員工和簽約公司的人談戀愛，似乎視為禁忌。」

因為這樣一來，嚴格的簽約條件便會產生因私廢公的危險。

「那麼，那是原因嗎？」

考慮之後，英一特地省略「解除婚約」這個主詞發問，卻還是換來烤焦麵包再次出拳，英一連忙伸臂擋住，「妳以爲這招每次都管用嗎？」
烤焦麵包橫眉豎眼，用上全身重量在英一的腳背上碾來碾去。
「你們兩個太有意思了。」
學姐低頭偷笑，但是這次眼中籠罩陰霾。
「之所以解除婚約是因爲別的原因。」
他有別的女人，她說：
「在我之前。雖然他是和那個人分手後才與我交往——」
足立文彥與河合公惠訂婚的事，在公司祕而不宣。既然被視爲禁忌，此舉自是理所當然。但是，他並未連身邊好友都隱瞞。
然而，不巧的是，前女友也是他身邊好友那個圈子的人。而她對足立氏仍未忘情，一直在找機會復合。
他與河合公惠訂婚的消息，刺激她採取行動。衝動且破壞性地，朝著給旁人惹麻煩的方向。
「她開始做出跟蹤狂的舉動。」
哭訴，哀求，耍賴，
「結果他還是不肯回頭，於是她就自殺了。」
據說是在家中浴室割腕。
「幸好被她的家人發現，據說如果再晚個三十分鐘，就救不回來了。」
「但，還是被發現了吧？」

烤焦麵包的聲音利如尖錐，大眼睛裡的瞳孔也如錐子尖端收縮。

「她那樣本來就是抱著要讓人發現的打算做的。太明顯了。」

河合學姐溫婉微笑，自烤焦麵包身上移開眼。

「但他感到自己有責任，也遭到對方父母的指責。」

太卑鄙了，烤焦麵包唾罵。一瞬間，幾乎令英一懷疑身旁坐的其實是密斯垣本，可見她的毒舌有多麼老練。

「超級卑鄙，爛透了。」

英一覺得如果隨便開口恐怕會引發暴力反應，所以默不吭聲。

「總之，事情就是這樣。」

河合學姐抬起頭，眼中的陰霾已經消失，也許是努力讓它消失。看到她那樣，英一想說的話不禁脫口而出。

「說不定不只是感到有責任，搞不好是被那個女人威脅。」

「威脅？」

「對。威脅他要把他與學姐的婚約告訴公司，那是禁忌吧？足立先生到時應該會在公司難以立足吧。」

河合學姐眨眼，不是出於驚訝，而是在表達別的意思。這，是什麼反應？

「那倒不是。」

什麼叫做禁忌呢？學姐說：

「無法公然禁止，所以私底下大家最好自有分寸，這就是禁忌，對吧？即使要跟我結婚，足立先生也不可能因此被公司開除，因爲那並非明文規定的禁令。美國那邊的企業的受雇者的權利意識也特別強，所以他如果遭到這種待遇，其他員工不可能坐視不管。」

說完，她又像剛才一樣眨眼，「不過，妳眞的很敏銳。其實，我當時也問過他同樣的問題。」

她當時問他非分手不可的眞正理由，該不會是那個吧？

英一恍然大悟。那個眨眼動作，原來是在表達「共鳴」。啊，有人和我的想法一樣——

「所以我剛才的反駁之詞，是從他那裡現學現賣。他說退婚不關公司的事。」

英一繼續追問，「可是，他應該會從此失去升官的機會吧？」

「那種東西，他說會靠實力爭取回來。那是他從決定與我結婚時就已公開宣言的。」

那個女人——烤焦麵包發出毒氣猶存的聲音，「沒有來找學姐的麻煩嗎？比方說打電話來故意不出聲，或者上門來哭鬧。」

自右往左，學姐慢慢搖頭。

「一次也沒有。所以，在事情最後鬧大前，我一直被蒙在鼓裡。」

「雖然氣憤，但必須承認她的確很聰明，懂得把攻擊鎖定在男方身上。」

都是男人沒出息！寺內再次情緒激昂。

英一想起須藤社長說過的話。

「那個女人割腕時，應該告訴她這樣不可以喔。」

「那麼溫柔的台詞哪會有用！」

「不是的。只要告訴她在浴室刮汗毛時，一定要小心，就行了。」

河合學姐愣住了。烤焦麵包的大眼睛瞇緊。她做出這種表情時，每次都令英一暗忖這傢伙很像某種東西。啊，想到了。是遮光器土偶（註）。

「小花，你在說夢話嗎？」

英一也瞇起眼看烤焦麵包。

「我告訴妳，不管怎樣妳都不能搞自殺未遂喔。」

烤焦麵包露出「聽到冷笑話」的反應。

「你、你在胡說什麼？」

「少廢話。總之妳就算搞出自殺未遂，我和店子也不會承認的。那是白費力氣。絕對別做喔。」

烤焦麵包雖然做出好冷的反應，卻未生氣。英一也覺得，自己就是知道烤焦麵包聽了不會生氣，所以才會說出口。

「你們感情真好。」

赫然回神，河合學姐托腮支肘，正在笑。不是嘲笑，是看得很開心。

「眞好。」

註：自日本的東北地區出土，繩文時代製造的土偶。眼睛宛如戴著愛斯基摩人在雪地用的遮光器（護目鏡），以及豐臀、乳房、肥腿等女性性徵爲最大特徵。

「一點也不好。對不起。」烤焦麵包匆匆整理裙子的折痕。

「我啊，以前也抱著希望。」

河合學姐保持托腮的姿勢說。用輕輕柔柔、宛如囁語的聲音說。嗯，是希望。只能這麼形容，她說：

「我心想既然能拍出這種照片，足立先生也許有一天終究會回到我的身邊。」

那是田部女士假說的部分變形版。這個幻象同樣還是顯現出足立文彥的思緒，他正逐漸屈服於從旁殺出的前女友的攻擊，他的屈服將會令河合公惠多麼傷心，他非常清楚。他正在暗想：對不起、對不起。

那個想法，強烈得足以映現在照片上。

分手不是他的本意。

那麼，本意贏得逆轉勝的時候，應該總有一天會來臨吧。

「不是希望。」說著，她笑了，「是夢想吧，妄想。」

不對，是希望。

「學姐的父親，」烤焦麵包的聲音略帶不穩，「真的像這張照片一樣哭了嗎？」

河合學姐看著照片幻象的父親，緩緩搖頭。

「我父親沒哭，他很生氣。」

烤焦麵包的推測是正確的。

「他說那種男人沒資格娶我，他說就算求來他，他還不答應。」

連細節都猜對了。

「我父親哭泣，其實是在公司不得不結束時。」

一問之下，她說河合精鋼不是破產，是主動解散。

「要和從小就和家人一樣的工人叔叔們道別，我和我媽都哭得很傷心。但是也沒辦法。唯一值得安慰的就是叔叔們立刻找到新的工作。」

「妳父親的身體——怎麼樣？」

英一的問題，令河合學姐露出到目前爲止最震驚的表情，「你聽亞亞說的？」

「她說，令尊病倒了。」

「是嗎？」她的表情一沉，「我沒通知亞亞。」

她說去年秋天，父親已過世。

「他之前一直住在醫院，是感冒引發肺炎。所以我現在和母親相依爲命。」

她報上橫濱某家以食品賣場貨色充足出名的百貨公司名稱。

「我在那裡的熟食賣場工作。雖然有點遠，但是如果經過記得來找我，我會給你們打折。」

所以週一休假。英一他們昨天打電話時，是她湊巧家中有事請了假。第一通電話就能時機巧合地找到人，與其說是幸運，英一感到，更像是某種念力主導。

「給你們添麻煩了，對不起。」

河合學姐再次低頭行禮，栗色秀髮反映天花板的燈光。

「我會跟亞亞說，叫她別再把學弟妹扯進這種事情。」

烤焦麵包在一瞬間遲疑該如何回答，英一趁隙說，「不。請再等一下。請再給我一點時間。」

「可是——」

「這張照片的謎團，我會解開。我一定會解開給妳看。」

英一傾身向前。胸口一抵著桌子，之前挨拳頭的地方就發疼。可惡。

「這個謎團如果解開了，學姐也——」

「我也怎樣？」

筆直凝視英一的眼中，黯然無光，光芒只存於河合公惠的外側。

「那個希望——究竟是希望，還是妄想，學姐也可以做個了斷了。」

河合公惠默然。不是無話可說，是爲之屏息，烤焦麵包也是。這傢伙說不定已做好隨時毆打英一的準備。

即便如此，英一還是說：

「否則，事情無法結束。」

這次連他也覺得會惹火對方，他以爲對方會罵他沒禮貌。

但兩者皆非。河合學姐拿起自己的照片。照片在顫抖。學姐凝視著顫抖的照片。

「我，想讓這個，」

消失，她說：

「——我想讓哭臉消失。」

這才是她眞正的「心願」。

「那麼，就就讓它消失吧。」

英一用力宣言後，杯中還剩一半的冰水，掀起微波。

7

河合學姐隱約還記得當時足立文彥的住址與電話號碼，這點更加激勵英一。未消失的希望，即便是眞正的希望，也會腐蝕人心，他這麼覺得。

去見足立文彥吧。直接去問他，三年前，他一看到這張照片就臉色大變的理由。無論如何都要逼他吐實。

「這個據說是出租公寓。」

那麼，當時一定有房仲業者代爲仲介，房仲業者有可能知道他的新住處。

「所以，結果還是又要拜託社長。」

他們正在前往ＳＴ不動產的路上。今天的店子穿制服，但外套底下穿著色彩詭異的拼布襯衫。

「那倒是無所謂，但我幹嘛非得陪你一起去不可？」

不想獨自前往的理由，當然是爲了密斯垣本。但是，英一不想告訴店子。

並非店子有問題，英一知道這小子不是那種人。可是英一，光是想像自己把密斯垣本的內情告訴店子時的嘴臉，就已無法忍受。

「我很怕那個事務員。」

「垣本小姐？」店子賊笑，「小花，這表示你很在乎她喲。」
這是天大的誤會，不過，算了。如果那樣能安撫店子的話。
打開ＳＴ不動產的門，出聲打招呼。社長的位子不見人影。
還沒產生不祥預感，已先感到刺人的視線。
垣本順子正在辦公桌前，一臉倦怠地軟軟歪坐。
在我國很久以前土木技術尚未發達時，碰上要蓋大橋或整濬河川，據說會豎立人柱。也就是以活人獻祭，祈求河神保佑施工順利。這種活人祭品，據說是用抽籤選出來的。
我恐怕是那種不管投胎轉世多少次還是會一抽就中獎的人吧。
「咦，午安。」
是會計大叔。注意一看，大叔的固定位置，正好背對密斯垣本。
「社長出去了。」
有什麼事——密斯垣本的視線如此拋來疑問。雖然她細瘦蒼白，下巴也變尖了，但視線的威力一如往常。
英一答不上來，於是她把目光移向店子。這女人的視線像釣針一樣帶勾，刺到的時候固然很痛，要拔出來的時候更痛。
她用毫無抑揚頓挫的音調簡短說，「好久不見。」
「也沒有眞的那麼久啦。垣本小姐，妳是怎麼了？怎麼變得這麼憔悴？」
店子滿面笑容，一開口就去踩地雷。

「流感。」垣本順子說，「新年期間。」
「哇，那時醫院也沒開，一定很困擾吧。」
「我還以爲會死。」
「如果打電話來我家，我起碼可以拿藥給妳。」
「下次我會這麼做。」
我該不會是遇上厲害的詐騙集團吧。垣本順子該不會真的只是得了流感，臥病在床吧。那頹然垂落的雙腿是別人的，我只是被社長唬弄了吧。
「什麼事？」密斯垣本問英一，「我們現在可是營業時間。」
這倒看不出來。
「又漏雨了？如果是鬧鬼的事，上次我也說過了，我們可不負責喔。」
我們在找人，店子主動表示，「現在只知道三年前的地址與電話號碼。如果是社長，也許可以查出這個人的新住址。」
英一遞上便條紙。密斯垣本懶洋洋地沒伸手接，只好放在桌上。
「你們兩個到底念的是什麼學校？」
她斜眼覷著便條紙，這個課題還眞古怪，她說。
「是社會學習。」
雖非本意，英一還是喉嚨卡住了。帶店子一起來果然是對的。
「要查，當然是可以查啦。」

「那就拜託了。」

「沒有別的線索嗎？這個人有工作嗎？」

「有，是個上班族。」

「那你們不知道他的公司？何不向公司問問看？」

店子和顏悅色地看著英一，「你已經問過了吧，小花？」

英一壓根沒想到。他滿腦子只想著根據舊址找出現在的住處。然後他想直接上門找人。

「這年頭對個人情報很保護，就算外人去打聽公司，恐怕也不會透露吧。」

他吞吞吐吐地辯解，店子當下目瞪口呆。

「你在說什麼啊？我還以爲你已經問過公司那邊結果不行。」

「本來就不行。」

「可是，如果打電話，不就可以找到他本人了。」

「一下子和他本人說上話，會很麻煩啦！」

「爲什麼？」

「他會逃跑。」

密斯垣本終於從椅背的靠枕抬起頭，「找一個會逃跑的人？你們兩個該不會替地下錢莊當打手吧？」

哇塞！店子高興死了，「若是那樣就厲害了，是這樣嗎？小花。」

怎麼可能。

「有夠白痴。」
哪怕是瘦了或憔粹了，毒舌依舊健在。
「趕快打電話吧。要收電話費喔。我們這裡可不是做慈善事業。」
英一差點忍不住說，妳自己不就在接受社長夫婦的慈善援助嗎？爲了把話吞回肚裡，他把嘴用力一抿，結果咬到嘴唇內側。
會計大叔用扔下傷兵自行開溜的眼神，不時偷瞄英一這邊。
「這樣的話，你一定也沒查過公司的電話號碼嘍。公司叫做什麼？」
把又臭又長的公司名稱說出後，店子當場打一〇四。在接線生回應之前，大約等了三十秒左右。
店子一手掩住話筒，「那家公司在東京都內？」
「大概。」
店子嘆口氣，對接線生說，「只知道是在首都圈。不好意思。」
這次等了一分鐘左右才有回應，向接線生道謝後，店子放下話筒。
「根本沒有這樣的公司。」
英一叫得太大聲，令會計大叔轉過身。那似乎是等同跨越北緯三十八度線的行爲，密斯垣本像要狙殺侵入者般眼中寒光一閃，嚇得大叔慌忙退避。
「一〇四說沒有這家公司登記。」
「怎麼可能！」

「一〇四是不會騙人的。人家可是號稱無過失無失分的公共服務，你知道嗎？」

果然是地下錢莊，密斯垣本不屑地說，「我看你省省吧，花菱家的兒子。如果因爲想賺點零用錢，就去當那種人的打手，將來上不了天堂喔。」

就跟妳說不是。妳幹嘛非要往那邊扯。

「不過，這下子還是得仰賴垣本小姐了。」

店子，你說錯了，我想仰賴的是社長。

「要我趁著調養身體，順便幫忙查查看，也不是不行。」

「謝謝！」

「但我可不是免費的。」

「小花會請客！」

「那，我們會付妳手續費。」

慢著慢著慢著。

只不過是將視線轉向某人，這個女人爲何能夠表現得這麼恐怖呢？

「多少？」

「妳希望是多少？」店子搓著手。

緊張得可怕的瞬間——甚至令背對他們的會計大叔本來軟弱無力的頸後毛髮悚然豎立——流逝。

「哼。」密斯垣本笑了，「任由我開價啊。那我考慮看看。」

赫然回神時，英一已在門外。好像是被店子拉出來的。

「小花，你很不對勁喔。到底怎麼了？」

店子再次賊笑。

「瞧你失魂落魄的，你果然非常在意垣本小姐。」

是很在意。無法不去在意。

那傢伙，笑了。帶著毒氣的笑容，和以前一樣。

我，為此感到高興。

記得以前有齣連續劇裡，某個把穩重內斂的配角演得很好的演員，曾說出這麼一句台詞：

——人生最重要也最困難的，就是「等待」。

那一幕正是精采高潮，所以大概算是某種關鍵台詞吧。但是，當時英一只是不置可否地沉吟了一下。心想，像等待這麼簡單的事，原來這麼重要啊。

那句話，他現在有點切實感受到了。

過了三四天，密斯垣本還是毫無消息。英一本來以為三四天可能還太早，但是，過了一週時，他終於開始舉棋不定。要打個電話問問看嗎？打電話的話，就不會有視線刺過來。縱使又被她罵白痴，那也只是聲音，所以比較容易閃躲。

但是，我有權利催促她嗎？

更基本的問題是，那傢伙眞的會認眞調查嗎？該不會又陷入自身難保的狀態吧。

自殺未遂，據說會養成習慣。實際上，她這次好像也不是第一次。

我是在擔心她嗎？這麼一想，實在沒勇氣打電話了。就算抱著詢問調查進度的心態跟她聯絡，英一覺得，自己恐怕也會多嘴地脫口問出，妳的身體怎麼樣？絕對會。因爲我可是百分之百的人柱。

原來如此，等待果然很難。

說到這裡才想起，他也在等另一件事。烤焦麵包還沒替他介紹巢中小雞。那丫頭該不會是忘了吧。

從上次之後，英一就一直有個衝動：要不要用京子的帳號登錄，去天帕拉的「Hiyoko at Home」看一看。單是爲了這個理由，自己加入會員有點丟臉，但是如果利用現成的管道，羞恥心也會減低至體感限度內。反正京子本來就興趣缺缺，只是在白繳會費。太浪費了。

但是，話說回來。

SNS的系統，可以讓格主知道誰來看過部落格。花菱京子雖然基於「花」加「京」→京都的連想，毫不害臊地用了「花團錦簇（京都腔）Flower」這個暱稱，實際年齡和丈夫小孩的事倒是一一老實交代。巢中小雞八成會訝異一個陌生歐巴桑怎會來看她的部落格吧。如果只是訝異完，就說掰掰，也就算了，萬一寺內介紹之後，兩人的感情進展順利，然後此事才曝光那會很尷尬。說不定小雞不只會覺得英一很內向，

——心機深沉的傢伙。

萬一讓人家留下這種印象，那還眞是百口莫辯。

洗完澡後，頭上罩著浴巾，他像被捕蛾燈吸引，走近一樓客廳旁，約有一坪半左右鋪著木頭地板的小房間。若要用時髦的說法這裡是花菱家的utility room（洗衣房），電腦和一些修理工具乃至熨斗之類的東西都放在這裡。

父親秀夫坐在電腦桌前，只靠液晶螢幕的光線，幾乎把臉貼在螢幕上專心敲打鍵盤。這個房間沒窗戶。這也難怪，這裡原本是沖洗照片的暗房，所以牆上還留有水龍頭。之前整修時，秀夫說那樣像是裝置藝術很有趣，特地留下來。

英一打開天花板的日光燈。

「這樣會傷眼。」

「噢，謝謝。」

滑鼠旁有一罐打開的啤酒，秀夫已換上睡衣。

「在寫信？」

「嗯，和保齡球隊聯絡。」

秀夫加入公司的保齡球愛好會，熱心參與每月兩次的練習會。今年他好像說過自己當上了幹事。

「那個是公司聯絡用的留言板之類的東西嗎？」

「對呀。」

「爸，你好像不玩SNS那種東西吧。」

「你說你媽玩的那個？」

文章似乎寫好了，秀夫按下傳送鍵，轉過身來。

「嗯。天帕拉。」

「大概是因爲沒必要吧。我用這個就夠了。」

但是，我們保齡球隊的隊友有人玩喔，他說，「聽說還把秋季比賽拍的照片放上去了。」

「這種時候，要徵求全體隊友的同意嗎？」

秀夫歪著脖子思索，眼鏡順勢從鼻樑滑落。是打電腦用的防止反射鏡片，他還不需要老花眼鏡。

「應該用不著一一徵求同意吧？反正大家都知道，又是愉快的活動。」

英一哼了一聲，咻地跳上母親的熨斗台坐好。多虧有這個洗衣房，可以站著燙衣服的熨斗台，總算可以大大方方地擺出來，不用收起，爲此母親很開心。

「天帕拉是什麼的簡稱？」

秀夫似乎想不出來，思考了一下說，「天然樂園。」

顯然不對。

「是Temporary paradise（臨時樂園）吧。」

說完，他邊笑邊抬高眼鏡。

「小花你也有興趣？」

「我用手機傳簡訊就夠了。」

看這個樣子，父親與母親八成都還不知道ＳＮＳ上面的小暮照相館錯誤情報。

「你要用嗎?」說著秀夫指指電腦。英一當下靈光一閃，對了，還可以上網搜尋東邦科技創造與管理公司。

「可以幫我搜尋一家公司嗎?」

秀夫駕輕就熟，流暢地開始操作，沒有搜尋到。

「會不會是公司名稱有誤?」

「應該說，這家公司在二〇〇四沒有登記，三年前應該還有這家公司。」

秀夫眨巴著眼，「如果是破產了，就算本來有網頁，恐怕也會關閉。」

果然是這樣嗎?

「那是什麼樣的公司?」

英一說明後，秀夫拿著罐裝啤酒，「好像是有點可疑的組織。」

「我也覺得，萬一情報外洩鐵定立刻完蛋。」

「不不不，在那個問題之前，」秀夫一搖晃啤酒，就發出液體搖動的聲音，「那種作法，在生意上能否成立就是個疑問。」

「好像就是成立啦，是外資企業。」

「與其說是獨立企業，應該算是實驗性質的部門吧?是利基（niche）產業。」

意思是要見縫插針另闢市場。

「我們公司雖然也是製造業。但是，那種仲介商就算上門來，我們也絕對不會理他。」

花菱秀夫畢竟也是精密儀器零件製造公司的職員。站在孩子的立場雖有疑問，但過去也沒深思過。

「太危險了。」

「即使對方也許會介紹，靠自己摸索的話永遠碰不上的卓越技術？」

「與其指望那種東西，還不如把預算花在自家公司的技術開發上。」

這是第一線員工說的話，想必比英一的想像更實際。

「製造業的話，有些部門可以委託外包，也有些部門絕對不行。技術開發部門尤其如此。」

爲什麼？

「那，我有個問題。」英一說，「爸你待的總務呢？感覺上好像會頭一個被委外處理，是我瞎操心嗎？」

秀夫忽然哈哈大笑。

「那個啊，小花，不是你瞎操心，是爲時已晚的操心。」

嗯？

「我們公司已經發生過一次了，在十年前。就是你上小學那年。」

也是風子出生的那年，他補充。

「那是我們家永生難忘的危機，所以印象更加鮮明。家裡好不容易有了第二個孩子，爸爸卻面臨失業。」

「當時很危險嗎？」

「我雖然沒被炒魷魚，卻被調去管倉庫，整整一年。」

英一毫無印象。

「一年後重回原職了？」

「因爲會長下令，讓總務課復活。」

眞虧他能讓總務課復活。

「運氣眞好。」

「不是運氣，是當時的會長了不起。」

花菱秀夫任職的公司算是所謂的家族企業。雖有上市，但股票過半都在經營者家族的手裡。

「委外處理這項業務革新是社長提議的，將之取消的是會長，也就是社長的老爸。」

據說把總務——公司的內政委外也就是發包給外人處理後，公司內部立刻接連出事。

「發生了盜領公款的事件，也有情報外洩。而且規模大得如果放在今天非得召集所有媒體公開謝罪不可。」

「爲什麼？那和總務部門外包有關嗎？」

當然有，花菱秀夫喝光啤酒，嚴肅地說：

「公司的總務就等於是家中的主婦。主婦如果天天換人，你說會怎樣？與不認識的公司簽約派遣過來的人，無論是燒菜的調味方式和洗好衣物的折疊方式，乃至打掃的方式，全都變來變去。那樣子一定會人心浮動吧。」

公司也一樣，他說：

「綱紀紊亂，風氣糜爛。就跟做父母的出問題時，小孩也會走上歪路的情形一樣。」

據說當時的會長說，那是足以致死的百病之源，把社長臭罵一頓。

「所以，從此之後，總務就永保安泰了？」

「也不是百分之百啦。人事方面，也加入了專門培育人才之類的仲介公司，不過並非全面委外。」

財務也一樣，據說有外面的監查機構兩眼發亮地盯著。

「那麼，爸你的公司豈不是任何部門都無法委外了嗎？」

「沒那回事。實際上現在就有。」庫存管理、流通、廣告、宣傳。「那種工作委託外面的專業人員，會更有效率。」

秀夫看起來很高興，「小花也到了開始對社會感興趣的年紀了。」

他還問英一，開始有將來的夢想了嗎？

「我看，我就開照相館好了。」

本來是想調侃，但秀夫聽不懂。

「那好啊。」說著他臉上放光。順便打了個啤酒的酒嗝，「小暮先生一定也會很欣慰。」

「爸。」英一冷冷地說，「我是在開玩笑。」

「這棟房子有小暮先生的鬼魂出沒，你早就聽過這個傳言了？」

你才是早就聽說了吧。

「爸爸還沒遇見過，媽媽和小閃也說沒有，他們兩人都很期待喔。不知什麼時候才能遇上。」

「泡完澡會冷，我要去睡了。」

英一一邊拿浴巾擦頭一邊上樓。心裡在想，上次把小閃關進壁櫥時，小傢伙那麼害怕，原來是因爲已經聽說過小暮先生鬼魂的傳言。

那麼，應該不可能「很期待」吧——

8

埼玉市中央區曙平町，友田莊二〇五號室，最近的車站是北浦和。

只有內容。沒有標題，密斯垣本是傳簡訊給店子。

「小花，誰叫你沒把手機號碼和電子郵件信箱告訴垣本小姐。」

英一找烤焦麵包商量後，決定在一月三十一日展開突擊行動。那天是週六。就算東邦科技眞的已經破產，足立文彥也不大可能之後一直保持失業狀態，現在想必在哪兒上班吧。即便如此，週六、週日應該還是會在家。

正値月底，做了斷正好。一開年就立刻降臨的這件委託（災難），還是在邁入下一個月之前趕緊解決吧。

「比起星期幾的問題，你是不是忘了還有更大的問題？」

對方有兩個人喲，烤焦麵包說：

「搞不好一按足立先生的門鈴，應聲出現的卻是足立先生的前女友兼現任老婆。到時要怎麼找藉口解釋？」

「到時見招拆招總會有辦法的。」

「我倒認爲足立先生的前女友兼現任老婆，是很嚴重的牛皮糖。她絕對不可能輕易地主動迴避。」

光聽她的話感覺她似乎很不安，可是本人臉上卻掛著大無畏的微笑，似乎巴不得趕緊與前女友兼現任老婆一決勝負。

「妳可別多事喔。」英一不得不警告她。

另一方面，店子再次表明不去，「況且這個星期六，我已經答應小閃要去幫忙。」

「幫什麼忙？」

「祕、密。」

當天，英一打開玄關正要出發時，店子果眞上門來了。

「你趁我不在家，有何企圖？」

「你終於要出發啦。一路順風！」

京子不知從店子那邊聽到了什麼風聲，產生了某種誤會，居然吵著叫英一帶便當去，英一只好放棄繼續追問店子。

在車站一碰面，英一就忍不住立刻向烤焦麵包發牢騷，結果遭到嘲笑。

「小花，你看到店子和小閃這麼要好，吃醋了吧。」

英一雖然很想像復古漫畫中的小學生那樣，回嘴說「才怪！」，卻又覺得這個猜測也並非純屬虛構。

「小閃那傢伙，對店子尊敬得很。」
可是，在我面前卻連哥哥都不肯喊。
「店子那傢伙，妳覺得他為什麼會那麼受歡迎？」
烤焦麵包當下回答不知道。見英一不是滋味，
「我不了解，也沒想過。」她又如此改口說。聽起來還是差不多。
「妳真老實。」
「不知道的事就算想敷衍也沒用嘛。」
「報考高中時，我不是說過為了保險起見，報考一家低了一個層級的私校，結果落榜了嗎？其實是在面試時被刷掉了。」
請說出報考本校的動機。是，純粹是怕沒學校可念，用來當作備胎。
「反正現在已經上第一志願了，不就好了。」
才見她面無表情地把鼻頭對著車內廣告，忽然眼一瞇，變成了遮光器土偶。
「跟你一起搭電車，讓我想起一件事。」
再把眼睛這麼一斜，更恐怖。
「我可以問嗎？」
因為已猜到她想問什麼，英一連忙說，「是認錯人。我那時看錯了。」
烤焦麵包瞪大雙眼。
「我認識的是那個拿ＯＫ繃的大嬸，她是附近鄰居。」

胡說八道，烤焦麵包說著噗嗤一笑。

「不過，算了。總而言之，這是個不能問的問題吧。既然不能知道，那我就繼續不知道沒關係。」

她好像是說眞的。

「在那次車站事件後，我媽非常感動。」

「她覺得妳想揍那個拍照的混蛋很了不起嗎？」

「我媽是感動小花你特地送我回家，還有，那個ＯＫ繃大嬸。」

我媽說雖然這年頭治安敗壞，但是還是有好心人啊。說完，烤焦麵包輕撫自己的膝蓋。今天她穿著牛仔褲。

「就連那些站務員也是喔。還好心揹著不能走路的女人。」

「那是他們的工作。」

「如果只當作工作可以用擔架。那個站務員啊，可是不假思索就貢獻出背部的喔，就是這樣的站務員。」

和那時一樣，一低頭，英一的嘴巴再次掉出話語，「那個女人能否感受到別人的這種善意，還很難說。」

烤焦麵包又變回斜眼遮光器土偶。

「小花，將來不管你要選什麼樣的工作，我都得先給你一個忠告。」

千萬別做地下工作人員，你不適合。

知道了，英一說完陷入沉默。

搭乘電車的期間，烤焦麵包自個兒說了很多。車內湊巧張貼著女性雜誌的最新一期的廣告，五花八門什麼都有，絕對不愁沒話題閒磕牙。那件衣服很可愛，或者那個模特兒現在很受歡迎，小花你喜歡那種類型嗎云云。就算英一不接腔，或者隨口敷衍，她也愉快地吱吱喳喳。

窗外是晴天，一早強勁的北風就把雲層吹跑了。烤焦麵包的臉色也不遜於蔚藍如洗的晴空，非常開朗。

車站前的景色，無論何處都大同小異。我每次去哪裡時都會有這種感想。因爲這個國家就是這樣的國家。富裕的國家全都如此——英一這麼想時，終於找到友田莊。

他的想法改變了。

「我從來沒搬過家，所以不清楚。」

烤焦麵包仰望友田莊直立不動。嘴巴愣然半張。

「租這種**破玩意**時，房仲業者也要收佣金？」

「別說這麼沒禮貌的話。好像全部住滿了。」

所有的窗子都掛著晾曬的衣物。

友田莊是一棟木造雙層公寓。一眼就能辨別是木造，光禿禿的。外牆既沒塗石灰，也沒貼磁磚，就像老電影裡的廉價宿舍。如果在不知情的情況下，猛然看到這個外觀，八成會以爲是搶搭昭和懷舊風潮搭建出來的連續劇布景。

入口拉門旁的鋁製信箱，正因爲釘得很牢固，已經大幅傾斜，因爲牆壁撐不住那個重量。外牆護板鬆脫。走廊是光禿禿的水泥地，一樓和二樓各有五扇廉價的樹脂製、索性不要上色會更好的陰森深綠色房門。

沒有對講機。圓圓的饅頭型基座上黏著一粒小按鈕的門鈴，和改裝前的小暮照相館一樣，也沒看到空調的室外機。玄關門旁的窗子，裝有垂落排水管的窗型抽風機的房間，倒有一兩間。

附近有香菸攤和便利商店，但剩下的全是住宅區。公寓前的馬路是單線道單向行車，水泥地上漆的「校區慢行」的油漆已褪色。

他們沿著傾軋作響的生鏽露天樓梯，走上二樓。北風正好迎面呼嘯吹來。烤焦麵包的頭髮被颳得亂飛。她在英一身後，緊緊拽住英一的連帽大衣的衣角。

「我現在有點害怕。」

果然如她自動聲明過的膽小。

「不過，幸好現在是冬天。如果是夏天，八成會有各種討厭的蟲子吧。」

他們的目標是走廊最後一扇門。房間號碼是直接在門上用膠帶貼出的數字。是房東（推測應是友田氏）做的，還是房仲業者做的呢？雖然手藝相當靈巧，卻無法排除窮酸感。附帶一提，貧窮絕對不是錯事，但窮酸就不應該了，這是店子他老爸向來的主張。

二〇五號室的門牌，已經成了「2　5」。那個數字旁邊，有一張泛黃褪色邊角破裂的名片。用隨便撕下的打包用膠帶貼在門上。

「森永紙工股份有限公司　業務部　足立文彥」

地址和電話號碼的底下，有一個笑臉圖案。還有一行宣傳文案。

「紙製品的加工、製作　以誠意價格爲您服務」

從這張破舊的名片很難感受到誠意。爲了避免誤會必須聲明，不是指森永紙工的誠意。是如此使用這張名片的足立文彥，對於自己生活方式的誠意。

二〇五號室的窗戶，沒有裝抽風機。

「如果才新婚，對方就說要住在這種地方，我一定會離婚。絕對，立刻離婚。」

「結婚三年，還算是新婚嗎？」

「你別挑我的語病啦。」烤焦麵包拉扯英一的帽子，「小花，眞的——」

趕在聽到潑冷水的發言之前，英一猛然按下饅頭型門鈴。烤焦麵包就像看到英一犯下什麼無法挽救的滔天大罪——比方說騎腳踏車撞到幼稚園兒童，卻畏罪潛逃——拉長音調，發出嘆息。

「來了。」一個男人的聲音回答。

有動靜接近。深綠色的門上，渾圓的鋁製握把轉動。英一閃到一邊，等候。爲了與自內露臉的男人，正面對峙。

門開了。

英一事前想像過種種服裝（包括僧侶工作時穿的作務衣和冬天的夏威夷花襯衫）與外貌（長髮蓄鬍或戴著彩色隱形眼鏡等等），但是一個才剛開始高一第三學期的青少年想像力畢竟有限，足立文彥在那界限的一步之外，與其說是逾越，應該說是太超過。

像是量販店貨色的黑色黑領毛衣、鬆垮垮的牛仔褲和黑襪。

在嚴冬陽光下閃閃反光的，大光頭。

英一差點笑出來，我們的社會參觀課是造訪休假的住持。

「什麼事？」

手搭在門把上，大光頭歪著脖子。圓眼，略顯鷹勾鼻，嘴角下垂。依照店子老爸閱人無數的面相學，據說這種嘴型的人不適合賭博和人氣買賣。

英一不發一語，逕自掀開肩上書包的外口袋。取出那張照片，稍微歪斜以便對準角度，伸到對方的鼻尖前。事後，烤焦麵包說，當時就像連續劇的刑警給嫌犯看警察證件的那一幕。

「關於這張照片，特來登門請教。」

室內收拾得很整齊，也打掃得很乾淨。雖是老舊窮酸的房子，住起來似乎遠比外觀來的舒適。有一間三坪房間，鋪木板的廚房也有一坪半左右。家具很少。廚房的桌子是四人座，但椅子只有兩把。足立文彥讓給英一和烤焦麵包坐，自己從角落搬來踏腳台坐下。所以，雖然他的身材中等，現在卻一下子比英一兩人矮了一個頭。

桌上鋪了紅白格子的塑膠桌布。

英一先問，現在是否獨居？足立氏反問，爲何要問這個？

「我想你也猜到了，這件事我們不想讓足立先生以外的人知道。尤其是尊夫人。」

「用不著操那個心。」

現狀就是你們看到的這樣，足立氏說著露出有點羞慚的表情。不知是爲獨居感到羞慚，還是爲破公寓感到羞慚。

「你沒結婚嗎？還是已經離婚了？」

烤焦麵包兩眼發亮。事情總要一步一步來嘛，寺內。

英一說明來龍去脈。這段敘述費時不久。足立縮在踏腳台上，聽到河合公惠的名字時，也沒出現顯眼的反應。他微微張口，弓腰而坐。從上俯視，只見光頭泛著油光，很年輕。可是，這個人卻和這種**垂頭喪氣**的姿勢很搭調。就好像長年一直這樣生活，身體已經習慣了。

不料，英一一說完，情況登時生變。足立先生開始坐立不安，一下子去燒開水沖泡即溶咖啡，一下子翻動報紙，一下又去調整電暖爐的火力大小，把開了一條縫的窗子關緊，又打開，將電視搖控器拿到別的位置。最後他回到踏腳台旁，蹲身打開踏腳台的蓋子。原來這是個小型收納箱，從中取出的是抹布。他把抹布拿到玄關門口，掛在鞋櫃旁的掛勾上。

到此爲止，能做的似乎都做完了。本以爲他總算可以安頓下來，沒想到他又起身，這次自裡面的三坪房間某處取來毛線帽，突然戴上。

與一直呆然旁觀的烤焦麵包目光對上後，他說，

「這個房間很冷呢。」

「那你把頭髮留長不就好了。」

嗯——足立氏說著拉扯帽子，藏起一半的耳朵。

「不過，一旦剃成這樣後，再留長就會嫌煩。」

「你自己剃的嗎？」

「怎麼可能，是去美容院給人家剃的，還挺費時間和金錢的。」

英一環抱雙臂，試圖做出失望的表情。他拿爸媽當對象，正在努力鑽研如何露出那種表情，雖說這種努力毫無意義。

「好了嗎？」

「嗯——是。」

足立先生乖乖地點頭，聳聳肩。他的眼睛遊移，不肯看桌上英一放在杯子與杯子之間的照片。不過，視線倒是會從那上方經過，掃過來掃過去，掃過去掃過來。而且足立先生明明沒事幹，卻忙碌地動著雙手，以俯瞰之姿看著這一幕的英一，覺得自己好像成了夜市擺攤撈金魚的大叔。

「你們，那個，」

足立氏的視線，在距離照片往右偏離三格紅白格子的地方停住。

英一和烤焦麵包都很緊張。

「——見過她了吧。」

「見過了。」

這可不是我們瞎掰的喔，烤焦麵包說。足立先生抬起頭，與烤焦麵包四目相對點點頭，然後又拉扯帽子，

「是嗎？」

他又說了一聲，是嗎？把目光往上偏移到五格紅白格子之處。

「小惠她，還好嗎？」

這點也出乎意料。英一本來想像，他應該會用公惠小姐或河合小姐或那個人或她來稱呼。「小惠」嗎？

英一感到這時應該給他一記當頭痛擊，於是說，「她很好，不過，她父親去年秋天過世了。」

足立先生的頭垂下，後頸伸長。原來理成大光頭後，腦袋一動，就可以看見脖子上的肌肉跟著動啊。

「老爹他，死了嗎？」

他吐出的氣，讓廉價的塑膠桌布變得白濛濛。雙手的蠢動停止。

「你知道他腦中風病倒、臥床不起嗎？」

足立先生的手又開始不安分地動來動去。

「什麼時候病倒的？」

「你和公惠小姐分手，不到半個月之後。」

足立先生的額頭緊緊貼在桌上。

「後來一直住在醫院，據說是因爲肺炎而過世。」

「公惠小姐現在與她母親相依爲命。」烤焦麵包插嘴說，「她在橫濱的百貨公司工作。」

英一在桌子底下踩烤焦麵包的腳背。現在沒穿鞋，所以算是很客氣了。可是，還是被她怒聲質問「你幹嘛」。眞任性。

足立氏慢吞吞地起身，順帶拉扯帽子。他老是拉右邊，所以左邊往上高起。現在整張臉都在發抖。

足立氏用不像顫抖倒像在搖晃的聲音，問烤焦麵包，「你們兩個想叫我說什麼？」

這個人好像打從剛才就一直不願與英一對上眼。檢察官雖可怕，書記官就不用怕嗎？但是這位書記官其實更可怕。

「我們已經說明過了。」

「若是這張照片的事，我也不知道。」

難不成怎麼著——說著，他拉扯帽子，終於被他拉得滑落了。足立先生盯著帽子，彷彿是頭皮脫落，最後終於把帽子放到桌角上。

「你們以爲我別有用心，所以製造出這種惡作劇照片嗎？」

「**小惠**好像也不是完全沒想過那種可能喔。」

烤焦麵包倏然瞥向英一，

「才不是，你那種說法不公平。」

人家只是認爲足立先生的想法或許映現在照片上。

「這叫做念寫，是一種早自明治時代就廣爲人知的現象。」

烤焦麵包的敘述（這次妳也是現學現賣），足立先生把圓眼瞪得更圓地聽著，聽到一半又拿起帽子，握緊又鬆開，鬆開再握緊。

他的手骨節分明，手掌很大，指甲也很大，與河合學姐嬌小纖細的手恰成對比。這兩人如果手牽手走在一起，河合學姐的手八成會完全藏進這隻手中看不見吧。

「我對那種事不是很清楚，你們很了解嗎？」

在做研究嗎？他問。

「只是機緣湊巧地碰上，並不是在研究。」

「不過，你同意發生了這種現象吧。不是唬人的照片。」

「如果是唬人的，就請你直接招認，這樣也省得麻煩。」

對彼此來說都是——英一說。半邊臉忽然感到刺痛，定睛一看，身旁的烤焦麵包又變成遮光鏡土偶了。

那種土偶，記得有種說法主張那是仿照外星人的樣子做的。我倒想提出一個新假說：模特兒是蛇女或蜘蛛女。

「足立先生，三年前初見這張照片時，據說你臉色大變。」

足立先生終於抬起視線看著英一，「說這話的你，好像也臉色大變。」

烤焦麵包有點得意，在胸前環抱雙臂。低聲偷笑。

「總之！」英一扯高嗓門，「那樣很可疑吧？爲何臉色非變不可？」

「所以，你的意思是我從中耍花招嗎？」

「通常，都會這麼想吧。」

「比起什麼念寫的現象，這倒是實際多了。」

足立氏的眼神再次遊移。這次不僅限於桌布上，還在屋內四處打轉，最後在廚房的老式點火式熱水器的地方停住。

「我雖然也想像過各種情況，卻沒想到會是你們這麼年輕的孩子來質問我……」

「什麼想像？」烤焦麵包立刻追問。時間點抓得雖快，語氣卻很沉穩。

「想像有一天如果跟誰說起這件事時，會是怎樣的情景。」

英一有種似曾相識之感。彷彿時間倒流，鮮明得令人暈眩的回憶。在日比谷的咖啡店，山埜理惠子開口的瞬間。她說，爲了感謝你給的照片，我就告訴你眞相吧。

人總有想說出來的事情，不論是秘密或是重擔。

並不是隨時都可以，也不是跟誰都可以。因爲不擇時機與對象的祕密，不算是祕密。

但是，選中的時機與對象，沒有既定標準。可以是背對自己的計程車司機，也可以是某天上門突擊的兩名高中生。

一切都取決於該說的祕密的內情，超過吃水線時，日積月累的沉默的最後一根稻草，壓垮駱駝的背脊時。

英一問，「足立先生，你有這張照片嗎？」

正如英一的猜想，他搖頭，「我沒有。不過，我從未忘記。」

渾圓的眼睛，又開始忙碌地數著紅白格子。不僅是雙手，全身都像抖腳似地，抖個不停。

「念寫這種東西，不是誰都會吧？」他問，「需要特殊能力吧？」

「好像是有這種說法。」

「那麼，我好像是這種超能力者。」

烤焦麵包變回普通的斜眼，朝英一遞了個暗號。話題的走向，這樣子好嗎？不會扯遠了嗎？

英一對她視若無睹。他目不轉睛地盯著足立先生，「爲什麼你會這麼想？」

「因爲類似的情形，又出現過一次。」

衝擊的告白——應該這麼形容吧。

「想看嗎？」

足立氏唐突地問，然後也不等他們回答，便自踏腳台起身。走進三坪房間，拉開放著小電視的廉價夾板製電視櫃的抽屜。從英一的角度看不見抽屜裡的東西，但他取出的東西，一眼便能認出是什麼。

那是個輕便小巧的相框。

「這個。」說著，足立氏遞過來，「你們看。」

裡面夾著一張快照。

是這個房間的照片。相片中有電視和電視櫃，緊靠一旁的牆壁，豎立著細長的穿衣鏡。鏡頭對準那面鏡子拍攝。拍的是鏡中的足立先生，他端正跪坐在榻榻米上，手裡抓著拋棄式相機。

他的右肩上方，還有另一張臉孔。在足立氏身後的人，伸長脖子，試圖與他一同入鏡。然後莞爾一笑，來，笑一個——

是河合公惠的臉。

英一仔細一看，這是張不自然的照片。若是這種姿勢應該會拍到公惠的肩膀，結果卻沒拍到。就算她刻意躲在足立先生背後那樣坐著，還是不對勁。因爲公惠的脖子以下模糊失焦，與足立氏的肩膀之間有空隙，從那裡可以看見穿衣鏡的鏡面。

唯有含笑的河合公惠的腦袋，兀然浮現空中。

英一可以感到身旁的烤焦麵包渾身血液急速降溫。

「髮型不一樣呢。」

英一這麼一說，烤焦麵包做出不知是在顫抖還是微微點頭的不明反應。

「我們見到的河合學姐，頭髮已留到肩膀。顏色也染成栗子色。」

這張照片中只有腦袋的公惠，和三年前那張照片中的公惠留著同樣髮型。

「是嗎？」足立氏呢喃，他的臉上也浮現溫柔的微笑。

「我記得的小惠是這樣。」

在我腦海浮現的小惠是這個髮型。

「這個是什麼時候拍的？」

「去年夏天。記得是七月底吧。」

照片中的足立先生，穿著短袖T恤。

「那個週末，公司舉辦員工親屬聯歡會。我拿拋棄式相機，拍了照片。」

回家後，他發現裡面還剩一張底片。

「其實可以不用再拍，但我覺得很浪費。」

然後，寂寞油然而生——

「想要拍點什麼，卻發現自己沒有任何東西可拍。沒有人叫我幫他拍，也沒有我想拍的人。」

聯歡會在森永紙工的社長提議下舉行，聚集了大批員工和眷屬非常熱鬧。

「獨自參加的只有我。」

單身的員工們不是帶女朋友去，就是帶妹妹。而足立先生，兩種人選皆無。

「因爲三年前發生那件事後，我和自己的家人也少有來往了。」

因爲突然取消婚事，也給父母造成困擾，沒臉見他們。

「或許也是因爲醉了吧，我覺得好寂寞好寂寞，簡直快瘋了。」

他在心裡想著小惠。

「現在她不知怎樣了？過得還好嗎？幸福嗎？交到新男友了嗎？」

然後他靈機一動，不知能否做出與三年前那張奇妙照片同樣的情形。

「於是我一邊拚命想著小惠，一邊按下快門。」

然後，就拍出了這張照片。

英一再次有種似曾相識之感。那是山埜理惠子低著頭，令人擔心她是否在哭的那一刻。她沒哭，低著頭，正在溫柔笑著，像要自己安慰自己般笑著。

現在亦然。足立氏正在微笑。與他憑著思念拍下的小惠，露出一模一樣的笑容。

烤焦麵包不是凍結，也不是靜止，是宛如化石，眼也不眨。

「你爲什麼會和河合公惠小姐分手？」

彷彿要逃避這個問題，足立先生縮起脖子雙手，把帽子往下扯。蓋住耳朵。但是，他遲了一步。

「說要與前女友復合，是騙人的吧。應該另有其他理由吧。」

足立先生的雙手仍放在帽子上，頭垂得更低了，「你爲何會這樣問？」

「因爲你拍出了這種照片。」

英一指著在河合家的緣廊拍攝的照片。然後，

「也拍出了這種照片。」

他指著穿衣鏡的小惠那張照片，然後環視冷清的室內。

「因爲你至今仍獨身，悄悄躲在這種地方過日子。」

終於，烤焦麵包呼吸了。彷彿現在才想起自己還活著，一口氣滔滔不絕地說：

「三年前拍攝河合一家人時，足立先生，發生了什麼對不起河合小姐他們的事吧？你瞞著他們吧？那件事根本與前女友無關吧？其實，我打從一開始就這麼覺得。」

烤焦麵包說過，河合富士郎不生氣，卻在哭的反應很奇怪。雖然她直到剛才爲止一直呈現化石狀態，這番說明倒是很精采。

「小妹妹，妳幾歲？」足立氏睜著圓圓的眼睛問，他似乎也頗爲佩服。

「馬上就滿十六歲了，因爲我提早入學。」

「是嗎？妳的頭腦眞好。嚇我一跳。」

你說得對極了，嗯。

「無法與河合學姐結婚的眞正理由，到底是什麼？」

問了之後，烤焦麵包突然客氣起來，「如果方便請教的話，請告訴我們。」

這不像她的作風。在這種逼問的緊要關頭，妳幹嘛心虛啊，英一雖然這麼想，其實自己也感到

心頭很難受。既想問明眞相，又不太想問。這次，如果聽到了就得背負包袱。與上次相較，這點在根本上截然不同。

我們公司——足立氏說。聲音雖小，但還不至於聽不清楚。畢竟距離很近，房間很小。

「主管換人後，經營方針也變了。」

「東邦科技的？」

「不是，是美國母公司那邊。」

「噢。我聽說是金融複合企業集團。」

足立先生苦笑，不知爲何脫下了毛線帽，「嗯——也沒有複合企業集團那麼巨大。實際上，經營者之所以換人，就是因爲被同業之中更大的公司買下。」

這種事在美國並不稀奇，他接著說：

「買收前的CEO領到足以令人失神的巨額退休金，瀟灑走人。」

換言之，我們是賤價賣掉了。

「新任CEO不喜歡東邦科技。他說這是風險過大的業種，這種公司沒必要存在。」

被賣掉之後，等於接著又要面臨打著統合與整理這個名義的淘汰，這同樣也不是稀奇事。

「我爸也是製造業的上班族。」英一試著說。足立氏當下有反應，抬起眼，「他也說過東邦科技是利基產業，很危險，是個沒什麼意義的公司。」

足立先生看起來非常遺憾。這是見解不同，他咕噥。

「至於我呢，我個人，」

在工作上算是很能幹，他淡淡地繼續說，「所以就算東邦科技關門，我也不會受影響。企業併購畢竟不是簡單的事。」

母公司那邊為了併購後順利轉移業務和統合，成立了專門企畫小組。足立先生就是小組成員之一。

「但是，東邦科技如果垮了，河合精鋼會很麻煩。」

經營會一下子面臨困境。

「老爹是那家公司的第二代。雖是第一代白手起家的工廠，但是做為承包國內大型製造商的下游工廠，是第一流的。」

在業界，是內行人都知道的小工廠。

「結果，卻在我的勸說下改變方針。」

足立氏的語氣不變，背卻愈來愈彎。

「不能永遠只甘於當下游代工廠，我勸他直接打進世界。我煽動他說以老爹你的技術，如果只是單方面遭到榨取，不會覺得不甘心嗎？」

時代改變。發包的大型製造企業，已經不會像老一輩那樣，照顧渺小如豆的下游代工廠了。「企業是血親」這種昔日美好的日本財界風氣已經衰微，現在是全球化的時代，弱肉強食，實力本位。如果換個說法，等於是戰國時代，有機會以小博大以下剋上。

「於是，老爹漸漸放棄自第一代開始合作的老客戶，轉而以我們公司仲介的工作為主。」

當然，中間有過波折。也有過糾紛。「長年工作的工人們，非常反對。他們說那樣是行不通的，就算可行，也只是暫時的。其他小工廠的社長同業們，據說也罵他：河合先生，你遇上詐騙集團了。」

即便如此，河合富士郎還是賭在東邦科技上。一生一次也好，既然生為男子漢，就要打進世界。

這個賭注成功了。有一陣子河合精鋼的確打進世界市場。

但是——

「美國的母公司被併購後，一下子，啪！全完了。徹頭徹尾地改變了。」

他實在開不了口。

「老爹，東邦科技將要關門了。我要調到其他的公司或部門，可能會是金融業。這種話我要拿什麼臉去跟他說。」

現在足立氏的頭，低到鼻頭幾乎要碰到紅白格子的桌布了。

「那麼，你拍那張照片時——」

沒必要再問全部了。足立氏微微仰臉，點點頭。

「二〇〇五年的十月九日——」

他確認緣廊照片的拍攝日期。是星期天，烤焦麵包小聲補充。

「併購的消息預定在翌年四月正式發表。在那之前，一直在祕密進行準備。」

足立氏的心頭，藏著過於巨大的祕密與煩惱。

「小惠與她爸媽，還有，小惠的那個學妹——」

「她叫做田部亞子。」

足立氏似乎不記得她的姓名。包括那天在內，據說他們只見過兩次面。

「大家都在笑，看起來好開心。」

我卻若無其事地去小惠家玩，在她家吃吃喝喝，和大家一起談笑。「當我說要替他們拍照留念，拿起相機時，」

看著鏡頭，宛如被洪水呑沒。某個念頭自足立氏的心頭深處源源湧出，籠罩了他。

「那棟房子有條很長的緣廊對吧？」

河合家的人們當時背對那條緣廊而坐。

「在老爹面前，我動不動就說『要以世界爲對手』。我說要打入世界，讓我們以世界爲對手工作。」

「可是你們實際上，的確做了這樣的工作吧？」

聽到英一不確定的反問，足立氏的圓眼睛瞥向他，眼瞳漆黑如墨。

「的確是。我們打入世界了，但是並沒有走到世界的中央。到頭來，河合精鋼的位置只是世界的緣廊。」

緣廊是房子的一部分，但是，屋主不可能在那裡過生活。

「這些人只是棲身在世界的緣廊。只要屋主的心意一變，他們就得黯然離去。」

我卻連這個都沒發現，只是一個勁兒地鼓舞老爹，是大房子喔，是豪宅喔。我告訴他，我們也將會是這棟房子的住戶喔。

「我說，那就是全球化。」

但那只不過是一廂情願的想法，緣廊終究只是緣廊。

「東邦科技的幹部們也是，到了緊要關頭，沒人會替河合精鋼這樣的小製造業者著想。他們只顧著看大客戶的臉色。」

河合精鋼及其他許許多多小之又小的技術，不管再怎麼卓越，對他們來說都只是商品，不是客戶，所以他們壓根無意去守護。

巨大房屋的巨大賣方和巨大房屋的巨大買方做交易。渺小的豆粒，不是成爲商品，就是庫存瑕疵品，只能二選一。那就是全球化。

「如果說明眞相，老爹會責怪我嗎？應該會責怪我吧。我徹夜難眠，獨自思考，雖然早已知道答案。」

正因早已知道答案，所以才輾轉難眠。

「老爹他絕對不會怪我，首先他應該會怪自己目光短淺吧。他就是這種人，我很清楚，清楚得不能再清楚。」

被這種小毛頭煽動，得意忘形，做出沒臉向先人交代的蠢事。我錯了。我在這場乾坤一擲的豪賭中賭輸了，我失去了辛苦建立起來的一切。

比起憤怒與質問，老爹應該會痛苦吧，會傷心吧，會羞愧吧。

照片幻象的河合富士郎正在忍受的，原來是恥辱嗎？是失意嗎？

烤焦麵包的推測，再次一語中的。可是她自己，卻像做了什麼壞事似地垂頭喪氣，以手掩口。

彷彿在說自己眞不該講出那種話。

「小惠拿洗好的照片給我看時，我差點沒嚇死。」

至今，足立氏仍無法正視桌上的那張照片，避開目光。

照片拍出了我的眞心話——

「會臉色大變，也是難免吧？」

英一深深點頭。烤焦麵包無語，兩手還是捂著嘴。

「但我好歹也是男人，所以我下定決心。」

絕對不能讓東邦科技關門。

「就算被併購或換了CEO，我心想那又怎樣。」

他在專案小組內開始運作，也寫了許多計畫案提交。這種情況下，或許該稱爲「請願書」更貼切。

「請讓東邦科技生存下去，請看看過去的工作表現。雖然的確有風險，但這家公司有未來，有可能性。」

足立先生的話戛然而止，氣喘吁吁。

「然後呢？」

如果不催促，恐怕會永遠沒有下文的沉默之後，英一問道：

「結果怎樣？」

足立先生看著英一。他的眼神就像在看別種東西，比方說，河合公惠的哭泣臉孔。

「我被開除了。」

他說公司逼他在二〇〇六年一月底離職。

「因爲我被視爲對抗新體制的造反派。」

他不僅未能拯救東邦科技、河合精鋼，自己也失業了。

「我該怎麼辦？」足立先生對著斑斑剝落的廚房壁紙，如此問道。

「我等於是騙子。就算登門道歉說我沒那種意圖，結果還是一樣，對吧？」

斑斑剝落的壁紙不回答他。

「老爹的公司要垮了，我失業了。今後我該怎麼養活小惠，養活她爸媽？」

根本不能結婚，自己已經沒那個資格，也無從彌補。

「前女友的事，又是怎麼回事？」

這應該算是個轉換風向、問得正是時候的問題吧。足立氏宛如惡夢初醒般眨眨眼，靦腆地笑了，「倒也不是空穴來風。我一訂婚，以前的女友就回來找我，是眞的。」

她纏著足立要求復合。

「我並不是那麼有女人緣的男人。」

他說，前女友多少有點自我意識過強、惡意作對的成分在。自己扔棄不要的東西，被別人一撿走，就忽然捨不得，吵著要搶回來。

「聽說她還在浴室割腕。」

「噢，那只是唬人的，皮肉傷而已。」

她那種裝模作樣的地方也是我最討厭的，他說：

「我那時真的煩惱得恨不得一死了之，所以立刻看出，她根本不是認眞尋死。」

足立先生的冷淡反應似乎令前女友醒悟戰略錯誤，於是抽身得也很快。就這點看來，前女友顯然也不是笨蛋。

「不過，聽說她父母很生氣。」

「當然會有點生氣，但是，他們並未因此就叫我負起責任娶她。」

他們還覺得已經受夠這種麻煩了，叫他從自家女兒面前消失。

「那麼，前女友的事其實只是被你拿來當藉口。」

「嗯。因爲我知道，如果是這種理由，小惠和老爹都絕對不會再追問，尤其是老爹。」

實際上，正確——與否姑且不論，的確是很有效的煙幕彈。

前女友這個名詞的頻頻出現，令烤焦麵包漸漸復活，「那個女人，你知道她現在過得怎樣嗎？」

「她結婚了，是什麼時候來著？我記得還收到明信片。」

烤焦麵包憤憤地嘖了一聲。她的黑暗面再次全開。

東邦科技的母公司併購案，在二〇〇六年四月如期發表。東邦科技的消失也就此定案。當時，河合富士郎已臥病在床，河合精鋼也解散了。所以，公惠對那個消息做何感想，是否察覺與自己解除婚約有何關連，足立先生都已無從得知。

「我想，應該已無暇顧及了吧。公惠小姐好像連東邦科技關門的事也不知情。」

足立先生頹然垂首，「因爲我躲起來了嘛。」
「躲得很成功。」
本來打算好好諷刺他一下才說出這句話，但足立先生似乎已經感慨萬千，毫無所感了。
「我靠失業保險金糊口過了一陣子，然後找些兼職打工。」
現在就是這樣，這種生活。他恍惚失神，如此咕噥。
「我進入森永紙工，大概有一年了吧。這是家好公司喔。」
靠勞力工作很好，他說。
「或許不該說這種話，但你就算要住像樣一點的公寓，應該也不成問題吧。」
「因爲我很喜歡這裡。」
足立先生又恍惚地笑了，他再次戴上帽子往下扯。就在這時，
傳來野獸咆哮般的聲音。
不只英一，連足立氏也不由得四下張望。是野貓？或者是什麼家電用品壞了？英一轉頭看身後的點火式熱水器，這玩意該不會爆炸吧。
不穩怪聲的來源是烤焦麵包。
她已變成遮光器土偶。而且是憤怒的遮光器土偶。是作爲原型的外星人，終於現出眞面目開始侵略地球時的表情。把人類通通消滅吧！
「開什麼玩笑啊。」
咆哮轉爲話語。

「開什麼玩笑啊！」

烤焦麵包雙手往紅白格子的塑膠桌布一拍。足立先生嚇得縮成一團，英一跳起來。

「寺、寺內。」

烤焦麵包正眼也不瞧英一，目不轉睛地瞪著足立先生，彷彿隨時會撲上去咬他般傾身向前。

「你啊，沉沒在這種破舊的爛公寓，覺得很爽吧？你認爲這是自己該受的報應，是嗎？」

足立氏的圓眼珠幾乎要掉出來了。

「你覺得這麼窩囊、沒出息、罪大惡極的自己，應該永遠意氣消沉地糟蹋餘生，必須悄無聲息地躲在社會的角落才對吧？啊？」

這種說法，撇開友田莊的房東不談，至少對森永紙工很沒禮貌吧？

「什麼狗屁念寫啊，什麼狗屁特殊能力啊。」

烤焦麵包瞄準目標重重地拍在兩張照片的兩側。緣廊照片飛起來，穿衣鏡照片的相框砰地倒下。

「這純粹只是拍出你的軟弱與你的提不起放不下的照片，你自己應該也明白吧？」

才剛懷疑他要做什麼，足立氏已脫下毛線帽，然後垂眼看照片。

「你給我看清楚！」

烤焦麵包站起來，右手抓著緣廊照片，左手抓著穿衣鏡照片。首先，她把右手伸到足立氏的面前。

「這是被你弄哭的小惠！」

然後這個，說著她換手。
「是你希望看到的小惠！」
「希、希望看到？」
英一與足立氏異口同聲回問。
「沒錯。虧你還好意思問小惠現在過得怎樣，虧你還好意思問小惠幸福嗎？」
烤焦麵包的聲音實在太大，天花板上垂掛的老式電燈都在搖晃了。不，不對。應該還不至於吧，否則寺內豈不成了怪獸了。
「是**你**希望小惠，用這樣的表情歡笑吧？」
抓照片的手垂落。音量也倏然放低。烤焦麵包囁嚅：
「這張笑臉不是因爲幸福才笑，不是因爲快樂才笑。」
她是在說，已經夠了。
「她是在說你不用再道歉了，她已經原諒你了。」
你想見到的是這樣的小惠。
「你希望她原諒你，是這樣吧？」
足立氏不知幾時已經愕然張嘴。
「希望她、原諒。」
那張嘴幾乎文風不動，像用腹語術似地說。希望她原諒——
「沒錯。因爲，你不正是做了必須乞求河合一家原諒的事嗎？」

三年前，爲何不老實說出眞相；爲何不向老爹道歉；爲何沒有跪在地上，把頭貼在工廠地板上，一而再再而三地道歉，說自己想法太天眞，說自己力量不夠。

「接著，你應該說：但是河合精鋼不會垮，絕對不會垮，無論如何，我足立文彥，不管用什麼方法都會保住工廠！不是嗎？啊？我說的這些話，有錯嗎？」

烤焦麵包激動地大吼。她的表情很憤怒，但是在英一聽來，她的聲音卻宛如悲鳴。

「之前被老爹斷絕合作關係的公司，你應該一家一家去拜託。你應該在人家面前再次低頭認錯，就算人家一再拒絕，給你冷臉看，你也要不屈不撓地設法爭取到契約。你不覺得嗎？你是業務員吧？那時你爲何沒有這麼想。」

是因爲廉價的自尊心作祟。因爲比起河合精鋼，比起河合富士郎，足立文彥首先只想到自己輸了這場賭注，卻又不甘心認輸，所以只想逃避。

「你沒有負起責任，卻逃走了。」

逃離河合公惠，也逃離河合精鋼。

「你搶先逃走了。搶在被人家討厭前，搶在人家說再也不想見到你這種人之前，搶在小惠罵你好過分之前。」

比起其他任何事，這才是最大的罪過。

「老爹病倒，小惠最艱困的時刻，她最需要你的時刻，你卻不在小惠的身邊！」

因、因爲我不知道，足立氏軟弱地，幾乎是反射性地辯駁。

「如、如果我早知道——」

「早知道你就會回去嗎？你這個豬頭男！」

豬頭男？

「卑鄙小人！」烤焦麵包破口大罵，「你自己應該也清楚這點吧？你應該也承認吧？看看你那是什麼禿頭！難道你打算出家嗎？」

這次連禿頭都罵上了？

「你自己反省過了吧？你很後悔，不是嗎？你希望人家原諒，說穿了就是這回事。懂嗎？」

被這麼咄咄逼問，足立先生已經縮到極限了。

「——懂。」

「既然懂了！」烤焦麵包再次拍桌，「就不要愚蠢地沉溺在自我憐憫中，拍這種破照片，小心翼翼地藏起來。還不趕緊直接給我去！」

她的音量再次扯高。

「去見小惠，道歉道歉再道歉，試試看人家是否能夠原諒你！你是個男人吧？剛才你自己這麼說過的吧？既然是個男人就不要一個人在這哭哭啼啼，像個沒出息的臭娘們兒一樣！」

妳這種說法恐怕在女性主義上大有問題喔，寺內。

「老、老、老……」

足立氏兩手拽著帽子面無血色，像金魚一樣嘴巴開開合合。

「老爹他已經死了，已經無法求他原諒我了。」

烤焦麵包在瞬間屏息後，放聲大叫。

「老爹現在當然還是和小惠在一起！」

做父親的本來就是這樣的。

你去死啦！烤焦麵包怒吼。電燈搖晃。

「你們這些傢伙通通都是。爲什麼男人全都這麼豬頭？」

不屑地唾棄後，烤焦麵包碰地把照片往桌上一砸，旋即衝出房間。英一千眞萬確地看見，單薄的門板在半空中扭曲。

與其說是沉默，更接近眞空的氛圍，籠罩友田莊二〇五號室。

不是尷尬。氣氛輕鬆自在。該說是兩個被臭罵的男人同病相憐，還是該說互舔傷口，或者互相掩護呢？

醫護兵在哪裡？

很長一段時間，兩人都垂頭不語。

突然間，窗外傳來賣豆腐的喇叭聲。是在這個場面下如果有聲音傳來，唯有這種聲音絕對很殺風景的那種聲音。

可是，那卻是正確的聲音。

先是英一笑出來，然後足立先生也笑了。兩人不約而同地沮喪抓頭。

「她不會有事吧？」足立氏囁嚅，「你不去追她沒關係嗎？」

「如果現在去，我覺得恐怕會被扭斷脖子。」

「看來你被她吃得死死的。」

不過——說著，圓眼睛帶著溫柔的光芒，「不管再怎麼強悍，她畢竟是女孩子。」

「呃，基本上是。」

「同學，你幾歲？」

「等到生日時，就滿十七了。」

是嗎？他說著微笑，「將來還很長呢。」

「噢。」

「說不定會是那個女孩，也說不定是別的女孩。」

今後，會令你喜歡到想要結婚的女人。

「明明從來沒想過要惹她哭，也一直認真想著要讓她幸福。但是，不知為何有時還是會讓她哭。」

男人有時就是會這樣。

「所以，才很豬頭吧。」

這就是落幕退場前的，倒數第二句台詞。最後一句台詞，該由我來說，英一想。

他說出橫濱某家以食品賣場貨色豐富著名的百貨公司名稱。

足立文彥點點頭。英一收回田部女士暫借他保管的照片，走出室外。賣豆腐的喇叭聲聽來悠遠平靜。

9

與田部女士會面，必須等到隔週的星期四，因爲對方找了一堆理由說她沒空。田部女士正在醞釀聆聽結果的勇氣吧，英一想。

又是在二年A班的空教室，由小森經理陪同。

他簡單明瞭地報告經過，但是一開始就沒說出烤焦麵包幫忙的事，所以也沒說出他在友田莊被烤焦麵包扔下、獨自回來的這段遭遇。之後，烤焦麵包不知怎地毫無音信的事自然也就更不用提，烤焦麵包現在在學校也躲著他，也沒傳簡訊。

「哎，隨她去不就得了？」這是店子的建議。

報告完畢，將裝有照片的信封放到桌上，英一抬起頭。田部女士蹺著二郎腿，皺起眉頭。

「辛苦你了，你做得很好。」

這番慰勉之詞來自小森經理。

「今後的事要由河合學姐決定，我們到這裡就滿意了。」

對吧？田部——小森說著，朝她一笑。田部女士依舊皺著眉。

她盯著桌子，低聲說，「小森。」

「嗯？」

「不好意思，妳先出去好嗎？」

小森經理輕巧地站起，「那我先去社團教室。」

剩下她與英一兩人後，田部女士放下腳，重新坐正。

「我當初也是一個人悶在心裡太沉重，於是向小森透露這張照片之謎。找你商量時，我一個人也遲遲無法下定決心，多虧有小森幫忙。」

英一也猜想是這樣。

「但是，接下來我要跟你說的，連小森也不知情。」

高一那年秋天——她開始敘述。

「因爲練習賽，我去了浦和北高中。」

「啊？」

「回程在車站月台上，我發現那個男人在對面月台下車。」

英一仔細打量田部女士的臉。田部亞子，和那張照片相較，體型沒改變，但臉有點消瘦。

「雖然只見過兩次，而且他還變成大光頭，但我還是一眼就認出來了。」

因爲那張臉永生難忘，因爲是一想起就氣憤、憎恨的臉孔。

因爲那是傷害學姐，卻至今還留在學姐心中的男人。

「他變成彎腰駝背的喪氣老頭。」田部女士苦笑，「身上的衣服也鬆垮變形。那天是週日，所以也許不是下班回家。」

現在回想起來，自己也覺得怎會做出那麼大膽的行動，她說。

「我謊稱忘了拿東西，和隊員們分開。」

田部女士跟蹤了足立先生。

英一大吃一驚，「學姐應該比我更適合做調查吧。」

「那只是當時情急下的自然反應。」

跟著走了半天，發現足立先生走進友田莊。

「雖然沒有當門牌用的名片，但的確是二樓的二〇五號室。」

好一陣子，田部女士就躲在電線桿後面偷窺。

「那個怎麼看都不像新婚夫妻會住的公寓，對吧？」

「的確不像。」

背叛河合學姐的男人沒有結婚嗎？還是婚後很快就離婚了呢？不管怎樣，那人的落魄模樣是怎麼回事？

「我大概站了三十分鐘吧。」

足立先生出來了，將公寓的房門上鎖。

「他好像是要去公共澡堂。」

說到這裡才想起，那個房間的確不像附有浴室。

「所以，我又繼續跟蹤他到附近的澡堂門口。爲何要跟蹤，連我自己也開始糊塗了。」

「妳沒想過要叫住他嗎？」

「可是，叫住他要說什麼？」

你被捕了！之類的——虧我能想出這麼無聊的念頭。

「回程中，我的心情怎樣也無法平靜。」

這件事該告訴河合學姐嗎？事到如今，此舉已是多餘的嗎？

「我猜想，學姐至今還是無法接受與那個男人的分手。正因如此，我說不出口。」

從那天起，動不動就取出那張照片打量，成了田部女士的習慣。

「該說是如鯁在喉嗎？」

現在終於拔掉了——說完，她笑了。不是苦笑亦非冷笑，是高二女生的笑容。

於是英一也放鬆心情，「既然妳早知道友田莊，一開始就該告訴我嘛。」

這樣可以節省很多時間。

「我又不知道足立先生現在是否仍住在那裡。」

足立文彥終於從亞亞的口中，自「那個男人」恢復以姓名相稱了。

「可是，如果妳早點告訴我，就可以當作一個線索。」

田部亞子又變回田部女士的嘴臉，「如果無法靠你自己查出友田莊，就表示你的調查能力不過爾爾。」

雖然英一很想說這是強辭奪理，但還是怕怕的。

「那妳沒想過自己調查……」

田部女士擺出殺球的架勢。

「如果我自己出馬，那個男人怎麼可能說出眞相。」

問題重點也許不在於對象是誰，而在於要挖掘什麼眞相。如果田部女士出馬，八成會把緣廊照片往旁邊一放，開門見山地質問核心部分，的確，那樣的話，那個倉皇不安的男人恐怕不會說實話吧——

面對沉思的英一，田部女士忽然解除武裝。保持淑女的臉孔，像要開花似的，展顏一笑。

「謝謝。」

沒有扭怩，也沒有帶著隱約寒意，是誠心誠意的道謝。

這下子，英一自奴隸戰艦重獲自由了。船會抵達什麼港口，之後再看看吧。雖然對岸太遠，說不定永遠都無法得知船的去向。

我的任務結束了，英一想。

10

然後，正好過了一週之後，花菱家發生大事件。

小閃的情況不對。

白天還健健康康地去上學，也參加了社團活動才回來。進門說我回來時，只覺得他的臉色有點蒼白，結果在晚餐桌上，他突然放下筷子，把吃下去的東西全吐出來，嚇壞了英一。

「——好噁心。」

把手放到他額頭一摸，熱度不對。

母親京子差點暈倒。不巧的是，父親秀夫這晚有應酬，要晚點才能回來。

「小花，叫救護車！」

慢著慢著。小孩稍微嘔吐、發點燒，就打一一九，那已經不是怪胎，而是沒常識了。英一揹起小閃，和京子一起，急忙跑進離家最近的綜合醫院夜間急診室。

不巧，這時也正是新聞報導流感大流行的時期。四五組病人加上陪同者的候診室裡，英一等於要同時照顧兩個病人。抱著渾身無力的小閃，京子雙目含淚。

「爲什麼要等這麼久？」

「看病要照順序來。」

「爲什麼這麼多人？」

「現在就是這種季節嘛，媽。」

「所以我才說應該叫救護車的。」

聽到母親這麼說，英一很尷尬。他在內心嘀嘀咕咕地辯解，我個人可是自命爲花菱家的常識堡壘。

診療結果，醫生說是感冒，據說不像流感。但是診斷時期還太早，所以尚且無法確定，明天請再來看一次。

「批價處也很多人繳費，小花，你先帶小閃回家吧。趕緊讓他上床休息。」

英一再次揹起小閃，京子再幫他罩上大衣。

「家裡放備用毛毯的地方，你知道吧？要給他穿暖和的睡衣喲，還有冰枕——」

「這些我都知道，妳放心啦，媽。」

背上的小閃，就像剛灌滿的熱水袋一樣燙。他燒得更厲害了。

二月的夜晚，冷徹骨髓。幸好沒起風。

「小花。」小閃在背上說。

「什麼事？」

「要坐計程車嗎？」

「你想趕快回家吧？」

「可是車子一晃，我怕我又會吐。」

幸好，只有計程車基本費（兩公里內）的距離。

「真拿你沒辦法。」

英一合攏大衣前襟，一邊小心不要晃動小閃，一邊快步邁出。

「爸爸還沒回來？」

「他有應酬。」

小閃說上班族真辛苦。

「今早你有沒有不舒服？」

「有一點，冒出絲絲寒意。」

小閃說所以他戴著手套和圍巾去上學。

「這種時候，你一定要趕快跟媽媽說才行，否則她會擔心。」

「說了她會更擔心。」

這倒是。

英一大步走，快步走。停下等紅綠燈時，英一的胃咕嚕咕嚕地叫了，令小閃吃吃笑。

「還不都是你害的，害我來不及吃晚餐。」

小暮照相館的燈光遙遙在望了。英一改用小跑步。

正要打開店面的入口時，他赫然發覺。那面櫥窗中，月曆消失了。是幾時撤掉的？而且，原本掛月曆的地方，現在貼著明信片那麼大的白紙。上面寫著：「目前專心一致創作中」，這個好像是店子的筆跡？

「小花。」

小閃很懂得察顏觀色，一定是要告訴他月曆的事吧——

「你揹過小風嗎？」

這小子，沒頭沒腦的問這什麼問題。

「風子她啊……」

讓我想想看。

「因爲她不像你這麼小隻。」

「小風比現在的我還小喔。」

小閃省略了「死的時候」這幾個字。

風子四歲夭折。今後，不管過了多少年都不會比四歲更大，小閃早已追過風子的年紀。

「風子雖然也很嬌小，但哥哥那時也很小，所以揹她是爸爸的工作。」

小閃沉默。

打開門鎖一走進屋內，暖氣和晚餐的氣味頓時籠罩兄弟倆。小閃打個大呵欠，「我睏了。」他說。

今晚說什麼也不能睡壁櫥。替小閃換好衣服，哄他睡下，正在準備冰枕時，京子回來了。

「要給小閃吃點東西，還得吃藥。」

京子連大衣也沒脫就開始忙東忙西。英一把剩下的事交給母親，忽然無所事事。

他悄悄走進客廳，靠近風子的佛壇。無論任何季節，佛壇上永遠不缺鮮花水果。風子的遺照在那裡笑著，穿著她最喜歡的小洋裝。

我以前揹過妳嗎？

風子只是開心地笑著。

小閃爲何會問那種問題？

風子沒回答。因爲是照片。

這張照片沒拍到不祥的東西，也沒出現怪異情景。沒有預兆，也沒有預感。風子的死，忽然從天而降。

英一感到一陣寒意。客廳的暖氣一直開著。是風從門縫鑽進來嗎？不，這股寒意來自體內。簡直就像某種冰冷的物體，在身體最底層翻了個身。一直沉睡在那裡的東西，即將清醒。

小花！小花！京子慌張地喊。

「家裡沒牛奶了！小閃要喝熱牛奶！」

是是是，我現在就去便利商店。迅速看了一眼風子的遺照後，英一離開客廳。

小閃的發燒一晚就退了。果然是感冒，診斷結果依然不變。

只是他似乎沒什麼食欲。英一覺得京子比小閃更令人擔心，所以他沒去同好會，提早回來一看，母親正對著碗中還剩下很多的稀飯嘆氣。

「他說什麼都不想吃。」

「他昨天才剛生病嘛。」

「可是，總得讓他吃點東西才行。」

母親也跟著憔悴了。看到那張臉，英一想起。當時——風子變成那樣時，母親同樣也憔悴得皮包骨。

照顧病人之後，緊接著就是喪禮。況且那時——

身體不舒服的，不只是風子，小閃也病倒了，所以母親當時雙重辛苦。

英一沒忘，他都記得，那是他一直刻意不去想起的記憶。是花菱家的禁忌。

正因爲無法公開禁止，所以私底下盡量迴避的事。

「是不是該給他吃罐頭水蜜桃之類的？」

「媽，妳自己才該先吃點東西吧？」

英一在自己的房間與小閃的房間之間來來去去，時間在觀察情況中流逝。小閃已像個沒事人似地活蹦亂跳，急著想看書。這個年紀的小孩，若只是感冒，倒得快但恢復得也快。

「幫我拿書來。」

「那當然不行。你就再忍耐一天吧。」
「可是我好無聊。不然，小花你念給我聽。」
「再不乖乖睡覺，小暮先生的鬼魂會出來找你喔。」
明明是沒吃飯的病人，小閃卻笑得很大聲，「小花，你怕鬼吧。」
「上次，在壁櫥裡慘叫的不知道是誰啊？」
「我只是怕黑黑的地方啦。」
晚餐時，小閃也只吃了一點稀飯。還像個小大人似地皺起臉，說他嘴裡索然無味。詞彙非常豐富，可見腦袋正常運作。
「有沒有什麼想吃的？」
英一只是未加深思地隨口問問，小閃卻很認眞地思考。然後回答：
「我想喝烤焦麵包家的甜酒釀。」
什麼？
自友田莊一別，烤焦麵包便像自地球消失般無影無蹤。
英一決定就當作那丫頭可能也會尷尬。畢竟她當時又叫又吼。事後回想，八成自己也不好意思吧。雖然烤焦麵包並未說出什麼丟臉的話，她說的話全都是正確的，但表現方式太像侏儸紀公園了。用錯形容詞了嗎？
不過，這樣一直尷尬下去也不是辦法。這下子正好。
「那，我幫你去拜託看看。」

她的手機遲遲無人接聽，搞不好一看到來電顯示是我的號碼，那丫頭又變成遮光器土偶了。

「喂？我是烤焦麵包。」

她接電話的聲音很正常。英一也若無其事地說出打電話的用意。

「突然打給妳不好意思。我會自備容器過去，可以賣給我嗎？」

這個時間，甜品店也賣光了吧。

「甜酒釀的話還有喔。」烤焦麵包爽快地說，「你不用特地過來。我會送過去。」

「不，這麼晚了，還是我——」

「少囉唆，你陪在小閃身邊就對了。」

不到三十分鐘後，眼熟的營業用廂型車抵達小暮照相館前，司機是烤焦麵包的老爸。哎呀，你好你好。

「晚安。寺內甜品店外送。」

烤焦麵包抱著保溫壺走下廂型車。

秀夫正好在這時返家。他說站在門口不方便講話，把烤焦麵包的老爸請進屋內。再次意外交流，媽也可以趁機喘口氣，調適心情，算了，無所謂。

「聽說你發高燒。」

看到烤焦麵包的臉和甜酒釀，小閃頓時精神百倍，幾乎令人懷疑這小鬼之前是否在裝病。

「我吐了。」

「那很嚴重耶。」

「因爲我吐了，所以小花都吃不下飯喔。」

連不該說的都說了。

當然有小閃在場，不可能提起河合家緣廊照片的那件事。這樣似好又似壞，兩人彷彿在聯合起來演戲。喂，妳後來怎麼樣了？會不會有種種掛念？英一感到，複雜的疑問在心臟後面那一帶不停盤旋。

家長們在樓下正聊得起勁，隱約還傳來笑聲，好像在客廳。老爸該不會又得意忘形拉出那些拍照用的布景秀給人家看吧。

小閃的房間放滿了美術社活動使用的畫具，還掛了幾幅素描，也有做到一半的紙黏土雕塑作品。烤焦麵包對那些東西感到好奇，已用甜酒釀補給能量的小閃，當下意氣昂揚地一一說明。

「小閃，你好厲害喔。你眞有才華。」

烤焦麵包率直地感到佩服。

「過了二十歲，或許也只是個普通人。」

「拜託！小閃的哥哥，你講話很酸喔。」

兩人聯手欺負他太不公平了。

烤焦麵包的目光停駐在小閃書桌下豎立的畫布。說是畫布，並非油畫用的那種布製品。好像只是一塊木板。

只有那塊板子，完全用油紙包裹，而且是那種刻意隱藏的放法。大概是因爲這樣，烤焦麵包問，「這個是祕密作品？」

在睡衣外面套上毛衣，把被子拉到胸口，本來正在骨碌轉動眼珠的小閃，笑臉僵了一下。

「這個啊……」

唯有眼珠還在骨碌骨碌地繼續運動。

「小店店說，」

「店子？」

「他說在完成之前要保持最高機密，所以也不告訴小花，到時要讓烤焦麵包大吃一驚。」

烤焦麵包看著英一的臉。我不知道，我不知道，我可沒參與。

「是怎麼回事？」

「我做了撕貼畫，要擺在櫥窗展示，是小店店的主意。」

所以，小閃說貼背景時，店子也幫了他忙。不過，據說店子只負責幫忙把撕貼畫用的棉紙撕碎。

店子之前說的「幫忙」，就是指這個嗎？還有櫥窗那張「製作中」的告示也是。

「其實只剩下一點點了，但我現在也在做社團的共同創作，所以沒時間，這幅畫還沒完成。」

這種撕貼畫非常費工夫。重疊貼上時，必須先等下面全乾才行。

「那麼，現在還不能給我看嘍。」

大概是因爲烤焦麵包的說法聽起來很遺憾，也可能是小閃其實很想給她看。

「不，沒關係。妳看、妳看。」

然後他說出奇怪的話，「這個本來就是烤焦麵包的畫。」

烤焦麵包再次看向英一。就跟妳說不關我的事，我真的毫不知情。

烤焦麵包愼重地，用媽媽要給寶寶洗澡時替寶寶脫衣服的手勢，小心翼翼解開畫板的油紙。

色彩豐富、細致的撕貼畫，在英一看來，幾乎已經完成。

小閃說得沒錯。那是烤焦麵包的畫。元旦拜拜時熱鬧的深夜神社，紅色牌樓，參拜人群五顏六色的冬裝，自廂型車飄出的甜酒釀白白的蒸氣。

廂型車旁，掛著藍染圍裙身上裹著羽絨衣滿面笑容的小販，正在招攬客人。

「那幅景色太棒了，所以一直記在心裡，然後就很想把它畫成一幅畫。」

烤焦麵包實在太沉默了，雙手捧著畫板動也不動，所以小閃好像開始不安。

「是不是……不太好？」

以小傢伙身爲兒童人生常勝將軍的作風而言，算是問得很謙虛。

小閃你這小子，原來是走寫實派啊。雖是撕貼畫，但是很逼眞喔。

尤其是烤焦麵包臉孔的膚色。

「——很棒。」

烤焦麵包小聲說：

「非常棒。謝謝你，小閃。」

以這小子的作風而言，眞的很難能可貴，小閃居然靦腆地鬆了一口氣，「幸好。那我可以擺在櫥窗展示嗎？」

「當然可以。」

烤焦麵包捧著撕貼畫站起來，放到小閃的書桌上，輕輕豎立。

「已經不用保密了吧。這樣放著會比較快乾吧？」

「嗯，說得也是。」

烤焦麵包妳搞什麼，妳的聲音怪怪的喔。

「那，我要回家了。」

她背對這邊說完，「小閃，你多保重。」

然後她逃命似地走出房間。爸，已經很晚了喲，她對自家老爸說。我們該告辭了。

果然，妳聲音怪怪的喔，烤焦麵包。會這麼快就被傳染上感冒嗎？難道是鼻塞？

「小花。」小閃翻了個白眼，看著英一，「你剛才笑得很詭異吧。」

「我哪有！」

「烤焦麵包姊姊，是不是其實不喜歡那幅畫？」

「臉孔如果再——用淺一點顏色的紙，或許會更好。」

「看吧，都是小花你這樣想，才會傷到烤焦麵包！」

「你也不要烤焦麵包烤焦麵包地喊人家！」

可是，是嗎？是這樣嗎？英一的心臟後方，再次有疑問不停盤旋。

烤焦麵包慌亂的理由，在不到一個小時之後水落石出。

對不起——寺內千春說。

手機彼端的聲音不僅怪異，還帶著哽咽。

「眞的很抱歉。對不起。我必須向小花你道歉。」

英一在自己房間。直到剛才還在嘮嘮叨叨的小閃終於睡了。小暮照相館——錯，是花菱家的夜晚很安靜。

「道歉？道什麼歉？」

不管怎樣，他只能先這麼反問。

「因爲我想利用你。」

她似乎開始眞的哭了，只聽見嗚嗚嗚的哭聲。

英一自然一頭霧水。

「妳這話說反了吧？是妳幫我做調查。」

不是的，她用濃濁的鼻音哭泣。

「去年、暑假、結束、時……」

她說足球隊的某個男生向她告白了。爲了謹愼起見必須說明，是我喜歡妳、請妳當我女朋友的那種告白。

河合學姐也說過，輕音樂同好會經常在運動社團對外比賽時去當啦啦隊，所以交流的機會意外地多。

「那不是很好嗎？」

烤焦麵包嗚嗚喘氣。

「妳不喜歡那傢伙？」

「不是。」

她說喜歡。正確說法是崇拜。因爲那個男生一年級就被選爲足球隊的正式選手，個子很高，長得很帥，很受歡迎。

「那不就更好了嗎？」

烤焦麵包原來是外貌協會的啊，這麼一想，覺得有點意外。不知怎地腦中驀然浮現橋口的臉孔，察覺自己把那張臉放到負面象限，英一覺得很歉疚。不能在當事人缺席的情況下審判。

「我當時不敢相信。」

「爲什麼？」

「他可是超受歡迎的男生耶，我卻是這種烤焦麵包。」

英一再次窺探到烤焦麵包的內心深處。

「妳果然還是很在意那個。」

對不起，英一說，「連我家的小不點都喊妳烤焦麵包。」

烤焦麵包的哭聲變本加厲。她好像是在說，不是的，不是那樣，但濁音大爆發，所以無法確定。

「我因爲皮膚黑被嘲笑，是從小學就有的事。」

「所以妳爸才會生氣吧。」

「嗯。因爲不只是班上同學，連級任導師都跟著一起笑我。」

據說導師點名時，每天早上都喊「烤焦麵包」。同學們每次都在笑。

「像這種搞錯友善方向的教師，偶爾就是會出現。」

「嗚。」

剛才這聲應該是「嗯」吧。

那是烤焦麵包小學三年級的事，她老爸去學校興師問罪，導師懺悔，從此，她再也沒有被公然嘲笑過。

「但是，我這種黑皮膚，是天生的。」

今後想必也會有類似情形發生。寺內一家討論過。一次又一次地，好好討論過。

「然後我就在想，我再也不要覺得丟臉了。」

我的這張臉和身體都是爸爸媽媽給的。我最愛爸爸媽媽。就算皮膚黑也毫不可恥，這是我的重要特徵。

「從此之後，就算別人在背後說我什麼，我也不在意了。」

也交到像小雞那麼要好的朋友。

「後來一直都沒事，我以為我已經不在乎了。」

有些女生看我就算被戲稱烤焦麵包也不會受傷，覺得不是滋味——甚至可以輕鬆地說出這種話。

「但是，那個足球隊的，」

告白的男生似乎是被他身邊圍繞的女生（就是會有這種人）唆使，故意玩弄烤焦麵包。

英一一邊努力解讀烤焦麵包帶著濃厚濁音的話語，一邊聆聽。講到這裡時，烤焦麵包說她又被「嘲笑」了。但，以英一的解讀，那是「玩弄」。

因爲已經超越嘲笑的次元。

「他向妳告白，是騙人的嗎？」

「嗚。」

「所以他只是在試探妳，看妳會不會當眞？」

「嗚。」

一手導演這場戲的那些傢伙似乎對烤焦麵包呆若木雞的反應，在旁偷笑。

「妳是怎麼知道的？」

「人家告訴我的，同好會的朋友。」

據說那個女生在圍繞足球渾蛋身邊的女生當中，有認識的人。

——那些傢伙是遠比外表看起來更可惡的壞蛋，他們別有企圖。

在同好會與烤焦麵包最要好的女生如此忠告，但烤焦麵包還是有點無法相信。她已經不知道該相信哪一邊才好。

「所以，我就鼓起勇氣直接問了。」

「問那個告白的傢伙？」

「嗚。」

「結果呢？」

據說對方笑了。

——怎麼，穿幫啦？

「他說，但妳應該不可能當眞吧。」

——妳可是烤焦麵包耶。我不可能眞心向妳告白，這妳應該也明白吧？

利用認識的女生對自己抱有青澀好感，與身邊一群死女人聯合起來欺騙人家玩弄感情，而且還笑得出來？

「那傢伙叫什麼名字？」

「你就饒了我吧。」

英一可不是出於八卦心態才這麼問，「不，我是想如果讓我知道是何方神聖，下次小閃不舒服時，我就把他帶去，讓那小子揹小閃。」

然後，對小閃一聲令下。吐吧。

烤焦麵包放聲大哭。

「都是我自己太笨。」

當時她也一起跟著笑了。

「我假裝不當回事。還對他說，就是嘛，我可是烤焦麵包耶，這種事打從一開始，我就知道是開玩笑。」

雖然帶著濃厚濁音，還是聽得很清楚，也清楚地感受到了刺痛。

「其實，我一點也無法不當回事。」

我是烤焦麵包，一輩子都是烤焦麵包，一輩子都當不了無所謂的烤焦麵包。

「那種事換作是誰都無法不當回事。」

烤焦麵包哭得上氣不接下氣。

好一陣子，英一就這麼默默聽著烤焦麵包嗚咽。然後怒火中燒地暗想，烤焦麵包被戲稱烤焦麵包，雖然從未露出受傷的跡象，但是那些認定她一定是戴著面具，內心絕對很受傷，所以爲了讓她露出原形，搞出這種缺德計畫的死女人，如果就藏在上次我撞見的那種彩帶般輕飄飄的視線之中，我應該一腳把那女人從月台踹下去才對。

哪天，就讓那女人從正面見識一下電車，英一想。

烤焦麵包抽噎的間隔，漸漸拉長。

「寺內。」

「嗚。」

「把鼻涕擤擤。」

烤焦麵包老實地聽命行事。又是一陣巨響。

「這件事妳爸妳媽都不知道吧。」

「我已經不是小學生了。」

「店子呢？」

「我沒說，但他八成知道。因爲店子很敏銳，也有很多地下工作人員朋友。」

那傢伙是ＣＩＡ的情報頭子嗎？

「店子有沒有說什麼？」
「完全沒有。」
「那，妳沒跟任何人商量過嗎？」
「我跟小雞說過。」
巢中小雞聽了很憤慨，「千春，妳絕對不能認輸。」
這是很正常的建言。
——既然要裝作不在乎，就得做個徹底。讓那些傢伙再也不敢做同樣的事，千春妳一定要很活潑、很快樂才行。
「那，具體上是要妳怎麼做？」
「她叫我交個男朋友。」
這個——也很正常嗎？以女生的思考模式來說，算是很正常吧。
「她叫我在那些人的眼前，展現出熱戀中很快樂的寺內千春。」
所以，要在校內交到男朋友，盡可能以最快的速度。
就連英一也漸漸猜到故事走向了。
「我懂了。」
對不起，烤焦麵包又開始哭泣，「對不起，對不起。」
我一直在找機會，她說：
「我想說不曉得有沒有什麼機會可以接近你。」

英一深呼吸一口氣後，緩緩問道，「我有個問題想請教。」

「嗚。」

「爲什麼是我？找店子應該更好吧。」

這並不是自卑心態作祟。

「客觀看來，店子完全能夠成爲比我更高一級的男朋友，因爲那小子也是超級受歡迎的帥哥。」

「那反而不行啦。」

看起來會很假，她說：

「況且，店子不交女朋友的。這很有名喔，不管誰去找他告白都被拒絕了。」

如果去拜託店子，他應該會答應**假裝**吧。這是爲了好友寺內，他應該會假裝到寺內滿意爲止吧。但是，那樣太假了，毫無意義。因爲大家都知道店子就是這樣的人。

「可是，如果是太不起眼的男生，那也不行。」

想必是吧。

「我和小雞一起考慮過。她叫我翻翻運動會照片之類的，找找看有無合適人選。她說要找那種平常完全不起眼，但是如果好好仔細看清楚其實還滿帥的，會讓大家大吃一驚，感覺很像眞的，差不多剛剛好的男生。」

她一邊哭泣一邊滔滔不絕，然後又扯高嗓門，哭了。

「先說出店子有個從小的玩伴、交情非常好的人，是我！」

如此說來，就是我嘛，嗯。平常完全不起眼但是如果好好仔細看清楚其實還滿帥的？非得那麼接近看才知道還滿帥的，不就等於不帥嗎？會這樣想，是男生才有的見解嗎？

不過，話說回來，是「差不多剛剛好」嗎？

「對不起。我是抱著那種企圖，接近小花的。從一開始就是打那個主意，只是小花你沒發現。」

完全沒發現。

啊，不過。

「妳說要介紹小雞給我認識，也是計畫的一環？」

算是先放個觀測氣球嗎？

「——嗚。」

這是Yes嗎？

「小雞叫我這樣跟你說說看，她叫我藉此觀察你的反應。」

我記得當時直覺就是很高興，那個反應正是她們要的嗎？

「我跟小雞說過很多小花的事。」

據說小雞愈聽，就愈鼓勵烤焦麵包。

「因爲小花的條件完全符合。」

英一有點懷疑，自己才是那個眞正該哭的人。

「差不多剛剛好」的我。

「我背著小花，也說了一些引人誤解的話。因爲已經開始有人猜測，我們倆是不是在交往。」
一下子朝英一揮手說「嗨」，一下子卻又別具深意地視若無睹，原來是這個原因嗎？
「明明不是眞心喜歡你。」
嗚嗚嗚嗚。
「卻爲了自己的需要，想利用你。」
她又痛哭一番，這次英一還沒開口，她自己先擤了鼻涕。
「那個，」
英一一開口，烤焦麵包頓時屛息似地緘默。
「我之前也覺得有點怪怪的。」
什麼事——她用細如蚊蚋的嗓音問。
「因爲妳動不動就道歉，每次一說什麼，妳就滿嘴對不起。」
烤焦麵包默然。
「但我也沒有想太多啦。」
「對不起。」
「看吧，妳又來了。」英一笑了，「我之前以爲這是妳的口頭禪。不是常有這種人嗎？動不動就喊『騙人！』，就像那樣。」
烤焦麵包呼嗤呼嗤地大聲擤鼻涕。
「撇開那個不談，其實，我不覺得妳有那麼內疚的必要。」

爲什麼？勉強能聽出她這麼問。

「反正，我又沒受傷。」

只是今晚可能會有點想躲進壁櫥裡睡覺。

噢，理解了。這種感覺如果繼續發展，就會演變成剃個大光頭躲在友田莊過日子吧，不是嗎？

但是說眞的，英一沒有受傷的感覺。也不生烤焦麵包的氣。

若要問爲什麼——

「剛才妳不是說了嗎？『差不多剛剛好』。」

對不起對不起對不起如雪崩般不停冒出來，擋都擋不住。

「所以妳聽好，我並不討厭這種話。大概吧。」

對於「差不多剛剛好」這個評價。

「不如說我是持肯定的態度。」

差不多，又有什麼不好呢？沒錯沒錯。自己也漸漸明白了。

「當然，若能像店子那樣，是最理想。但是，大家不可能通通都變成店子。即便是店子，我想他也有他辛苦的地方。」

世上如果到處都是店子，世人想必也會很困擾吧。況且如果全體都是店子，這次又得從店子之中排個先後順序，這就是所謂的世間。

更何況，對於在各方面都比店子遜色、抱著自卑心結的花菱英一同學來說，唯獨在「差不多」這點上贏了店子——光是能夠明白這點，便已感到通過人生的預賽，雖然通過得很驚險。

「所以，我一點也沒有不高興，妳也用不著道歉。」

有妳協助調查，也幫了大忙。

「讓足立先生重現活力，就是我做不到的事。」

烤焦麵包像想起什麼似地，放聲大哭。

「眞正豬頭的，不是男生，是我才對！」

烤焦麵包又回到嚎啕大哭的狀態。傷腦筋。到底該怎麼辦？

對英一來說，惹哭女生是頭一遭的經驗。惹哭小嬰兒的經驗倒是有。無論風子或小閃。不過，他們倆小時候都不會半夜哭鬧，是乖寶寶——

唐突地，英一鮮明憶起。

雖然不記得揹過風子，抱她的記憶倒是有。那是第一次抱她時，當時風子的脖子還直不起來，帶著甜甜的香氣，驚人地熱呼呼、軟綿綿，而且很重。對，小寶寶很重。

風子呼呼大睡。英一當時才六歲。明明沒哄她，風子卻閉著眼笑了，英一大吃一驚。

——風子知道是哥哥在抱她，所以很開心喔。

母親當時好像是這麼說的吧。

然後四年過去，風子出棺時，親戚之中有人對英一說，光是做個形式也好，你去幫忙抬棺吧。你畢竟是哥哥。

結果秀夫勃然變色大發雷霆。英一不用去，他還是小孩。

父親想說的是，英一用不著知道棺木的重量。比起那個，還不如記住抱風子時的重量。

烤焦麵包還在哭。英一把手機貼在耳邊。小閃正在隔壁房間睡覺。小閃的桌上放著小閃畫的烤焦麵包。

那是一幅好畫。是烤焦麵包的畫。他不想糟蹋，也不能糟蹋。

就算叫她別放在心上恐怕也沒用吧。就算跟她說原諒她了，想必也無法改變什麼吧。有沒有什麼方法不須那麼麻煩，可以直接……給人一個痛快呢。

爲了避免冷場，英一也吸了一下鼻子，頓時似乎刺激到大腦。他想到好主意了。

「寺內。」

「──嗚。」

「明天，妳有空嗎？」

我們一起去店子家吧。

「去拜託店子的老爸，一起露宿戶外吧。」

有兩台扇葉式大型紅外線電暖器。

「這個是嚴冬辦喪禮時用的東西吧？」

店子家的院子是純日本風格，有枯山水，還有養錦鯉的池塘和朱漆小橋。可是矗立在一角的亭子，卻是莫名其妙的希臘神殿風格。唯獨這裡，好像插入了別人的喜好或者自我意識。

亭子周圍的樹叢最茂密，底下是草地很溫暖，所以如果二月要露宿選這裡最好，店子老爸如是說。並且，還搬出電暖器替他們擺好。

「別烏鴉嘴好嗎？向來都是用在春天賞櫻會的時候。」

「嗓音會？」

「是賞花啦，賞花。」

店子與英一有專用的睡袋。烤焦麵包則是借用店子老媽買來一次也沒用過的睡袋。

攤開一看，上面還掛著「緊急避難時攜帶用」的掛牌。

「店子家認爲，就算哪天出事，比起往外逃，還是待在這裡最安全。」

二月的夜空澄澈乾淨，仰首一看，滿天星斗。亭子所在的位置離店子家的主屋很近，後方可以看到窗戶燈光。相對的，與周遭的住宅也有段距離，所以也是天空看起來最寬闊的景點。

烤焦麵包打從剛才就拖著睡袋像沒頭蒼蠅般瞎轉。

「妳怎麼了？」

「我在選位置。」

她要選個電暖器的空氣溫熱、卻又不會直接接觸紅外線的地方。

「這是爲了保養肌膚，懂嗎？」

「妳不覺得現在保養太遲了嗎？」

反手拳飛來。哼哼。

「一鑽進睡袋，選哪兒還不都一樣。」店子說著笑了。

店子的睡袋也同樣色彩鮮麗，三人躺下後，唯有店子看起來像隻有毒的巨大毛毛蟲。

「你爸呢？」

「他說洗完澡再過來。」
「這樣不會感冒？」
「他的功力高深，所以沒問題。」
「剛才你爺爺拿著木劍在那邊走路。」
「他說今晚有女生在，他要做夜間巡邏。」
拜託裝個防盜裝置好嗎？
「不是提防有人侵入，是警告我們。」
「誰會侵犯烤焦麵包這種人啊。」
烤焦麵包沒聽見。她正從睡袋露出圓臉，仰望天空深呼吸。
「天空好大喔。」
「很大吧。」店子接腔。
「星星好美喔。」
「很美吧。」
「東京的夜空，其實也不錯嘛。」
「東京的夜空，其實也不錯喔。」
你們兩個是回音嗎？
用不著說任何話卻又想說些什麼時，重覆對方說的話想必很愉快吧，英一想。
電暖器發出嗡嗡聲。但是烤焦麵包的打嗝聲，連那個聲音也掩藏不住。

「吃太多烤肉了。」

「因爲太好吃了嘛。」

一個異樣的音調驟然響起，蓋過了她那令人發噱的打嗝聲。

這個——也是聲音？

這是什麼？是從身後的窗子隱約傳來的。

突如其來地，店子猛然坐起。「慘了！」

他在睡袋裡掙扎。因爲太焦急，所以遲遲爬不出來。

「什麼東西啊？」

「那個是我老爸！」

咚地響起高亢、悅耳的聲音。是浴室。浴缸在響。店子家的浴缸是純檜木做的。

「他心情好時，就會在浴室唱歌。」

一定得阻止他，店子說完，在地面磨蹭半天，終於站起來。

「洗澡哼哼歌，又有什麼關係？」

關係可大了，店子說著抽搐。

「因爲我老爸的歌聲，被醫師公會的醫生們稱爲『音波兵器』！」

老媽危險了！店子說著，迅速衝進主屋。目送他像扭曲的毛毛蟲一樣離開，英一與烤焦麵包目瞪口呆。

烤焦麵包噗嗤一笑。那個聲音，彷彿在叮叮咚咚地彈奏某種美麗纖細、實際上卻又很堅毅的東西，帶有音階。

店子老爸的歌聲持續著。的確是很詭異的聲音，不過，這個距離應該不會眞的受害。

烤焦麵包的笑聲不止。從附近沙沙橫越的腳步聲，八成是店子的爺爺吧。是，我們會安分睡覺。

英一在睡袋裡蜷成一團。

話說。

英一以爲萬事都已圓滿收場在該收的點上了。

數日後，放學後下車走到車站月台上，忘了收起的物件——不，人物，就在那裡。

不知爲何，今天是在與上次方向相反的月台邊上。

英一以手蒙眼。能不能騙騙自己呢？能不能就當作沒看見呢？

不能。

獨自佇立的垣本順子，像紙片一樣單薄。褪色的胭脂色大衣鬆垮垮，被吹過月台的北風這麼一颮，別說是衣襬了，連袖子都空盪盪地翻飛。沒化妝的臉慘白，裹著牛仔褲的雙腿像火柴棒。

附近有兩三人在等電車。沒看到站務員。月台前端，只有想翻的話隨時都能輕易翻越的鐵柵欄孤伶伶架著。

你們要從錯誤中學習嘛，JR東日本。

「喂！」

英一一邊跑過去，還來不及思索，聲音已先冒出。垣本順子看過來。
然後，露出凶惡的眼神。
「你幹嘛？花菱家的兒子。」
明明沒跑多長的距離，英一卻氣喘吁吁。
他不發一語地大步走近，拽住密斯垣本的手臂。用力一扯，把她拉回月台的中段位置。
密斯垣本抵抗。「你幹什麼啊？」
心臟又開始劇烈跳動，看樣子交感神經似乎都把注意力放到那邊去了，聲音出不來。
「我在問你幹什麼？放手啦。」
論力氣當然是英一大。被英一這麼一拽，密斯垣本差點跌倒。
「小心我大叫喔。」
她嘴上這麼說，聲音卻很細微。
「聽說妳營養失調？」
密斯垣本沉默。放棄了抵抗。她不肯主動邁步，所以英一沒放慢步伐。
經過樓梯，來到站務員辦公室旁。手持筆記板的年輕站務員，正望著月台的對面那邊。
英一駐足，調整呼吸。
老實說，成績差強人意。英一腦中負責記憶的部分似乎討厭用功。不過，倒也不是完全派不上用場，在某種局面——而且是不太尋常的局面下，如果有非說不可的事情時，還是會把適合的材料從哪兒扯出來提供。

現在也是如此。

「在我們、學校。」

還在喘，我到底在亢奮什麼啊？

「有個鐵道愛好會，是同好會。說白了，就是一群標準鐵道迷的組織。」

密斯垣本文風不動，也沒有回話。

「只要問他們，他們就會透露。就算無法立刻得知，那些傢伙爲了面子也會幫忙調查。」

查什麼——密斯垣本問。廣播響起，下一班電車即將進站。

英一說，「可以從正面看到電車行駛而來的地方。」

當然，是不用閃避的安全地方。

「在日本全國的鐵道的某處應該會有這種地方，所以我會去打聽，然後告訴妳。」

所以，妳別再跳下鐵軌了。

電車進站。密斯垣本本就蓬亂的頭髮被吹得更亂，飄然掀起。可以清楚地看見她尖瘦的下巴到耳朵的線條，更添寒意。

車門開啓，人們上上下下，車門關閉，電車駛離。

密斯垣本說，「你早就知道了？」

「因爲我當時在那班電車上。」

英一終於轉動眼珠看著她。她的臉上並沒有認命的表情，只看到她睏倦地眨眼。

「那你也挺倒楣的。」

「我也覺得，我運氣眞的很差。」

他依然拽著密斯垣本的手臂，這時慌忙放開。垣本順子的手臂，就這麼不上不下地懸在半空中。

「妳啊，我是不知道妳自己有無自覺啦，」

從大衣的袖口露出與小閃一樣纖細的手。瘦骨嶙峋的蒼白細指，如果自己不去抓住，好像立刻會去抓住什麼不該抓的東西。

「妳本來就像是坐在須藤社長與他太太的房子緣廊。」

我腦中的記憶區很了不起。沒錯。我現在想說的就是這個。

「社長和他太太都能看到妳坐在緣廊上。」

而緣廊，即使不是一家人居住的場所，畢竟也是家的一部分。

「所以，妳如果在那裡躺著起不來，社長和他太太都會擔心的。」

密斯垣本默默傾聽。她那隻手臂突然垂落身側。手指被袖子蓋住，看不見了。

「如果妳沒有說聲那我告辭了，像個成熟的人那樣規矩離開，就別在緣廊做奇怪的事。」

宛如鼻息的聲音傳來。英一抬起眼。

密斯垣本維持險惡的眼神，嗤鼻一笑，是她向來的那種笑法。

「你很愛說教喔，花菱家的兒子。」

四目相對。垣本順子的眼眸透明得彷彿什麼也沒映現。不是未受污染或澄澈乾淨，是因爲實在太堅硬，所以無論哪種光芒都會被彈開似的。

英一急忙移開視線。

「那麼，這次我的手續費，就讓你用那些鐵道迷提供的資訊抵銷。」

她在說什麼？

「手續費？」

「你忘了，是吧？」她的語氣充滿惡意，「就是這樣，才說小鬼頭傷腦筋嘛。」

說到這裡才想起，之前好像是說要任她開價。

「約定就是約定，交易就是交易，你可別耍賴喔。」

「——知道了。」

廣播再次響起。

「妳要去哪裡？」

「我要上電車了。」

「回公寓呀，我已經下班了。」

連英一都覺得自己問得很笨，他只能以「是喔」的表情回應。

「你也別在外面閒逛了，快回家吧。」

英一沒動，電車要來了。

「叫你回家，你沒聽見啊。」

英一就像堅持繼續散步的小狗狗，雙腳用力地站在原地。

電車在月台停止，車門開啓。垣本順子快步上車。英一一直定睛看著。

本來背對他的密斯垣本，迅速轉身抓住吊環。毫無表情的瘦削臉龐，在車內日光燈的照耀下，顯得更白。

英一心想，走出ST不動產一步之外，妳就會變成幽靈吧。剛才站在月台上也是如此，彷彿隨時都會縹緲消失。

既然如此，就在ST不動產好好地待著嘛。即便是緣廊，也能端正跪坐。

電車起動。

垣本順子的嘴巴緩緩蠕動，做出說話的嘴型。即便聽不見聲音，也知道她想說什麼。因爲一個字一個字，爲了讓他看懂說得很慢。

——有夠白痴。

是那傢伙的必殺台詞。

算了，無所謂。

店子說，這是我的必殺台詞。

這下子**扯平了**。英一這麼想著，走下月台。

話題扯久了，不好意思，還有一個結局非說出來不可。

就在春意一點一滴降臨的某日。

「小暮照相館　花菱英一先生收」

一封以女性的圓柔字體如此寫上收信人的信件寄來。寄信人的姓名是「河合公惠」。

打開一看，裡面是一張畫有櫻花圖案的信箋，以及一張快照。信箋上，用信封上同樣的字體寫著：

「是亞亞告訴我這個地址的。種種事情，萬分感謝。」

照片上是與母親並肩的河合公惠。可以看見窗戶與窗簾，大概是在母女倆現在的住處拍的吧。河合母女正在笑。兩人長得非常像。

英一把照片翻到背面。莫名徐緩、開口處特別大、線條纖細的另一種筆跡，寫著：

「攝影者　足立文彥」

有那麼一會兒功夫，英一就這麼凝視照片，默默等待。等待笑意緩緩湧現。然後再細細咀嚼，仔細品味。

看來，足立文彥並不是有念寫能力的超能力者。如果他眞的是，那麼必然會拍出的東西並未出現。

河合富士郎的憤怒幻象。不，是笑臉的幻象吧。

因爲做父親的，聽說都是如此。

宮部美幸

作品集／38
Miyabe Miyuki

小暮照相館（上）

國家圖書館出版品預行編目資料

小暮照相館／宮部美幸著；劉子倩譯. -- 初版. -- 臺北市：獨步文化：家庭傳媒城邦分公司發行, 2011〔民100〕
面； 公分. --（宮部美幸作品集：38-39）
譯自：小暮寫眞館
ISBN 978-986-6043-03-1（上冊：平裝）. —ISBN 978-986-6043-04-8（下冊：平裝）

861.57　　99021901

原著書名／小暮寫眞館・原出版者／講談社・作者／宮部美幸・翻譯／劉子倩・特約編輯／謝晴・責任編輯／張麗嫺・編輯總監／劉麗真・行銷業務部／陳彥妤・蔡志鴻・版權部／吳玲緯・總經理／陳逸瑛・榮譽社長／詹宏志・發行人／涂玉雲・出版／獨步文化 城邦文化事業股份有限公司 台北市中山區104民生東路二段141號5樓 電話／(02) 2500-7696 傳真／(02) 2500-1966; 2500-1967・發行／英屬蓋曼群島商家庭傳媒股份有限公司城邦分公司 台北市中山區民生東路二段141號11樓・讀者服務專線／(02)2500-7718; 2500-7719・服務時間／週一至週五：09：30-12：00、13：30-17：00・24小時傳真服務／(02)2500-1990; 2500-1991・讀者服務信箱 e-mail／service@readingclub.com.tw・劃撥帳號／19863813 書虫股份有限公司・香港發行所／城邦（香港）出版集團有限公司 香港灣仔駱克道193號東超商業中心1樓 電話／(852) 25086231 傳真／(852) 25789337 E-mail／hkcite@biznetvigator.com・馬新發行所／城邦（馬新）出版集團【Cite (M) Sdn Bhd】41, Jalan Radin Anum, Bandar Baru Sri Petaling, 57000 Kuala Lumpur, Malaysia. 電話／(603)90578822 傳真／(603)90576622 E-mail／cite@cite.com.my・封面設計／心戒・印刷／中原造像股份有限公司・排版／浩瀚電腦排版股份有限公司・2011年（民100）9月初版・2019年（民108）12月17日初版8刷・定價／380元・Printed in Taiwan　ISBN 978-986-6043-03-1

獨步文化
APEX PRESS

廣 告 回 函
北區郵政管理登記證
台北廣字第000791號
郵資已付，免貼郵票

104台北市民生東路二段 141 號 2 樓

英屬蓋曼群島商家庭傳媒股份有限公司
城邦分公司

請沿虛線對摺，謝謝！

獨步文化
APEX PRESS

書號：1UA037	書名：小暮照相館・上	編碼：

請於此處用膠水黏貼

獨步文化 APEX PRESS

讀者回函卡

謝謝您購買我們出版的書籍！

請費心填寫此回函卡，我們將不定期寄上城邦集團最新的出版訊息。

姓名：＿＿＿＿＿＿＿＿＿＿ 性別：□男 □女

生日：西元＿＿＿＿年＿＿＿＿月＿＿＿＿日

地址：＿＿＿＿＿＿＿＿＿＿＿＿＿＿＿＿

聯絡電話：＿＿＿＿＿＿＿＿ 傳真：＿＿＿＿＿＿

E-mail：＿＿＿＿＿＿＿＿＿＿＿＿＿＿＿＿

學歷：□1.小學 □2.國中 □3.高中 □4.大專 □5.研究所以上

職業：□1.學生 □2.軍公教 □3.服務 □4.金融 □5.製造 □6.資訊

□7.傳播 □8.自由業 □9.農漁牧 □10.家管 □11.退休

□12.其他＿＿＿＿＿＿＿＿＿＿＿＿

您從何種方式得知本書消息？

□1.書店 □2.網路 □3.報紙 □4.雜誌 □5.廣播 □6.電視

□7.親友推薦 □8.其他＿＿＿＿＿＿＿＿

您通常以何種方式購書？

□1.書店 □2.網路 □3.傳真訂購 □4.郵局劃撥 □5.其他

您喜歡閱讀哪些類別的書籍？

□1.財經商業 □2.自然科學 □3.歷史 □4.法律 □5.文學

□6.休閒旅遊 □7.小說 □8.人物傳記 □9.生活、勵志 □10.其他

對我們的建議：＿＿＿＿＿＿＿＿＿＿＿＿＿＿＿＿

請於此處用膠水黏貼